KB197826

해피 Happy Birthday
벌쓰데이

양수련 장편소설

해피 Happy Birthday
벌쓰데이

책나무

차 례

프롤로그 /

2016년 10월 26일.

 잠시나마 말로는 형언할 수 없는 행복감을 안겨줬던 집이다. 도망치듯 그 집을 뛰쳐나왔다. 나한은 삭막한 회색의 거리를 정처 없이 걸었다. 그의 영혼이 쉴 곳은 처음부터 없었던 것인지도 모른다.

 나한이 선택할 수 있는 것은 아무것도 없었다. 몰리고 몰려 여기까지 왔다. 살아남기 위한 힘없는 자의 간절한 애교로. 정처 없는 발걸음이 장사진을 이룬 사람들 앞에서 주춤거렸다.

 길을 잃고 방황하는 사람들인가. 나 같은 사람이 이렇게나 많을 리는 없는데⋯⋯.

 사람들은 나한의 눈앞에서 저마다의 촛불을 받들었다. 그들은 세를 키우듯 촛불 무리에 흡수되어 갔다. 나한은 엄마를 잃은 아이처럼 두려움에 떨었다. 사람이 많은 곳은 위험하다. 누군가 자신을 알아보는 사람이 여기 어딘가에 있지 않을까.

누군가 초를 밝힌 종이컵 하나를 나한에게 내밀었다.

이런 걸, 나한테 왜?

상대를 똑바로 쳐다볼 수 없는 나한이다. 여기서 빨리 벗어나고 싶은 마음만 간절하다. 그럴 수가 없다.

"우리 함께 이뤄냅시다!"

그의 목소리는 힘이 넘치고 또 한없이 부드러웠다. 나한은 엉겁결에 그가 내민 초를 받아 든다. 그는 나한의 초에 불을 붙여주고는 인자한 미소를 짓는다. 나한은 저도 모르게 눈물이 핑 돌았다. 내게 친절을 베풀어주다니. 경계의 마음이 녹아내린다.

나한은 그가 나눠준 온기를 양손으로 떠받들었다. 촛불은 하나가 아니다. 나도 더는 혼자가 아니다. 나한은 가슴이 벅차올랐다.

광화문 광장을 뒤덮은 촛불이 함성이 되어 달려든다. 그때다. 사람들이 촛불을 높이 쳐들던 그때. 나한은 화들짝 놀라 들고 있던 촛불을 떨어뜨렸다. 촛불의 함성에 나한의 봉인된 기억의 문이 열리기 시작했다.

나한은 고꾸라지듯 아스팔트에 무릎을 꿇었다. 내가, 내가 사람을 죽였어. 나한은 펼친 자신의 손을 들여다본다.

붉은 얼굴이 선명했다.

……살인마.

…살인마.

살인마!

나한을 향한 공격의 목소리가 화살처럼 사방에서 쏟아졌다. 도망자를 위한 촛불은 없다. 귀를 틀어막고 눈을 질끈 감은 나한의 어깨가 움츠러들었다. 미치도록 되찾고 싶었던 기억인데 피 냄새가 진동했다.

아냐! 내가 그런 게 아니라고…….

비바람에 쓰러지는 잡초처럼 나한은 맥없이 쓰러졌다. 발작하듯 부릅뜬 나한의 시야로 분주한 사람들의 다리가 오가고 끝내는 나한을 에워쌌다.

"구급차! 구급차 불러, 어서!"

흐릿해지는 나한의 시야. 아득히 멀어져가는 사람들의 말소리. 꺼져가는 나한의 의식에도 또렷하게 들리는 한마디. 살인자!

내가……, 내가 왜?

붙들고 있던 나한의 의식이 알전구가 나가듯 퍽, 꺼졌다.

1장

낯선 보호자

1 /

2012년 12월 26일.

사무실로 올라가기 전 하윤은 1층 기계실에 먼저 들렀다. 귀는 먹먹해도 인쇄기 돌아가는 소리를 듣자면 마음이 평온했다. 부흥의 소리. 하윤은 끓이고 있던 속내를 기계 소리에 털어낸다. 하윤이 눈으로 기계실을 훑고 돌아서려는데, 남 기장이 인쇄기 뒤에서 얼굴을 보인다.

"이제 출근하는 거야?"

남 기장은 소위 인쇄소 바닥에서 잔뼈가 굵은, 하윤의 직원 중 제일 연장자다. 여자가 인쇄소를 인수한다는 소식에 이직을 고려하던 남 기장을 하윤이 붙잡았다. 믿을 만한 사람이 하나쯤은 있어야 했다.

"점심 식사하셔야죠?"

"이거 나오는 것 좀 보고……, 근데, 공 사장? 아무 일 없는 거 맞지?"

"왜요?"

"정신을 딴 데 두고 다니는 사람 같아. 하기는 병원에 사람이 누워있으니, 쩝."

"남편이랑 실랑이하다 늦은 거예요. 왜 그렇게 출근 시간에 사람을 잡는지 모르겠어요."

"바깥일하는 마누라를 뒀으면 내조를 해야지. 암튼, 사장이 일에 등한하다 싶으면 직원들 기강이 흐려져 못써."

"알아요, 나도. 인쇄소가 지금껏 무탈하게 굴러온 건, 다 남 기장님 덕분이죠."

"그런 소리 듣자고 한 말 아니라는 거 알잖아."

물론 안다. 교통사고를 낸 이후로 하윤에겐 남편과 아이들 외에 신경 써야 할 혹이 하나 더 생겼다. 막막한 하윤은 부풀린 가슴을 하고 숨을 길게 내쉰다.

남편 최일면은 밤새 아무 말 없이 있다가 바쁜 아침에야 금방 끝낼 수 없는 말들을 꺼내놓았다. 집안일은 내 소관이니, 당신은 시간 끌지 말고 그냥 알았다고 동조만 해주면 돼. 뭐, 이런 속내 같기도 했다. 인쇄소와 관련된 일만 아니면, 하윤은 남편이 하겠다는 걸 굳이 말리지 않았다. 말린다고 안 할 사람도 아니기에 남편이 뭔가 말을 꺼내면 알아서 하라고 떠넘겼다. 하지만 초등학생 딸과 유치원생 아들의 유학 문제만큼은 그럴 수 없었다. 삼사 년 뒤에나 생각해보자. 아직 아이들이 어리지 않냐. 하윤이 딱 잘라 말했고, 그렇게 끝난 얘기인 줄로 알았다.

딸을 등교시키고 아들을 등원시킨 남편은 기다렸다는 듯이 출근하려는 하윤의 발목을 붙잡았다. 언어는 어릴 때 익혀야 오래 간다. 영어를 배우려면 현지에서 학교를 다니는 게 좋다. 영어는 무엇보다 환경이다. 남편은 어떻게든 승낙을 받아내고야 말겠다는 식으로 하윤을 붙잡고 놔주지 않았다.

"다른 엄마들은 못 보내서 안달인데, 넌 왜 그러냐?"

남편은 유학은커녕 고등학교 졸업이 학력의 전부인 하윤의 열등감에 부채질을 하고서야 도망치듯 화장실로 들어가 버렸다.

부아가 치미는 하윤은 어금니를 악물었다. 아이들 교육에 관한 것이라면 남편보다 하윤의 욕망이 더 컸다. 아이들의 장래를 위해 빵빵한 인맥을 만들어줘야 한다며 딸애부터 부유층 자제들만 다닌다는 사립유치원에 줄을 댄 것도 하윤이다. 그런데 미국도 아닌 필리핀 유학에 목을 매는 남편이 이해되지 않을뿐더러 불쾌감만 더했다.

한숨을 내쉬는 하윤에게 남 기장은 분위기를 바꾸듯 말

했다.

"구청 인쇄물 오늘 납품인 거는 알지?"

"아, 맞다! 까먹고 있었어요."

업무 얘기에 화색이 돈 하윤은 기계실 문에 머리를 기대고는 다정한 목소리로 남 기장을 부른다.

"겁나게 왜 그렇게 부른데?"

"제가 남 기장님, 아주 많이 의지하고 있는 거 아시죠?"

"쓸데없는 소리한다."

툴툴대면서도 기분은 좋아서, 어서 사무실에나 가보라고 손짓을 해대는 남 기장이다. 하윤이 피식 웃으며 돌아서는데, 핸드폰이 울린다. 액정에 뜬 '가해자'에 하윤은 웃음기를 지우고 전화를 받는다.

"……네? 알았어요. 지금 바로 갈게요."

하윤이 허둥지둥 건물 밖으로 뛰어나가고, 그 광경을 목격한 남 기장이 갸우뚱한 얼굴로 쫓아 나갔다.

"무슨 일인데 그래?"

서둘러 차에 탄 하윤이 시동을 걸며 말했다.

"……병원에서 연락이 왔는데, 그 사람이 깨어났대요."

2 /

남자는 천천히 실눈을 뜬다. 하얀 천장을 확인하고 시선을 창문가로 가져간다. 헐벗은 나뭇가지에 겨우 붙어있는 나뭇잎 하나가 바람에 나부낀다. 서늘한 겨울 햇살에도 남자는 눈이 부신 듯 실눈이 더욱 가늘어진다.

"눈이 부시면 커튼을 칠까요?"

친절한 간호사는 속눈썹이 짙다.

"······제가 왜 여기에 있는 거죠?"

남자는 자신이 어쩌다가 환자복을 입고 병실에 있게 되었는지 기억이 나지 않는다.

"차에 뛰어들었다던데."

"차에······ 뛰어들어요?"

"진짜 기억 안 나요? 조금만 늦었어도 저세상 갔을 거예요. 늑골 골절에 비골도 부러져서 봉합하느라 수술도 꼬박 열 시간이나 걸렸어요. 마취는 풀렸는데 보름 동안이나 깨어나지 않아서 다들 얼마나 또 걱정했는지 몰라요. 근데 왜 그런 거예요?"

"······뭐가요?"

"자기 목숨을 왜 헌신짝처럼 내던진 거냐구요?"

남자는 텅 빈 얼굴로 간호사를 보다가 자신의 이불을 젖힌다. 상체를 일으키던 남자는 몰려오는 통증에 신음과 함께 도로 눕고 만다.

"움직이지 말고 가만 계세요."

주의를 주고 병실을 나간 간호사는 곧 흰색 가운을 걸친 의사와 함께 돌아왔다. 전문의 명찰을 단 중년 의사가 남자의 감긴 눈을 열고 조명기로 들여다본다.

"기분은 좀 어때요? ……이름 한번 말해 볼래요?"

눈 상태를 점검한 의사는 남자의 손을 살며시 쥐고 바라본다. 남자는 아무것도 생각나지 않는다. 뇌가 텅 빈 듯했다.

"……나는 누구죠?"

의사의 얼굴로 난감한 기색이 스쳐갔다.

"……의식이 돌아왔으니, 기억도 곧 돌아올 겁니다. 마음 편히 갖고…… 재활 운동도 하고 그러면…… 젊으니까 금방 회복될 겁니다. 김나한 씨, 파이팅!"

의사는 애써 남자를 위로하고는 간호사를 돌아본다. 환자가 깨어났다는 것을 보호자한테 알렸는지, 언제 온다고 했는지 등을 추가로 확인하고는 나갔다. 간호사도 의사를 따라 병실을 빠져나간다. 2인실 병실에 홀로 남은 남자는 의사가 불렀던 자신의 이름을 되뇌었다.

"김. 나. 한."

생경했다. 두어 번 반복하자 입에 쩍 달라붙는다. 내가 김나한이구나. 그뿐이었다. 아무리 기억해내려 해도 김나한의 지난날은 깜깜했다. 자신이 차에 뛰어들었다는 간호사의 말도 긴가민가했다. 잠깐의 두뇌활동에 피로가 급격히 찾아들었다. 남자는 눈을 붙이고 의사가 말한 자신의 보호자가 어서 오기를 기다린다. 자신이 누구인지, 왜 이곳에 있는지 알고 있을 사람. 그 전에 뭔가를 떠올릴 수 있다면 더 좋을 것이지만 끝내 실패했다.

똑똑. 노크 소리에 남자는 눈을 떴다. 보호자? 의사나 간호사라면 노크 따윈 하지 않고 불쑥 들어왔을 테니까. 하지만 보호자도 그렇지 않을까?

똑똑. 연이은 노크 소리에 남자는 "네"하고 소리를 냈다. 상체를 일으키는 게 힘들어서 일어나 앉기까지는 시간이 걸렸다. 그 사이 병실에 들어선 하프 모피코트의 여자는 보호자 같지 않았다. 노크하고 허락이 떨어져야만 들어올 수 있는 방문자겠지. 남자는 크지도 작지도 않은 키에 오동통한 몸집의 여자, 공하윤을 멀뚱히 바라만 본다.

하윤은 침상 머리에 기대앉은 남자를 빤히 응시했다.

"……영영 안 깨어나면 어쩌나 진짜 걱정 많이 했어요."

여자가 갑자기 얼굴을 바짝 들이대고 쳐다보는 바람에 남자는 움찔 놀란다. 찡그린 눈을 하고 상체를 뒤로 젖혔지만 소용없었다.

"어머나!"

남자가 윙크라도 한 듯 하윤이 깔깔거린다. 깨어난 남자는 귀여운 면이 있었다.

"누구세요? ……저 알아요?"

하윤은 의뭉스런 눈길로 남자를 바라보면서 대답 대신 숄더백에서 검정색 손지갑 하나를 꺼낸다. 반질반질하고 귀퉁이가 닳은 지갑이다. 하윤은 그 안의 주민등록증을 꺼내 보란 듯이 내밀었다.

"……이게, 뭡니까?"

"당신 신분증……. 오해하진 말아요. 당신 보호자가 없어서 내가 잠시 보관하고 있었던 것뿐이니까."

신분증이란 말에도 남자는 처음 보는 물건인 양 뚱했다. 하윤은 설마, 글을 모르는 거냐는 눈길로 남자와 신분증 사이를 오간다.

"읽어줘요?"

"……."

"이름은 김나한. 1991년생. 성별, 남자. 경북 대구시……, 여기가 고향인가 보네. 이 사진은 멀쩡한 것 같은데……. 거기 뺨에, 눈 밑 흉터는 어쩌다 생긴 거예요? 고생 진짜 많이 했나 보네, 그동안. 91년생이면 이제 겨우 스물둘인데…….”

하지만 눈앞의 남자는 아무리 봐도 스물둘보다 많아 보였다. 뭐, 더 어릴 때 찍은 사진일 테니 그렇겠지. 하윤은 지갑에 신분증을 넣고는 남자에게 건넨다. 돈 같은 건 들어있지 않았으니 도둑 취급은 하지 말라는 말과 함께.

남자는 지갑을 받아 손에 꼭 쥐었다. 물어보고 싶은 것이 많았는데, 남자는 고맙다는 말밖에는 할 수 있는 말이 없었다.

“이제 내 차례인가요? 공하윤, 내 이름! 그쪽을 이렇게 만든 사람이지만, 피해를 입은 건 나예요. 이것 하나만은 우리 분명하게 짚고 넘어가자구요. 난 교통법규를 어기지 않았고, 그쪽이 내 차에 뛰어들었다는 거……. 그 표정은 뭐죠? 발뺌할 생각 말아요. 자해공갈범으로 신고하고 싶은 걸 겨우 참은 거니까.”

하윤은 자신의 팔짱을 끼고 고개를 빳빳이 든다.

“간호사도 그랬어요. 제가 당신 차에 뛰어들었다고…….”

남자는 죄지은 사람처럼 고개를 푹 숙인다.

“그렇다니까요. 도로에 뛰어든 당신 모습이 어땠는지 알아요? 지금 생각해도 머리털이 쭈뼛쭈뼛 다 서는 기분이라니까. 귀신처럼 갑자기 내 앞에 나타났다고……. 나보다 한참 어리니까 말은 놓을게. 암튼 그날, 팔다리는 허깨비처럼 건들건들하고, 눈은 텅 빈 것이 저승사자한테 끌려갔다가 도망쳐 나온 망자 같았다고나 할까. 그 뭐냐, 피 냄새 맡고 무작정 쫓는 좀비? 그래, 영화에 나오는 꼭 그 좀비 같았다니까. 난 너무 놀라서 급브레이크를 밟았지만, 차에 부딪힌 네가 벌써 공중으로 슈웅, 날고 있었어."

하윤은 그날의 교통사고 상황을 동작으로 재현하며 말했다.

교통사고가 있던 그날 새벽. 하윤은 퇴계로를 지나고 있었다. 나한이 차 없는 도로를 무단횡단하고 있었는지, 달려오는 차를 보고 뛰어들었는지는 하윤도 장담할 수 없다. 새벽의 도로는 한적했고, 하윤은 남편과 통화를 하느라 운전에 방심했다. 기분도 좋지 않았다. 지방의 관공서에 납품한 물건이 잘못돼서 간신히 뒷수습을 하고 귀가하는 중이었고, 뭐 하느라 여태 밖에 있냐는 남편의 전화에 하윤은 화통이 터졌다.

사고는 그때였다. 느닷없이 등장한 남자가 허공을 나는가 싶더니 도로에 퍽, 떨어졌다.

죽었구나 싶은 건, 남자가 아니라 하윤 자신이었다. 눈앞이 캄캄했다.

"고마운 줄 알아. 그때 내가 그냥 가버렸으면, 지금 이렇게 멀쩡하게 깨어나지도 못했을 거야."

자신의 과오는 묻어둔 채 하윤은 그날의 잘못을 남자에게 덮어씌우기 급급하다.

"……고맙습니다."

남자는 항의도 반감도 없이 그저 고분고분했다.

3 /

남 기장은 하루가 멀다 하고 병원을 드나드는 하윤이 영 마뜩잖았다. 업무가 아닌 일로 사무실을 비우는 날이 늘었다.

"그쪽 가족과는 통 연락이 안 되는 거야? 아니면, 천애 고아야?"

"잘은 모르겠는데, 일가친지와 연이 없나 봐요. 곧 퇴원해도 된다니까, 그때까지만 저 좀 봐주세요."

"월급받는 주제가 봐주고 말고 할 게 뭐가 있다구."

하윤은 씁쓸한 얼굴로 돌아서는 남 기장을 보며 한숨을 내쉰다. 남편 잔소리에 남 기장 눈치까지 봐야 하는 자신의 신세가 한심하다 싶다. 가해자와 피해자가 자주 만나 봐야 별로 좋을 일이 없다. 그럼에도 하윤은 시간이 나든 안 나든 병원에 자주 들렀다. 혼자 있는 나한이 측은해서 도 아니고, 윙크 같지 않은 윙크를 날려줬기 때문도 아니 었다. 딱히 이유가 있는 것 같지도 않았다. 오늘은 그냥 가지 말까 싶은데, 눈치도 없이 나한이 전화로 하윤을 찾 는다. 왜 전화했냐는 물음에 나한은 그냥요, 했다. 나한 이 깨어난 이후로 하윤은 밥 먹는 것을 봐주거나 물리치료 받는 것을 지켜보다가 돌아왔다. 가족에 관해 물으면 나 한은 모른다는 듯 고개를 내젓거나 푹 숙였다. 하윤은 나 한이 만나는 유일한 사람이었고, 그런 나한이 하윤은 신 경 쓰였다. 그래도 하루가 다르게 나한이 회복되어 가는 게 눈에 보여 다행이기는 했다.

"아는 사람도 없이 혼자 종일 지내자면 갑갑하기도 하겠 지."

혼잣말을 하는 하윤은 나한의 '그냥'이란 말에 마음을 바 꿔 먹었다.

나한은 하윤을 기다리며 병실 창문 앞에서 시간을 보냈 다. 하윤이 나타나면 손을 대면 터지는 여문 봉숭아 씨앗 처럼 미소가 터지고 하윤이 오지 않는 날에는 온종일 풀이 죽었다. 그렇게 나한의 겨울이 지나가고 있었다.

"오늘은 운동을 두 시간이나 했어요. 의사 선생님이 이제 퇴원해도 되겠다고 하셨어요."

나한은 병실에 나타난 하윤을 보자 아이처럼 자랑을 늘어놓았다.

"그래?"

종이봉투에서 전복죽을 꺼내놓는 하윤은 무심했다.

"무슨 일……, 있었어요?"

"…… ."

나한은 하윤의 기분에 조금이라도 변화가 생기면 알아챌 정도로 눈치가 빨랐다. 병원비 때문인가. 퇴원 얘기는 하지 말 걸 그랬다.

"여기 있는 것도 저는 좋아요."

"병실에서 계속 이렇게 지내겠다고? 그 병원비는 다 누가 대는데?"

옷자락에 묻은 먼지를 털어내듯 하윤이 가볍게 말을 턴다.

"……많이, 나오겠죠?"

"네가 걱정할 건 아냐. 보험회사에서 다 정산할 거니까. 그나저나 퇴원하면 갈 곳은 있어?"

보험회사에 병원비를 낸다는 말에 잠시나마 밝아지던 나한의 표정이 갈 곳이 있냐는 물음에 또 금방 풀이 죽었다. 하윤은 저도 모르게 한숨이 나왔다.

"널……, 어쩌면 좋니."

4 /

퇴원하는 날이 내일로 다가왔다. 나한이 있을 만한 곳을 알아보겠다고 했던 하윤은 그 뒤로 연락두절이다. 전화도 되지 않고, 병원에도 나타나지 않았다. 나한은 초조했다. 낮이면 병원 로비를 서성이고, 밤이면 병실 복도에서 서성였다.

"내일은 올 거예요. 하윤 씨 같은 그런 보호자도 드물죠. 가족도 없는 환자를 지금껏 돌봤잖아요. 그러니까 걱정 말고 들어가 자요."

나한은 간호사의 말에 병실로 돌아왔다. 생각해보면, 하윤이 병원을 들락거릴 이유가 없었다. 차에 뛰어든 건 나한 자신이고, 치료비는 보험회사에서 낸다지 않은가. 지낼 곳을 알아봐주겠다고 했지만 그런 말은 얼마든지 할 수 있는 거 아닌가.

불안한 나한은 거의 뜬눈으로 밤을 지새웠다. 다음날이

되어도 하윤은 오지 않았다. 벗은 환자복은 침상에 두면 된다고 했지만, 나한은 그러지 못했다. 갈아입을 여별 옷이 그에겐 없었다. 이대로 퇴원한다고 해도 나한은 갈 곳이 없었다.

퇴원 시간은 벌써 지났고, 나한은 여전히 병실에 있었다. 간호사와 시선이 마주칠 것 같으면 나한은 고개를 숙였다. 여태 안 가고 뭐 하냐고 혼을 낼 것만 같아 눈치를 봤다. 아침에 먹은 것도 없는데, 나한은 소화불량처럼 뱃속이 부글부글 끓었다. 나한은 간호사가 오면 서둘러 화장실로 숨었다. 볼일도 보고 잠깐씩 숨어있기에도 화장실은 좋은 장소였다.

결국은 병원 로비에 나와 서 있었다. 퇴원하는 이들은 다들 누군가와 함께 있었다. 나한은 부러운 시선으로 그들을 바라봤다. 이대로 영영 하윤이 나타나지 않으면, 나한은 생각만 해도 아찔했다. 병원에 숨어 살아야 하나. 그동안 돌봐주고 병원비를 해결해 준 것만으로도 고맙게 여겨야 했으나 서운함은 어쩔 수 없었다. 나한은 저도 모르는 습관처럼 고개가 툭, 바닥을 향했다.

"여기서 뭐 해?"

하윤의 목소리다. 나한은 지옥에서 살아 돌아온 사람처럼 얼굴에 화색이 돌았다. 나한이 고개를 들자, 하윤이 그

앞에 서 있었다. 나한은 아이처럼 뛰어가 덥석 안겼다. 당황한 하윤이 쇼핑백을 든 양손으로 나한을 떼어내려 했지만, 나한은 좀처럼 떨어지지 않았다. 하윤의 어깨에 얼굴을 묻은 채 나한이 젖은 목소리로 말했다.

"……안 오는 줄 알았어요."

"인쇄소에 일이 좀 많았어. 이렇게 정신없을 줄 알았으면……, 진즉에 갈아입을 옷을 좀 사다 놓는 건데. 오늘에서야 생각이 났지 뭐야. 내가 도망간 줄 알고 식겁했구나?"

"안 와도 당연한 거라고 생각했어요."

"눈대중으로 산 건데 맞을지 모르겠다. 입어볼래?"

하윤은 나한을 떼어놓고 옷이 든 쇼핑백 하나를 건넸다. 눈물을 글썽이는 나한은 숙인 고개로 쇼핑백을 받아들고는 화장실로 직행했다. 그리고 하윤이 병원 로비에서 기다리는 동안 환자복 대신 밝은 색의 청바지와 초록색 니트를 입고 나타났다. 하윤의 눈썰미가 좋았던 것인지 옷은 사이즈도 잘 맞고 색상도 나한의 피부색과 잘 어울렸다. 눈 밑의 긴 흉터가 온전히 사라지지는 않지만 재생 연고를 열심히 바른 덕에 전보다 많이 옅어졌다.

"이럴 땐 뭐라고 해야 하나? 병원 물이 좋다고 해야 하나? 완전히 딴사람이 됐어. 그리고 이건 퇴원 선물! 봄이 왔다지만 밖은 여전히 춥거든."

따로 들고 있던 쇼핑백에서 오리털 점퍼를 꺼낸 하윤은 나한에게 입혔다. 역시나 잘 어울렸다. 이번엔 하윤이 점퍼로 부푼 나한을 덥석 안았다. 나한은 움찔했다. 생각지 못한 상황이라 당황했고 왠지 또 거북했다. 싫은 것은 아니었다. 나한은 나무토막처럼 꼼짝 않고 서 있었다. 하윤의 화장품 냄새가 코끝에 달라붙었다. 살냄새 같기도 했다. 나한의 내밀한 본능이 꿈틀거렸다. 나한은 화끈거리는 뺨에 하윤의 포옹을 풀고 떨어져 나왔다.

"퇴원, 축하해, 김나한! 일단, 뭣 좀 먹자. 나 배고파."

냉면집은 병원에서 멀지 않은 곳에 있었다. 을지로 인쇄소 사람들은 다 아는 소문난 맛집! 끼니때면 줄을 서서 기다려야 할 정도로 손님이 많은 곳이다. 점심도 저녁도 아닌 어중간한 시간이라 줄까지는 아니지만 그래도 빈자리가 드물 만큼 손님이 많았다.

나한은 누군가 곁을 지나갈라치면 경계의 눈초리로 쳐다봤다. 곁눈질로 바쁜 나한은 젓가락질도 엉망이었다. 하윤은 나한을 관찰하듯 보다가 말했다.

"다들, 그냥 냉면 먹으러 온 사람들이야. 우리처럼……."

손님이 자리에 착석하고 난 후에도 나한은 식당을 오가는 종업원을 가자미 눈으로 바라봤다. 하윤은 노크하듯 테이블을 톡톡, 쳤다.

"아무도 널 해치지 않아."

"……죄송해요."

나한은 젓가락을 내려놓고 말했다.

"한 번만 더 죄송하단 소리 하면 그냥 확 버린다."

나한은 죄송하다는 말 대신 냉면을 입에 가득 욱여넣는다. 왕성한 식욕에 국물 한 방울 남기지 않고 먹어 치웠다. 그러고는 입가를 손등으로 훔치며 하윤을 향해 미소를 짓는다.

"너를 진짜 어쩌면 좋니?"

하윤은 막막했다. 교통사고 후, 나한이 수술을 받고 멀쩡한 모습으로 돌아오면 다 끝날 일이라고 여겼다. 수술은 무사히 끝났지만 나한은 의식불명 상태가 됐다. 의식이 돌아오면 될 줄 알았다. 나한의 지워진 기억이 그를 알에서 갓 부화한 새끼 오리로 만든 듯했다. 어미에게 버려질까 두려워하는 나한 때문에 하윤은 좀처럼 해결의 끝을 보지 못했다.

어쩌면 이 모든 것이 하윤이 섣부르게 품은 측은지심이 불러온 결과일지 몰랐다. 나한이 퇴원하기 전에 지낼 곳을 알아본다고 했지만 겨를이 없었다. 산목숨인데 당장 지낼 곳이 없으려고. 하윤은 안일하게 생각했다. 지금이라도 도망쳐야 한다. 하지만 잠시도 눈을 떼지 않는 나한에게서 벗어날 방법은 없었다. 나한이 게 눈 감추듯 냉면을 비우는 동안, 하윤은 그가 갈 만한 곳을 떠올렸다. 해결책이 좀처럼 나오지 않았다. 하윤은 천진난만한 웃음을 짓는 나한을 보며 덩달아 웃고 만다.

5 /

"들어와. 겁내지 말고……."

하윤이 멀뚱히 서 있는 나한의 팔을 휴게실 안으로 잡아끈다. 자신이 누군지 모르는 나한을, 정체를 알 수 없는 나한을 어쩌자고 인쇄소까지 데려왔는지에 후회막급이지만 돌이킬 수는 없었다.

모든 직원이 퇴근한 인쇄소는 기계 소리도, 인기척도 없이 적막했다. 하윤은 급한 대로 나한을 직원 휴게실로 데려갔다. 밤샘 작업이 있는 날도 있어서 직원들을 위한 이층 침대와 냉장고와 간이 싱크대가 있는 곳이다.

"급한 대로 지낼 만은 할 거야. 스물네 시간 기계가 돌아갈 땐 직원들이 이용하기도 하지만 뭐, 어쩌겠어. 이 없으면 잇몸으로 사는 거지."

"진짜로…… 여기서 지내도 돼요?"

놀란 나한은 눈이 휘둥그레졌지만 기쁨 역시 얼굴에 같이 묻어났다.

"고맙다는 말은 사양이야. 죄송하다는 말도 그렇지만, 그 말도 너한텐 듣고 싶지 않다. 그런 말을 입에 달고 사는 사람들, 진짜 기분 별로야. 그냥 찝찝해. 어쨌든, 집도 절도 없는 놈이 이 정도면 호사지. 밤이 되면 인쇄소 골목이 좀 을씨년스러울지도 모르지만."

그렇게 나한은 휴게실에 홀로 남았다. 이층 침대 아래 칸에 엉덩이를 걸치고 앉아 낯선 공간으로 눈길을 돌렸다. 병원 침실에서 눈을 뜬 그때부터 나한에게는 모든 것이 새로운 시작이었다. 사라진 기억 탓에 갓난아기나 다름없지만 신체만큼은 온전해서 잘 지낼 수 있을 듯했다.

원통형의 코일 히터를 켠 나한은 점퍼를 끌어안은 채 침대에 모로 누웠다. 코일이 붉게 물들고, 나한은 붉은 난로를 보다가 스르륵 감긴 눈에 잠이 들었다.

날은 금방 밝았다. 나한은 일어나기 싫은 아이처럼 침대에 누워 있었다. 드르륵. 철커덕. 위이잉. 휴게실 안으로 온갖 소리가 찾아들었다. 나한은 밖에서 들려오는 남자의 목소리에 눈을 번쩍 떴다. 경계의 눈초리는 본능이었다. 나한은 슬그머니 담요를 젖히고 일어나 사람들의 말소리에 귀를 기울였다. 갑자기 찾아온 요의는 참기 어려웠다. 화장실에 가려면 모르는 얼굴과 마주쳐야 한다. 엄두가 나지 않는 나한은 쓰레기통에서 빈 생수병을 찾았다. 참았던 오줌이 플라스틱병에 부딪혀 요란한 소리를 냈다.

하필이면 그때 휴게실을 찾은 누군가가 손잡이를 돌렸다. 잠긴 문은 금방 열리지 않았지만, 나한이 볼일을 다 보기도 전에 키를 가져온 사람에 의해 열렸다. 당황한 나한은 조준을 제대로 하지 못했다. 그 바람에 손과 옷은 물론 침대에까지 오줌이 튀었다. 황급히 바지를 추스른 나한은 얼굴을 팔로 가린 채 눈을 찡그렸다.

"에이, 더러운 자식. 너 누구야? 누군데 허락도 없이 남의 휴게실에 들어온 거야? 노숙자야, 아님, 도둑이야?"

밤이면, 문단속이 안 된 건물에 들어가서 자거나 볼일을 보고 나오는 노숙자들이 간혹 있었다. 나한의 멱살을 쥔 남 기장은 가만 안 놔두겠다는 듯 어금니를 악물었다.

"너 이 자식, 경찰서 가자."

"여, 여기서 지내라고 했어요."

"누가?"

"……보, 보호자요."

남 기장은 우악스럽게 잡았던 멱살을 놓고 나한을 위아래로 훑었다. 병원에 입원해 있다던 남자다. 남 기장은 직원 면접 보듯 질문을 해댄다.

"군대는 갔다 왔고? 지게차 운전은?"

고개만 내젓는 나한에 남 기장은 떨떠름한 얼굴로 핸드폰을 손에 든다. 출근 전인 사장 하윤에게 전화를 건 남 기장은 한마디 대꾸도 없이 통화를 마쳤다. 그러고는 떨떠름한 얼굴로 나한을 찬찬히 뜯어보고는 따라오라는 손짓을 했다.

나한은 남 기장을 따라 이동했다. 인쇄기가 돌아가는 소리는 그냥 들으면 시끄럽지만 귀 기울여 들으면 웅장했다. 기계 돌아가는 그 소리가 나한에게는 이상하리만치 가슴을 벅차게 만들었다.

"적응이 쉽진 않겠지만 탈곡기 소리라 생각하면 나쁘지만은 않을 거야. 밥 먹여주는 소리니까. 그렇다고 기계에 함부로 손대면 죽을 줄 알아."

"……."

"저기 바닥에 있는 종이들 좀 치워."

"……네."

나한은 잡일이 몸에 밴 것처럼 날렵하게도 움직였다. 기계 소리를 음악처럼 들으며 종이 쓰레기들을 한데 모아

마대에 담았다. 직원들과 말을 섞는 일은 좀처럼 없었다. 하루가 지나고 이틀이 지나고 삼일이 지나도 나한은 따로 움직였다. 직원들이 출근하기 전이나 그들이 자리를 비운 점심시간에 맡겨진 일을 처리했다. 어쩌다 직원들과 눈이라도 마주치면, 나한은 슬그머니 시선을 돌리고 빠른 걸음으로 자리를 떴다.

병원에서 지낼 때와는 다르게 사장인 하윤과 말을 주고받을 수 없다는 게 아쉽기는 했지만, 나한에겐 인쇄소라는 새로운 세상이 눈앞에 있어 견딜만했다. 아니, 호기심 가득이었다. 나한은 직원들과 눈을 마주치지 않기 위해 내내 고개를 숙인 채 일하다가 사방이 조용해지면 고개를 들었다.

점심시간이다. 기계실에 아무도 없다는 것을 확인한 나한은 인쇄기의 작동부에 손을 얹었다. 부단히도 알고 싶었던 기계다. 곁눈질로 무던히도 익혀온 기계다. 그냥 한 번 들여다본 것이 전부다.

"야, 너! 지금 뭐 하는 거야? 내 기계에 왜 손을 대고 지랄이야!"

화통을 삶아 먹은 듯한 직원의 목소리가 나한을 무작위로 공격했다. 인쇄기마다 담당 기장이 있어서 마음대로 손을 대면 안 된다는 것쯤은 나한도 눈치로 알았다. 남몰래 인쇄기기들을 들여다보던 나한은 결국 들키고야 말았다. 상대의 분을 온몸으로 받아내는 나한은 변명도 하지 못했다.

점심을 마친 남 기장이 그곳에 나타나고 나서야 소란은 일단락되었다. 그리고 인쇄기에 대한 나한의 호기심을 알아챈 남 기장은 틈나는 대로 나한을 불러 인쇄소 안에 있는 기기들에 대해 설명했다. 평판인쇄기, 음각인쇄기, 커팅기, 자동날인기 등 인쇄소에 있는 기계들은 그 종류도 다양해서 나한은 남 기장의 입에서 전문 용어가 튀어나올 때면 귀를 더 쫑긋 세웠다. 그런 나한에게 남 기장은 마음 자리를 조금씩 내줬다.

"재밌어?"

"네. 그리고 신기해요. 인쇄도 기계도……."

"한꺼번에 너무 많이 알면 재미없으니, 오늘은 여기까지만 하지."

남 기장은 하루에 하나씩만 알려줬다. 나한은 그의 설명 하나하나를 스펀지처럼 빨아들였다. 인쇄기 몸통을 관통한 하얀 종이는 제 몸에 글과 그림을 새겨 넣고 새로운 모습이 되어 나타났으며 잉크 냄새는 향기로웠다. 인쇄기 돌아가는 소리는 또 음악처럼 감미롭지 않은가 말이다. 인쇄소는 마법의 공간이자 나한이 새로 태어나는 곳이나

마찬가지였다. 하얀 종이도 나한 자신도.

6 /

2016년 여름.

　나한이 인쇄소에서 살게 된 지도 어느덧 삼 년이 지났
다. 직원 휴게실은 겨울엔 몹시 춥고 여름엔 몹시 더웠으
나 나한은 불평하지 않았다. 사장 하윤이 데려왔다는 꼬
리표 탓에 직원들과 허심탄회하게 어울리기는 힘들었다.
대놓고 눈총을 주지는 않아도 나한을 마뜩잖아한다는 것
은 그들의 행동에 그대로 묻어났다. 회사에서 정해준 직
원 식당이 있지만 나한은 편의점에서 삼각김밥과 컵라면
으로 끼니를 때웠다. 되도록 다른 직원들의 눈에 띄지 않
게 다녔다. 없는 사람처럼 삼 년 하고도 사 개월을 인쇄소
에서 보냈다. 어깨너머일지라도 나한에겐 인쇄소의 모든
것을 익히기엔 충분했다. 시간은 나한의 편이었고, 기계
실을 드나드는 수만큼 나한의 지식과 기술도 늘어갔다.
　나한은 눈썰미가 뛰어날 뿐만 아니라 한 번 들은 것은

절대 잊지 않을 만큼 기억력도 뛰어났다. 직원들이 모두 퇴근한 늦은 밤, 나한은 자신의 존재감을 드러냈다. 낮에는 눈치를 보느라 할 수 없었던 일들을 홀로 시작했다.

직원들이 출근하면 그 일로 소동이 일기도 했다. 간밤에 누군가 자신의 기계를 만진 흔적을 담당 기장은 용케도 알아봤다. 어김없이 나한에게 지청구가 날아왔다.

"감히 내 기계에 손을 대?"

나한은 그들에게 동료 직원이 아니라 틈만 나면 자신의 자리를 노리는 자에 불과했다. 그런 게 아니라는 말은 통하지 않았다. 그때마다 남 기장은 나한을 옥상으로 불러 일장 연설을 하고는 달래는 말도 잊지 않았다.

"배움이 고플 때라는 건 내 알아. 그렇다고 다른 직원들 다 있는 데서 네 편은 못 들어줘. 낙하산이란 게 원래 그런 거야. 아무 짓을 안 해도 남들 불편하게 만드는……."

"고, 고맙습니다."

"뭐가? 야단치는 내가 고마워? 야속한 게 아니고? 암튼, 나 없을 땐 기계실에 발도 들이지 말라고!"

"죄송합니다."

나한은 쯧쯧, 혀를 차는 남 기장을 향해 허리를 굽혔다. 야단을 맞을 때도, 궁금증을 해소해 주었을 때도, 칭찬인지 안타까움인지 모를 말을 할 때도 나한은 허리를 굽혔다. 그런 나한을 다른 직원들은 재수 없는 놈이라 생각했다. 평소에는 고개도 못 들고 다니다가 어느 순간 고개를 들고 눈동자를 번뜩일 때면 무서운 놈이라고 또 치를 떨었다.

그들은 나한을 홀대했다. 나한과 사장의 관계를 뒤에서 쑤군댔다. 하윤이 직원 회식과 노래방 비용을 통 크게 쏜 뒤에 나한의 필요에 대한 이야기를 덧붙이면, 앞에선 호응하고 뒤로는 찜찜해 했다.

"없는 것보다 나아? 청소한답시고 안 가는데 없이 다 돌아다니는데, 뭔 짓을 하는지 알게 뭐야."

나한은 듣고도 못 들은 척했고, 알아도 모르는 척했다. 과거의 기억을 통째로 잃었다는 사실은 나한의 약점이 되었다. 무시와 멸시가 수시로 벌어졌다. 나한은 묵묵히 감당했다. 직원들은 그런 나한에게 우호적이진 않아도 조금씩 무심해져 갔다.

나한은 직원 휴게실에서 홀로 잠들고, 새벽이 오면 눈을 떴다. 낮엔 누군가의 그림자로 지내고, 밤이면 허기진 호기심을 채우기 위해 고군분투했다. 아무도 없는 인쇄소의 밤은 나한만의 왕국이 되어갔다. 직원들은 간밤에 나한이 기계에 손을 댄 흔적을 찾을 수 없게 되자 눈만 부라렸다.

2장

혼돈의 나날

7 /

나한은 하윤을 찾아온 손님과 있었다. 푹 숙인 고개로 손님의 눈치를 보면서. 기다림에 무료한 손님이 나한에게 말을 걸었다.

"종이 두께를 어느 정도로 해야 할지 감이 잘 안 와서 그러는데, 알 수 있는 방법이 없을까요?"

나한은 자신에게 묻는 것이라고 생각지 않았다. 손님이 나한을 향해 재차 묻고 나서야 나한은 제게 묻는 거냐는 표정으로 손님을 바라봤다. 그럼 여기에 당신 말고 누가 또 있냐는 손님의 표정에 나한은 겨우 말문을 열었다.

"……인쇄물과 같은 사이즈의 종이로 확인해 보면 두께의 감이 잡힐 겁니다. 지금 손님이 갖고 계신 건 샘플이 작아서 두께가 적당하다 생각할 수 있지만, 사이즈가 크면 또 얇게 느껴질 수 있습니다."

샘플 종이는 말 그대로 샘플일 뿐이라고 온전히 말을 마치기도 전에 나한은 낯을 가리듯 수줍게 고개를 돌렸다.

"실물 사이즈로 종이 두께를 확인해 봐야 한다?"

손님은 바로 테이블에 있는 종이 한 장을 작게 그리고 크게 두 개로 잘라 두께감을 확인했다. 사이즈가 작으면 얇아도 두껍게 느껴지는 건 사실이었다. 손님은 벌떡 일어나 나한에게 다가갔다.

"사장님이, 곧…… 오실 겁니다."

나한은 손님을 등지고 선 채로 말했다. 손님의 손이 나한의 어깨로 올라온 것은 그때였다. 식겁한 나한은 새된 소리와 함께 생수통 옆으로 바짝 붙어 섰다. 당황한 손님은 얼른 손을 떼며 말했다.

"놀라게 할 생각은 아니었어요. 난 그냥 이름이나 물어보려던 건데…… ."

분위기가 과하게 어색해졌다. 손님은 어리둥절하고, 나한은 생수통에서 떨어질 줄을 몰랐다. 하윤은 그때 나타났다.

"오래 기다리셨나요? 여기 사장 공하윤입니다. 인쇄물이라면 출판사 직원이 잘 알아서 할 텐데…… ."

"그렇긴 하죠. 지나는 길에 인쇄물도 궁금하고 해서 한번 들러봤습니다."

"추리소설가 박종익 작가님이시라구요? 직접 뵙는 건 처음인데……, 영광입니다, 작가님! 양복이 참 특이하네요. 입체적인 게, 작가님을 닮은 것 같아요."

하윤의 너스레에 종익은 희미한 미소를 짓는다. 인쇄소 구경을 시켜주겠다는 말에는 괜찮다고 거절했다.

"이렇게 그냥 가시게요?"

하윤이 실망스러운 얼굴로 말했다.

"기회가 되면 다음에 또 들르겠습니다."

종익은 생수통 옆에 웅크린 나한을 힐끔 쳐다보고는 사무실을 나갔다. 종익의 발소리가 멀어지고 나서야 하윤은 벽에 달라붙어 있는 나한에게 다가갔다.

"아까는 솔직히 좀 놀랐어. 종이 두께를 그렇게 쉽게 설명하다니. 가끔씩 인쇄 떨어지고 나서, 자기네가 발주한 종이가 아니라는 둥 어깃장을 놓는 고객이 있거든."

분명 칭찬이었다. 하지만 나한은 제멋대로 굴어서 죄송하다고 사과했다. 그때까지도 벽에 달라붙어 떨어질 줄 모르는 나한의 등으로 하윤은 손을 가져갔다. 갑자기 등을 돌린 나한은 입술에 닿은 촉감을 느꼈다. 본의 아니게 하윤의 이마에 입술을 맞추고 말았다.

"죄, 죄송합니다."

나한은 두 손으로 황급히 자신의 입을 가렸다. 얼마든

지 있을 수 있는 일이다. 그럼에도 어쩔 줄을 모르는 나한
에 하윤은 그만 웃음이 터졌다.

남 기장은 틈나면 나한에게 이것저것 가르쳐 주었지만
하윤은 그렇지 않았다. 휴게실에서 살게 해준 대신에 나
한이 인쇄소 내의 잡일들을 도맡아 하도록 내버려뒀다.
이곳에서 일어나는 일들에 대해 나한이 그토록 꿰고 있을
줄은 몰랐다. 나한의 배움은 눈과 귀를 통해 오랜 시간 동
안 조용하게 이루어졌다. 좀처럼 기술과 정보를 나누어주
지 않는 직원들 틈에서 나한은 배움을 소중히 했다. 인쇄
소에서 일어나는 일들에 대한 남 기장의 말은 모두 외우다
시피 했다.

직원들의 눈총과 하윤의 무관심에도 나한은 꿋꿋하게
버텼다.

"나한 씨 부모님은 분명 좋은 분들이셨을 거야."

듣기 좋으라고 한 말은 아니었다. 그의 과거를 모른다
는 사실 하나로 그의 장래에 대해 하윤은 무심했다.

"제게도 부모가 있을까요?"

"그럼, 하늘에서 뚝 떨어졌을까."

아닐 것이다. 그러나 나한은 자신의 부모가 어딘가에
살아있을 것이라고, 자신을 찾고 있을지도 모른다는 생각
을 해본 적이 없었다. 기억에도 없는 부모를 떠올리자니

나한은 수렁 깊은 곳으로 빠져드는 기분이었다. 교통사고로 병원에 입원해 있을 때도 나한의 보호자는 사고 당사자인 공하윤이었다.

"진짜 생각나는 게 아무것도 없어? 하다못해 친구나 학교 다닌 기억은 있을 거잖아."

하윤의 말에 고개를 내젓는 나한은 저도 모르게 한숨을 내쉬었다.

"인생, 어차피 혼자야. 어린애도 아니고 다 큰 성인인데, 과거사가 뭐 그리 중요하겠어. 지금의 나한이, 과거의 나한을 그대로 말해주고 있는데……. 눈치가 빨라서 말 안 해도 척척, 모르는 건 어떻게든 학습하고, 부지런하지, 거짓말 못 하지, 불평불만도 통 할 줄 모르고……."

나한의 장점인지 단점인지 모를 것들까지 하윤은 하나씩 열거했다. 스무 살에 직원은 둘뿐인 인쇄소의 경리로 취직한 하윤이다. 커피를 타고, 전화를 받고, 테이블을 닦고, 입출금 장부를 정리하고, 은행을 왕래하면서 하윤의 인쇄골목 인생이 시작됐다.서너 명 규모의 작은 인쇄소에서 분업은 가당치도 않았다. 경리로 입사했으나 하윤은 인쇄 감리는 물론 홍보물 디자인도 해야 하는 혹독한 역량 증진의 순간들을 넘기고 넘기면서 지금의 자리에 이르렀다. 하윤의 꽃다운 청춘이 을지로 인쇄골목 곳곳에

촘촘히 박혔다. 나한의 장래 또한 이곳에 있을지 모를 일이다. 나한이 회사 휴게실에서 지낸지도 벌써 삼 년이 넘었다. 하윤은 애잔한 마음에 말했다.

"우리 집에 와서 지내는 건 어때?"

"사장님 집에요?"

"응. 집에 빈방이 많아. 남편이 애들 데리고 필리핀에 갔거든. 조기유학! 집에 혼자 있자니 텅 빈 것 같아서 좀 무섭기도 해."

"저는 여기가 좋아요."

"좋기는 뭐가 좋아? 여름엔 중동 사막이고, 겨울엔 시베리아 벌판인데……."

"집도 절도 없는 놈이 이 정도면 호사죠."

나한은 자신을 이곳에 데려왔을 때, 하윤이 했던 말을 똑같이 했다. 하윤이 생각해도 집은 좀 그랬다. 방학이 되면 남편과 아이들이 한국에 들어와 지낼 것이기에. 하윤은 고민 끝에 나한이 지낼 오피스텔을 따로 얻었다.

밤이 되면 자신의 왕국이나 다름없는 인쇄소를 나한은 떠나고 싶지 않았다. 그렇다고 짐을 옮기라는 하윤의 뜻을 거역하지도 못했다. 나한의 새 거처는 을지로 인쇄소에서 지하철로 여섯 정거장쯤 떨어진 곳에 있었다. 직원 휴게실과는 비교할 수 없게 쾌적했지만, 나한은 새 거처에 마음을 주지 못했다. 잉크 냄새도 나지 않고 밤마다 들여다볼 수 있는 인쇄기도 없었다. 나한은 하루아침에 이상하고 낯선 곳에 버려진 기분이었다.

8 /

나한의 새 거처가 생긴 뒤로 하윤은 걸핏하면 오피스텔로 퇴근했다. 밥을 같이 먹고, 늦은 시간까지 있다가 집에 가거나, 어떤 날은 아침까지도 나한과 함께했다. 그럴 때면 나한은 집에는 안 가 봐도 되냐고 지나는 말로 물었다.

"우리 집보다 여기가 훨씬 좋아. 집이 작아서 그런가, 아늑하고 따뜻하고, 그래."

하윤은 침대에 걸터앉아 나한의 허벅지를 베고 누웠다. 다른 사람들은 어떻게 사는지 알 수 없으나 나한은 하윤과 있으면 좋았다.

"큰 사장님은 언제 오세요?"

"우리 남편? 글쎄. 매일 골프 치고 노느라 바빠서. 재미없다. 우리 얘기나 하자. 그리고 신입 군기 좀 잘 잡아봐. 괜히 주눅 들어 있지 말고."

나한은 자신이 알고 있는 것을 말했을 뿐인데 그때마다 직원들은 못마땅한 얼굴로 자리를 떴다. 그들이 곁을 내주지 않아도 그게 어제오늘만의 일은 아니어서 나한은 그러려니 했다.

나한은 직원들과 관계를 원만히 맺지 못했다. 나한 딴에는 돕고 싶어 벌인 일에도 그들은 불손한 의도가 있다고 오해했고 나한을 멀리했다. 그 모든 것이 하윤의 편애에서 비롯된 시기와 질투라는 걸 나한은 알지 못했다. 직원 휴게실에서 사는 동안 하윤과 대놓고 말 한 번 제대로 섞어본 적도 없는데, 하윤이 데려온 사람이라는 사실 하나만으로 직원들은 나한을 무던히도 경계했다.

"죄송해요. 저 때문에……."

"또, 또! 이참에 과장으로 승진시켜줄까? 새로 들어온 신입들한테까지 무시당할 순 없잖아. 김나한 과장, 어때?"

하윤이 머리를 모아 뒤로 넘기자 그녀의 오동통한 뺨이 드러났다. 나한은 그 뺨에 입을 맞추고 싶은 본능이 꿈틀했다. 하지만 그럴 순 없었다. 자신은 하윤에게 어느 날 갑자기 하늘에서 뚝 떨어진 불한당 같은 존재일 뿐이라고 여기면서도 나한의 감정은 하윤을 향해 갔다. 하윤이 다정하면 마음에 온기가 들고, 하윤이 화를 내면 풀어주기

위해 안달해야 했고, 하윤이 눈물이라도 글썽이면 마음이
찢어지게 아팠다.

"고마워요."

과장으로 승진 시켜주겠다는 것 때문이 아니다. 병원에
서 퇴원한 그날부터 하윤은 나한에게 등불이나 다름없었
다. 먹여주고 재워주고 일자리까지 주지 않았던가. 하윤
과 나한의 관계를 의심하는 직원들의 눈총을 받는 일상이
었지만 나한은 그런 일상에 익숙했다. 관심을 주지 않고
아는 척도 하지 않는 그런 일상이 편하기도 했다. 그러나
하윤의 무관심에는 상처를 받았다. 그만큼 하윤과 보내는
다정한 시간은 정말이지 꿈만 같다.

"……사장님?"

"둘이 있을 땐 그냥 누나! 자기야, 라고 부르면 더 좋고."

"사장님은 제가 좋으세요? 저야 사장님이 좋은 게 당연
하지만."

"스읍, 누나! 다시!"

언제부터였을까. 나한의 기분에 신경이 쓰이기 시작한
것은. 사람들의 눈을 피해 나한이 도망치듯 휴게실로 들
어가던 그 어느 날부터였을까. 하윤의 무관심에도 인쇄소
의 궂은일들을 알아서 하던 그때부터였을까. 하나를 알려
주면 열을 아는 영민함을 알고부터였을까.

그 모든 행동이 그저 제 살기 위한 것이라 여겼다. 곧 본색을 드러내겠지. 그러나 삼 년을 넘기고도 나한은 그 대로였다. 여전히 순진하고 착하고 성실한. 놀라운 것은 인쇄소의 업무 전반에 관해 놀랍도록 다 꿰고 있다는 사실 이었다. 인쇄소 안의 기계들이야 남 기장이 있으니 그런 가 보다 했지만 기계 외의 것들에 대해서도 나한은 영역 을 넓혀가며 스스로 호기심을 해결했다. 뭔가 모르는, 아 니 알고 싶은 것이 생기면 집요하게 파고드는 나한에게 인 쇄소는 이제 너무 시시한 학습장이 되어버렸다. 그렇다고 자신이 아는 것으로 젠체하거나 거들먹거리지도 않았다. 나한은 자신의 가치를 스스로 만들어냈다.

그래서였는지 모른다. 나한이 직원들로부터 따돌림을 당한 것은. 정작 본인은 알지도 못하는 그 가치가 다른 직 원들의 눈에는 너무도 잘 보여서.

"나한은 나를 얼마나 사랑해?"

나한은 고개를 갸우뚱했다.

"그 반응은 뭐야? 나를 사랑하지 않는다는 거야? 이래 도?"

눈을 흘기던 하윤이 나한의 목에 팔을 감고 빙그레한 웃 음을 머금었다. 젊은 욕망은 마른 나뭇가지에 불이 붙듯 빠르고 거세게 타올랐다. 하윤 역시 억눌러왔던 감정을 그대로 발산했다.

 직원들의 눈을 완벽하게 피하는 것은 어려웠다. 남 기장의 눈이라면 특히나 더. 하윤의 표정만 봐도 남 기장은 대번에 알아챘다. 그에게 따로 말을 하지 않았지만, 하윤의 방치와 무관심에도 휴게실에서 지내는 나한에게 그가 인쇄소의 일을 가르친 건 그래서였다는 걸 하윤도 모르진 않았다.

 어쩌면 하윤도 이런 날을 기다렸는지 모를 일이다. 나한이 자신의 몫을 해내는 날. 인쇄소가 아닌 곳에서 둘만 있을 수 있는 이런 날을. 그들의 애정행각이 한바탕 침대를 훑고 지나갔다. 정사가 끝난 후에도 일인용 침대에 하윤은 나한과 반은 포개진 채로 누워 있었다.

 "행복해?"

 하윤의 물음에 나한은 뭐라고 대답해야 할지 몰랐다. 생각나지 않는 과거처럼 뇌가 진공상태에 빠졌다.

 "왜 아무 말이 없어?"

 "……모, 모르겠어요."

 "난 솔직히……, 두려워. 근데 그 두려움을 이길 수 있을 만큼 네가 좋아. 그래서 행복해. 그래서 겁이 나."

 남편 최일면에게 들킬까 봐 두려운 것은 아니었다. 일면은 어릴 때부터 아이를 글로벌하게 키워야 큰 인물이 되는 거라고 강조했다. 그러나 그것은 자신이 글로벌하게 놀고 싶어서라는 속내를 하윤이 알게 된 것은 훨씬 나중의 일이었다.

가족은 함께 살아야 한다. 하윤의 생각은 그랬다. 전적으로 남편을 신뢰하지 못하는 이유도 있었다. 유학은 아이들이 좀 더 큰 다음에 아이들이 스스로 결정할 수 있게 되면 그때 보내도 된다고. 말은 그렇게 했지만 하윤은 두려웠다. 가족 간의 끈끈함도 없이 자신이 돈 버는 기계로 전락하게 될까 봐.

일면은 아이들의 유학에 편승해 보호자를 자처했지만, 현지에 도착해서는 헬퍼에게 아이들을 떠맡기고 본인은 골프만 치러 다녔다. 하윤도 짐작하고 있었다. 일면이 인쇄소 일을 배우겠다며 잘 다니던 기획사를 관둔다고 했을 때, 하윤은 반대했다. 그때도 일면은 자신의 고집을 꺾지 않았고, 끝내 하윤의 승복을 받아냈다.

하윤은 부부가 한 사무실에서 일하는 것도 나쁘지 않다고 애써 받아들였지만, 결과는 좋지 않았다. 일면과 직원들 사이에 불협화음이 곳곳으로 번졌다. 직원이 몇 안 되는 인쇄소에서 일면은 하윤의 생각과 반대로 움직였고, 직원들은 뜻이 다른 두 사장 사이에서 어느 쪽에 장단을 맞춰야 할지 모르는 상황이 늘어갔다. 직원들 사이에서 불평불만이 쏟아져 나왔다.

하윤이 일면에게 육아휴직을 권한 것은 특단의 조치였다. 첫 아이가 태어난 직후였다. 말이 육아휴직이지 일면의 관심을 인쇄소에서 떼어놓기 위해서였다. 그때부터였던 것 같다. 일면이 아이와 시간을 보내면서 자신만의 인생을 다시 그리게 된 것은.

일면은 필리핀에 도착하자마자 가사와 학습 도우미를 고용했다. 그리고 자신은 꿈에 그리던 일상을 손에 넣었다. 푸른 초원에서 골프를 치고 해변에서 일광욕을 즐기는 여유로운 일상을. 그렇게 일면은 하윤의 삶에서 멀어지고 있는 것일지도 모른다. 욕망하는 것이 서로 다른 부부에게 무엇이 기다리고 있을지 하윤은 두려웠다.

나한도 두렵기는 마찬가지였다. 지금의 안락함을 누군가 빼앗아 갈 것만 같아서. 하윤과 하나가 된 나한은 침대에 누워 천장만 멍하니 바라봤다. 지워진 과거는 어디서도 떠오르지 않았다.

하윤이 나한의 오피스텔에서 지내는 날이 늘어갔다. 나한에게 하윤은 모성애 가득한 엄마였다가, 욕망 가득한 여자였다가, 둘도 없는 친구였다가 했다. 행복까지는 아니어도 나한은 지금 누리는 자신의 평온함이 깨지지 않기만을 바랐다.

9

"먼 길 운전해 가려니 심심한데 같이 갈래?"

"조심히 다녀오세요."

나한은 일말의 주저함도 없이 거절했다. 못내 서운한 하윤이 나한의 옷자락을 차창 앞으로 확 끌어당겼다. 나한은 놀란 것도 잠시 다른 직원이 볼까 주변부터 살핀다.

"그러겠다고 하면 어디가 덧나? 내가 심심해서 죽어도 상관없다는 거지?"

"심심해서 죽는 사람은 없어요. 눈총에 맞아 죽는다면 또 몰라도……."

"좋아. 나 혼자 다녀올게. 다른 사람들 눈총에 맞아 죽지 말고 기다려. 어깨 쫙 펴고! 내가 네 뒤에 있다는 거 잊지 말고!"

"더 늑장부렸다간 오늘 중으로 못 돌아……."

말하는 나한의 입을 하윤이 입술로 막았다. 그러고는 서둘러 운전대를 잡았다. 하윤이 좁은 골목을 벗어나는 것을 확인하고 나서야 나한은 돌아섰다. 하윤의 입술이 스쳐간 자신의 입술을 손끝으로 어루만지면서.

인쇄소 안으로 발걸음을 돌리던 나한은 순간, 저도 모르게 뒤를 돌아봤다. 언제부터였을까. 직원들의 눈총보다 더 따가운 시선이 골목 어딘가 숨어서 자신을 지켜보는 듯했다. 전봇대, 오토바이, 손수레, 행인, 그리고 건물들. 특별할 것 없는 평소대로의 골목이다.

나한은 왠지 꺼림칙한 골목에서 시선을 떼고 건물 안으로 들어갔다. 하윤이 지방 출장을 간 동안 처리해야 할 택배 물건들이 나한을 기다리고 있었다. 택배 용지가 떨어졌다. 주소를 포장지에 직접 적어도 되지만 우체국에 비치되어 있는 택배 용지를 가져와야 했다. 우체국은 걸어서 십 분 거리에 있다. 누군가는 나한의 빠른 걸음을 두고 왕년에 좀도둑 생활 좀 했느냐고 비아냥거리기도 했다. 자신의 걸음이 빠른지 느린지 생각조차 해본 적 없지만 다른 이들에 비해 빠른 것만은 확실했다.

을지로 골목을 지나 우체국에 들렀다 오는 동안 나한은 수시로 뒤를 돌아봤다. 뭔가 석연찮은 기운이 꽁뒤에 달라붙은 것 같은 찜찜함. 경계심이 본능적으로 발동됐다. 기억나지 않는 과거 그 어딘가에 도망자라는 꼬리표를 달고 있었던 것은 아닐까. 나한은 빠른 걸음으로 건물 모퉁이에 몸을 숨겼다.

낯선 남자 하나가 나한이 사라진 골목에서 사방을 두리번거리고 있었다. 나한을 쫓고 있던 게 분명했다. 누군데 나를 미행하지? 혹시 나를 아는 사람? 나한은 그런 생각을 하면서 수상쩍은 남자를 유심히 관찰했다. 육십 중반쯤 되어 보이는 남자는 벙거지 모자에 헐렁한 셔츠와 양복바지를 입고 전문가용 렌즈가 부착된 카메라를 목에 걸고 있었다. 남자 앞에 나서서 자신을 아냐고 묻고 싶었지만 마음을 고쳐먹었다. 남자의 미행은 평범하지 않고, 기억나지 않는 자신의 과거는 불길했다. 무엇이 숨어있을지 알 수 없다.

나한은 남자를 따돌리고 인쇄소로 돌아왔다고 생각했다. 그랬는데……

"저기, 뭐 하나만 물읍시다."

카메라를 목에 건 남자는 인쇄소 앞에 있었다. 다가오는 남자에 나한은 저도 모르게 눈을 찡그리고 뒷걸음질을 쳤다.

"……다, 당신……, 누, 누구야?"

나한은 겁먹었다.

"여기가 주자소 골목이 맞죠?"

남자는 나 무서운 사람 아닌데, 왜 그러냐는 낯으로 물었다. 주자소? 인쇄골목이란 말은 들어봤어도 주자소 골목이란 말은 처음 듣는다. 그러나 지금 그게 중요하진 않았다. 나한은 입을 꾹 다문 채 정체를 알 수 없는 그 남자를 주시했다.

남자가 건넨 명함에는 '민간조사원 한기훈'이라 적혀 있었다. 사설탐정이라는 설명이 붙어있지 않았다면 착각했을 것이다. 인쇄골목인지 주자소 골목인지를 조사하고 다니는 조사원쯤으로.

"1403년 태종 3년에 새워진 조선시대 활자의 주조를 담당하던 관청을 주자소라 불렀죠."

남자는 1900년대 초부터 을지로 일대에 인쇄업체가 들어서기 시작했다며 한국전쟁 후 인접한 충무로까지 인쇄 관련 사업이 번졌다는 둥, 신문과 잡지를 편찬하고 인쇄를 맡아보던 출판기관이 따로 있었다는 둥, 전국 인쇄 관련 사업체 삼분의 일이 서울시 중구에 집중되어 있다는 등의 얘기들을 두서없이 꺼내놓았다.

인쇄술과 인쇄소의 역사에 관한 한기훈의 이야기는 흥미로웠다. 나한은 경계심을 지운 채 그의 얘기를 멍하니 듣고 있었다. 생뚱맞기는 했다. 처음 보는 남자가 자신을 붙잡고 그런 얘기를 한다는 게.

"그 옛날 주자소의 영향이 현재까지 이어지고 있다, 뭐 그런 얘기죠."

자신과는 상관도 없는 한기훈의 얘기가 끝나고 발길을 돌리려던 그때, 한기훈이 자신의 말을 하나만 더 듣고 가라며 나한을 붙잡았다.

"아들 같아서 하는 말인데 말이야. 여자 조심해. 남편 있는 여자는 특히 더. 가까이 하지 말라고."

종잡을 수 없는 사람이다. 주자소 얘기로 나한의 정신을 흐리더니, 갑자기 나한에 대해 뭔가 알고 있는 사람처럼 반말로 훅, 들어왔다.

"……무슨 말입니까, 그게?"

"세상엔 비밀이 없으니 조심하란 거야. 요즘 같은 세상에 불륜이 법적으로 문제 되진 않지만 인간적으로 할 짓은 못되지. 세상의 절반이 여자라는데, 하필이면 가정 있는 여자와? 남의 가정에 끼어 괜히 말썽을 일으키며 살 이유가 없단 얘기지. 자네가 양아치는 아닌 것 같아서 말해주는 거야. 어쩌면 그쪽이 피해자일 수도 있겠다 싶어서."

"……!?"

나한의 얼굴에 그림자가 들어서고, 한기훈은 쓴 입맛에 쩝쩝 소리를 냈다. 필리핀에서 어떻게 한기훈의 연락처를 알았는지 의뢰인은 공하윤의 외도 증거를 원했다. 그녀의 외도 상대인 김나한을 찾아내는 건 어렵지 않았다. 과거를 기억 못 하는 그에게 연민을 느껴서는 안 되었다.

어쩌면 생사조차 확인할 수 없는 오래전 잃어버린 아들

때문이었는지도 모를 일이다. 한기훈은 젊은 나한이 중년 여자에게 의지하게 된 배경이 못내 신경 쓰였다. 그런 상황이라면, 기훈 자신도 장담할 수 없다. 그래서였다. 공하윤의 남편이 아내의 외도 증거를 찾고 있다는 사실을 나한에게 알려준 것은.

온전히 지워지지 않은 얼굴의 흉터만 아니면, 아니, 어쩌면 그것이 여자의 모성애를 자극했을지도 모를 일이다. 기훈은 나한과 마주한 그 짧은 시간 동안 순진무구한 그의 눈빛에 깃든 두려움을 읽었다. 의뢰인을 제치고 가해자를 도와주고 싶은 마음이라니. 나한 앞에 기훈은 무장해제였다. 공하윤의 과거사를 입에 올린 건 나한을 조금이라도 더 붙잡아두기 위해서였다.

"열여덟 연상의 첫 번째 남편이 뇌출혈로 사망하고, 육 개월 만에 지금 남편과 재혼을 했다더군."

나한은 하윤에 관한 낯선 이야기에 귀를 기울였다. 그 많은 것들을 한기훈은 어떻게 알았을까. 혹시 자신의 잃어버린 과거에 대해서도 알고 있지 않을까.

"저어……."

나한은 어렵게 말문을 열었지만 한기훈은 듣지 못했다.

"끊으려고 해도, 참 쉽지가 않아."

하윤과 자신의 관계를 두고 하는 말인 것으로 오해한 나한은 입을 다물었다. 담배 얘기라는 것은 한기훈이 입에 문 담배에 불을 붙이는 것을 보고서야 알았다. 한 모금 길게 빨아들인 기훈이 나한을 향해 담배 연기를 뿜었다. 담배 연기를 맡은 나한이 콜록댔다.

"내가 해줄 말은 이제 다 한 것 같군. 내 충고, 잊지 말게."

한기훈이 인쇄골목 끝으로 사라질 때까지 나한은 우두커니 서 있었다. '외도'니 '불륜'이니 '의뢰인'이니 '충고'니 하는 단어들이 뇌리를 새처럼 날아다녔다. 지금껏 자신이 뭔가 잘못을 저지르고 있다는 생각은 해본 적이 없는데 말이다. 살기 위해 저도 모르게 작동된 본능인데 말이다. 나한은 뒤통수를 호되게 얻어맞은 기분이었다.

하윤은 나한의 유일한 보호자였다. 그런 하윤을 의지하고 좋아하는 게 뭐가 잘못이란 말인가. 남편 있는 여자? 나한의 뇌가 버퍼링을 일으켰다. 단 한 번도 하윤을 남의 여자라고 생각한 적이 없었다.

뜬금없이 나타난 민간조사원 한기훈으로 인해 나한의 모든 것이 와르르 무너져 내린 기분이었다. 내가 뭘 그렇게 잘못했다고? 내겐 누나밖에 없는데……. 나한은 끝도 없는 혼돈 속으로 자신이 빨려 들어가는 듯했다.

10 /

홍제역에서 내려야 했다. 정차했던 지하철이 다시 출발하고 나서야 나한은 내릴 곳을 지나쳤다는 것을 알았지만 덤덤했다. 퇴근길의 지하철은 붐볐고 사람들 틈의 나한은 외로운 섬이나 다름없었다.

다른 이들의 모욕적인 시선쯤은 가뿐히 받아넘겼다. 인쇄소 휴게실에서 나한은 행복했다. 아쉬운 것도 큰 욕심도 없었다. 오피스텔로 거처를 옮기고 난 후로 나한은 과분한 행복에 매일이 불안했다. 가져서는 안 될 물건을 손에 쥐고 있는 것처럼 두려웠다.

한기훈을 만난 후로 나한은 얼빠져 있는 날이 많았다. 퇴근길에 지하철을 탔다가, 인쇄소로 되돌아오는 일이 거듭됐다. 한밤의 인쇄소 휴게실에는, 오피스텔에서는 느낄 수 없었던 평온함이 있었다.

악몽은 어쩔 수 없었다. 불면의 밤이 이어지고 잠이 겨우 들었다 싶으면 나한은 악몽을 꿨다. 깨고 나면 기억도 나지 않는 악몽. 기억에 없는 과거만큼이나 나한은 알맹이 없는 인생을 살고 있는 듯했다. 공허함을 떨쳐내는 일이 쉽지 않았다.

나한이 홍제역을 지나고 있을 때 핸드폰이 울렸다. 하윤의 전화일 것이다. 나한은 뒷주머니의 핸드폰을 꺼내는 대신 지하철의 손잡이를 잡았다. 고개를 든 그 짧은 틈에 들어온 최면센터의 홍보 포스터. 하윤의 전화가 고집스럽게 울리는 가운데 나한은 눈앞의 광고만 뚫어져라 쳐다봤다.

11 /

바지락을 넣은 순두부 된장찌개가 인덕션 위에서 바글바글 끓었다. 하윤은 고명으로 청양고추를 넣었다. 칼칼한 된장찌개를 좋아하는 나한이다. 찌개가 뚝배기 밖으로 끓어 넘치던 찰나다.

딩동딩동! 하윤은 초인종 소리에 인덕션 전원을 끄고 현관으로 쪼르르 나갔다.

"자기 집에 오면서 초인종을 누르는 건 또 무슨 매너야?"

하윤은 코 맹맹한 소리를 하며 문을 열었다. 나한은 들어올 생각도 없이 손님처럼 복도에 서 있었다. 하윤이 나한을 현관 안으로 들이고는 복도에 아무도 없는 것을 확인했다. 나한은 운동화를 벗을 생각도 없이 현관에 또 그대로 서 있었다.

"남의 집에 온 사람처럼 왜 이래, 진짜?"

하윤이 말에 짜증을 섞었다.

"생일 축하해요."

나한은 등 뒤에 감춰두고 있던 장미 꽃다발을 내밀었다. 하윤의 얼굴에 어려 있던 짜증이 금세 날아갔다.

"전화도 안 받더니, 이런 거였어. 진짜, 미웠다가 예뻤다가 종잡을 수가 없다니까. 근데 꽃이 너무 차갑다. 파란색 장미라니. 암튼 고마워."

남편한테도 받지 못한 생일 축하 꽃다발이다. 일면은 낮에도 전화를 해서는 생일 축하하기는커녕 안부도 묻지 않은 채 돈타령만 해댔다. 그 바람에 하윤은 퇴근 시간 전에 사무실을 나와 오피스텔로 왔다. 나한이 좋아하는 된장찌개를 끓이며 외로운 마음을 달래던 중이다.

꽃다발을 든 하윤은 나한을 유혹했다. 된장찌개 냄새가 진동했다. 하윤은 뱃속의 허기보다 마음의 허기를 채우는 일이 먼저였다. 그러나 나한은 타오르지 못했다.

"괜찮아. 나는 지금도 충분히 좋아."

나한의 가슴에 턱을 댄 하윤이 말했다.

"죄송해요."

"자꾸 그러면 나 속상해. 그리고 내가 기다리는 거 뻔히 알면서 멀쩡한 집 놔두고 왜 자꾸 휴게실로 퇴근하는 건데? 나 몰래 숨겨놓은 여자라도 있는 거야? 그래?"

그런 게 있을 리 없다는 것은 하윤이 더 잘 알았다. 나한이 뭔가 변했다는 것도. 감정에 복받친 하윤은 낮에 있었던 남편과의 일을 털어놓았다.

"내가 돈 버는 기계도 아니고, 넉넉하진 않아도 부족하지 않게 주는데도 그 인간은 통화만 했다 하면 돈 얘기야."

그 인간. 하윤은 나한 앞에서 남편을 그렇게 불렀다. 빈둥거리는 걸 좋아하는 사람이란 걸 일찌감치 알아봤어야 했는데 말이다.

"그래도 사랑했겠죠. 결혼도 그러니까 한 거고."

나한이 암울한 목소리로 말했다.

"사랑? 흥!"

하윤은 코웃음을 쳤다. 그러고는 나한의 품으로 파고들었다.

"파란 장미의 꽃말이 뭔지 알아요? ……이루어질 수 없는 사랑이래요, 원래는."

나한이 파란 장미를 주문하자 꽃집 여주인이 해준 말이었다. 애인에게 선물하는 것이라면 다른 색의 장미가 어떻겠냐고 했지만 나한은 그대로 받아왔다.

"원래는 이루어질 수 없는 사랑이고, 지금은?"

"······몰라요, 저도."

나한은 엷은 미소로 하윤을 바라봤다. 후, 하고 불면 날아가게 생긴 그 미소가 하윤은 못내 아렸다. 낯선 여행지에 막 도착한 것 같은, 나한과 있으면 그런 기분이었다. 근심 걱정 없이 오직 현실에 충실할 수 있는, 최일면으로 인해 밟히고 구겨진 마음이 햇볕에 잘 마른 빨래처럼 뽀송뽀송하고 개운한. 나한을 인쇄소로 데려올 때만 해도 더럽게 재수가 없구나 싶었는데. 지금은 나한과 있는 시간이 유일한 위로였다.

"저 이렇게 살아도 아무 문제 없는 걸까요?"

"뜬금없이 그게 무슨 소리야? 내가 싫어지기라도 한 거야?"

"아니요. 그냥 나쁜 사람이 된 것 같아요, 제가."

"왜, 다른 사람들이 뭐라고 해? 아니면 남 기장이?"

나한은 고개를 저었다. 다른 사람들과는 아무 상관이 없는 일이다. 하윤이 없는 일상은 떠올릴 수 없다는 게 문제였다. 하윤이 아무리 남편을 나쁜 놈이라 욕하고 자신의 처지를 서러워해도 정작 그들 사이에 낄 수 없다는 게 문제였다. 자신의 깜깜한 과거만큼이나 나한에게 하윤은 절실한 존재인데 말이다.

무슨 일이 있는 거냐는 하윤의 물음에도 나한은 고개만

내저었다. 하윤이 저기압이 된 얼굴로 상체를 일으켰다. 그녀의 하얀 젖가슴이 그대로 드러났다. 남편 있는 여자를 가까이하지 말라던 한기훈의 충고만이 나한의 가슴에 박혀서 통증을 일으켰다.

"……가볼게요."

바지와 셔츠를 챙겨 입은 나한이 말했다.

"가긴 어딜 가? ……그래, 가! 당장 가버려!"

이게 아닌데. 하지만 하윤의 말과 행동은 사나웠다. 장미꽃 다발을 돌아선 나한을 향해 팽개치듯 던졌다. 파란 장미 꽃잎이 바닥으로 점점이 떨어졌다.

12 /

나한은 어둠을 등에 진 채 정물처럼 휴게실에 앉아 있었다. 좋은 유전자를 물려받았다고 부모님은 분명 좋은 분들일 것이라고 했지만, 하윤이 틀렸다. 그 말이 사실이라면 총알이 빗발치는 전쟁터에 있는 것과 다름없는 이런 인생을 살고 있진 않았을 것이다.

과거 따위 몰라도 사는 데 아무 지장이 없다고 생각했

다. 민간조사원 한기훈의 등장은 나한의 일상을 뿌리째 흔들어놓았다. 자신에 대해 아는 것이라고는 병원에 입원할 때 가지고 있었다는 신분증이 전부였다.

방황은 자신이 모르는 깜깜한 과거로부터 비롯되었다. 내게도 가족이 있을까. 학교는 다녔을까. 왜 나를 찾는 사람이 아무도 없는 걸까. 원래 버려진 아이였나. 의문이 꼬리에 꼬리를 물었고, 알고 싶은 것들이 기하급수로 늘어갔다.

잠들지 못한 나한은 휴게실 불을 켰다. 새벽 두 시. 눈은 말똥말똥하고 생각은 어수선하고, 가슴은 뜨거웠다. 한밤의 청소에 나섰다. 재활용 쓰레기를 분류하고 버릴 것들을 종량제 봉투에 담았다. 하윤을 따라 인쇄소에 온 다음날부터 한 일이다. 종이와 알루미늄, 플라스틱과 유리병 등 재활용 쓰레기들을 나한의 눈과 손이 먼저 알아서 분류하고 정리했다.

인쇄소 내에서 벌어지는 일이라면 모르는 게 없는 나한이지만 삼 년이 넘도록 나한의 일은 바뀌지 않았다. 청소하고 쓰레기를 버리고……. 우편물을 챙기고 택배를 보내고 받는 것이 그나마 업무다운 일이었다.

한밤의 청소는 새벽 네 시가 되어서야 마무리가 됐다. 나한은 건물 앞 전봇대 아래 수북이 쌓인 쓰레기 더미에 자신이 내온 것을 던졌다. 무심히 돌아서던 나한은 뒤통수가 따가운 사람처럼 멈칫했다. 쓰레기 더미에 있는 석연찮은 그 무엇이 눈에 스쳐갔다.

나한은 가까이 다가갔다. 쓰레기 더미 사이로 삐져나온 그것은 분명 사람의 다리였다.

"……이, 이봐요."

나한은 발로 다리를 툭툭 건드렸다. 반응이 없다. 남자를 덮고 있는 쓰레기 봉투들을 치운 나한은 그제야 소스라쳤다. 남자의 목에는 인쇄물 밴딩에 쓰이는 노란 끈이 칭칭 감겨 있었다. 살인사건. 나한은 사색이 되어 엉덩방아를 찧었다.

현장 조사를 마친 경찰들이 쓰레기 더미에 있던 시체를 싣고 갔다. 그 후에도 살인사건에 대한 이야기로 인쇄골목이 뒤숭숭했다. 경찰과 구경꾼들을 뒤로 한 하윤이 인쇄소 안으로 들어가려는데, 누군가 그녀를 불러 세웠다. 키가 190㎝는 족히 되고도 남을 서글서글한 인상의 남자다.

"……저요?"

"네. 살인사건 신고하신 분 맞죠?"

가까이 다가선 남자를 향해 하윤은 고개를 쳐들다가 세 계단 정도를 올라섰다. 이제야 눈높이가 얼추 맞춰진 듯했다.

"살인사건인지는 모르겠고, 신고는 제가 했어요. 그쪽
은 누구세요?"

"아, 중부경찰서 강력계 송백돌 형사입니다."

"말해야 할 게 더 있을까요? 신고할 때 아는 건 벌써 다
말했는데."

"시체를 처음 발견한 것도 그쪽인가요?"

"아뇨. 여기는 제 인쇄소고, 시체는 쓰레기를 버리러 나
왔던 직원이 발견했어요."

하윤은 오피스텔에서 뜬눈으로 밤을 샜다. 나한에 대한
서운함은 가라앉지 않고 점점 커져만 갔다. 새벽 네 시가
넘은 시각. 오피스텔을 나와 인쇄소로 온 하윤은 쓰레기
더미 앞에서 사색이 된 나한을 발견했다.

"그 직원을 좀 만나볼 수 있을까요?"

"지금은 만나도 소용없어요. 얼이 빠져서 제대로 걷지
도 못하는 걸 제가 겨우 휴게실로 옮긴걸요. 겨우 안정을
취하고 좀 전에 잠드는 걸 보고 나왔거든요."

"그렇군요. 근데 두 분은 그 새벽에 왜 인쇄소에 있었던
겁니까? 원래 그렇게 일찍 출근합니까? 해뜨기도 전에?"

"아뇨. 직원은 여기 휴게실에서 지내고, 저는 연락을 받
고……."

하는데, 송 형사가 하윤의 말을 잘랐다.

"시체를 발견하고 사장한테 먼저 전화를 했다, 그런 겁니까?"

"네? 그, 그건……."

"직원분, 깨어나면 중부서 방문 좀 부탁드립니다. 어딘지는 아시죠? 저기."

송 형사는 중부경찰서 방향을 손끝으로 가리켰다.

13 /

나한은 전보다 더 묵묵히 인쇄소의 잡일에 몰두했다. 정수기 물통을 갈아 끼우고 빈 물통을 들고 나가려는 나한의 앞을 하윤이 막아섰다. 나한이 피해서 가려고 하자 또다시 막아섰다.

"뭐, 시키실 일이라도?"

"참고인 조사가 필요하다는데 왜 여태 안 간 거야? 인쇄소에 괜히 형사들 드나들게 하지 말고 갔다 오라고 말했잖아."

"안 가면 안 돼요? 난 거기 버려진 시체를 발견했을 뿐인걸요."

하윤의 시선을 피한 나한이 내리뜬 눈으로 말했다.

"네가 죽였다고 의심이라도 받을까 봐? 그게 무서워서 안 가고 있었어? 아님, 진짜로 죽이기라도 한 거야?"

"나한테 왜 그러세요, 사장님. 형사한테는 사장님이 말해주면 되잖아요."

"잔말 말고 다녀와!"

하윤이 버럭 소리를 질렀다. 꼬박꼬박 깍듯하게 '사장님'이라 칭하는 나한이 얄미웠다.

나한이 중부경찰서를 찾았을 때, 송백돌 형사는 자리에 없었다. 내심 잘됐다 싶어 나가려는데, 또 다른 형사가 어디 가냐며 나한을 붙잡아다가 의자에 앉혔다.

나한은 자신이 살인 용의자가 된 듯했다. 시체를 발견했을 당시 상황을 좀 더 알고 싶어서 불렀다고 했지만, 나한은 형사의 눈과 마주칠 때마다 바늘에 찔린 듯했다. 불안감에 휩싸여 눈동자를 좌우로 굴렸다.

"평상시에도 그 시간에 쓰레기를 버립니까?"

"……네에?"

"매번 새벽 네 시에 쓰레기를 버리냐고 물었습니다."

"아……, 아니요."

나한은 정신이 딴 데 팔린 것처럼 형사의 말에 집중하지 못했다. 틱처럼 눈을 찡긋거리고 양팔로 얼굴을 가리면서 자꾸 몸을 움츠렸다.

"장난치지 마시고요."

형사는 기가 찬다는 어투로 타일렀다. 나한이 시체를 발견하게 된 정황을 기록하는 일이 더뎌졌다. 가는 귀를 먹었는지 일부러 모르는 척하는 것인지 나한이 "네?", "뭐라고요?", "다시 한번만"을 반복하는 통에 형사는 속이 뒤집어졌다.

"죽은 남자, 전에 본 적 있죠? ……이봐요, 김나한 씨!"

나한의 묵묵부답에 짜증 난 형사가 마른 세수를 하던 그때, 송백돌 형사가 경찰서 안으로 들어왔다.

"인쇄골목 시체 발견자인데, 송 형사 담당이지? 어떻게 좀 해봐."

조서를 꾸리던 동료 형사는 송 형사에게 나한을 넘기고 자리를 떴다. 나한을 빤히 보던 송 형사는 테이블에 있는 음료수의 뚜껑을 따 나한에게 주고는 자리에 앉았다.

생년월일 : 1991년 5월 19일 / 성명 : 김나한 / 고향 : 경북 대구시

송 형사는 노트북 모니터에 입력된 정보를 확인했다. 그러고는 말없이 나한을 응시했다. 그는 송 형사가 준 음료수를 양손으로 움켜쥔 채 가만히 있을 뿐이었다. 송 형사와 눈이 마주치자 나한이 서둘러 고개를 외로 했다.

"제가 그런 거 아닙니다."

"압니다. 나한 씨가 그런 거 아니라는 거."

"근데 왜 저를 오라고 한 겁니까? 입으로는 아니라고 하면서 뒤로는 날 의심하고 있는 거잖아요. 내가 사람을 죽였다고⋯⋯."

"⋯⋯김성재라고 혹시, 알아요?"

송 형사는 나한을 빤히 보다가 물었다. 오래전 살인 누명을 쓰고 잠적해 죽었는지 살았는지도 확인이 안 되는 옛 친구가 떠올라서였다.

"⋯⋯몰라요. 그게 누군데요?"

나한은 송 형사를 곁눈질로 쳐다봤다. 눈이 제멋대로 찡긋거려졌다. 나한의 의지와 상관없이.

"⋯⋯됐습니다. 그만 가보셔도 좋습니다."

잠시도 더 있기 싫은 나한은 벌떡 일어서다 현기증에 그만 휘청하고 말았다. 송 형사가 경찰서 앞까지 부축했고, 나한은 고맙다는 말도 없이 도망치듯 경찰서를 벗어났다. 두 번 다시는 이런 곳에 오지 않을 것이다. 나한은 질문을 받을 때마다 머리에서 쥐가 났다. 별것도 아닌데 말이다. 나한은 질문에 온몸을 난도질 당하는 기분이었다.

"누구한테, 뭘 부탁하겠다고?"

"내 뒷조사요. 민간조사원이라는 그 사람한테."

하윤이 황당한 얼굴로 나한을 쳐다봤다. 까맣게 잊고 있었다. 병원에서 깨어난 그날이 나한에겐 세상에 온 첫날이었다는 것을. 하윤의 인쇄소와 을지로 골목이 나한이 기억하는 전부라는 것을.

직원들은 나한을 동료로 대우하지 않으면서 성가시거나 궂은 일이 생길 때면 나한을 불렀다. 그는 시키면 시키는 대로 군말 없이 했고 생색은 낼 줄도 몰랐다. 보다 못한 하윤이 바보냐고 화를 내면, 당연히 자신이 해야 할 일이라고 못 박았다.

인쇄소에 꼭 필요한 사람도 아니면서 없으면 안 되는 그런 직원이었다. 누구를 탓하거나 원망할 줄도 몰랐고 남을 속이는 일에는 그야말로 젬병이었다.

"사장님도 궁금하잖아요? 내가 어떤 사람인지 알고 싶잖아요?"

"아니, 전혀! 나한은 좋은 사람이야. 술수를 부릴 줄도 모르고 성실하고 착한……. 그거면 됐지. 굳이 사람을 사서 자기 뒷조사를 시키겠다고? 왜, 그래야 되는데? 과거는 이미 지나간 거야. 지금처럼 살면 돼."

하지만 나한은 그럴 수 없었다. 쓰레기 더미에서 발견된 시체가 나한의 과거를 들쑤셨다. 그러지 말라는 하윤의 간절함에도 경찰서까지 다녀온 나한은 알고 싶었다. 암흑처럼 깜깜한 자신의 과거에 뭐가 숨어있는지. 조사원 한기훈에 관한 얘기는 그래서 꺼낸 것이었다. 의뢰인 최일면에 관해서는 함구했다.

"내가 누구인지 모르겠어요. 어디서 어떻게 살았는지, 왜 그날 사장님의 차로 뛰어들었는지 알고 싶어요. 언제까지 사장님의 보호를 받으며 살 순 없잖아요."

"그렇다고 너도 모르는 네 과거를, 알지도 못하는 사람의 손에 통째로 맡기겠다고? 그 사람이 나쁜 사람이면? 널 협박이라도 하게 되면?"

"그런……, 나쁜 사람 아니에요."

하윤이 걱정하는 게 뭔지 나한은 알지 못했다. 온전히 지워진 기억이라면 단순히 교통사고의 후유증만은 아닐 것이다. 기억을 지우는데 나한의 의지가 작용한 것이라면 애써 찾을 필요가 없다. 파헤쳐진 과거로 인해 나한이 불행해진다면……. 하윤은 지금의 이 상태가 더 나을 수도 있다고 여겼다.

"나한은 법 없이도 사는 선량한 사람이야. 아무리 힘든 일도 군말 없이 해내는 사람이고, 남들의 멸시 어린 모욕에도 굳건한 사람이야. 나한은 그런 사람인데, 뭘 더 알아야 하는데?"

"환한 대낮에도 캄캄한 밤길을 걷는 기분을 사장님은 몰라요. 내게는 그 어둠을 밝힐 손전등조차 없는걸요. 내가 누군지 모르겠어요."

"그래도 지금까지 잘 지내왔잖아. 나도 내가 누군지 잘 몰라. 자기 자신에 대해 제대로 알고 사는 사람이 몇이나 되겠어?"

"그런 뜻이 아니잖아요."

"그게 그거라고!"

울부짖듯 외치는 하윤을 본 나한은 실의에 젖었다. 좋아할 줄 알았다. 기억을 되찾을 때까지, 가족을 찾을 때까지 인쇄소에서 지내도 좋다고 말한 사람이니까. 기억이든 가족이든 금방 찾을 줄 알았다. 아니다. 나한은 가족을 찾지 않았다. 지나간 기억 같은 건 필요치도 않았다. 돌아왔다고 해도 모른 척하지 않았을까. 배울 것이 있는 인쇄소가 나한은 좋았다. 보호자 하윤이 있어서 좋았다.

"내가 누군지 알 수 있게 도와주세요."

나한이 간절한 눈동자로 말했다.

"그럼, 조사원 말고 최면술을 받아보자."

하윤은 이번만큼은 나한의 의지를 꺾을 수 없다는 것을 알고는 다른 방법으로 회유했다. 그러고는 노트북을 켜고 앉아 '최면요법'을 입력했다. 최면과 관련된 글이 주르륵 올라왔다. 하윤이 링크를 타고 하나씩 들어가 보던 중이었다.

"잠, 잠깐만요."

언젠가 나한이 지하철 안에서 봤던 글귀가 그곳에 있었다.

이번 생은 망했다고요? 당신의 전생은 어땠을까요? 당신의 전생이 궁금하지 않으신 가요? 마스터 장이 당신의 전생을 찾아드리겠습니다.

최면치료센터의 홍보문구였다. 현생을 살면서 전생까지 알고 싶은 생각은 없었다. 하지만 전생의 기억을 찾아준다니 실력이 출중한 모양이다. 나한이 마스터 장에 관심을 보이자 하윤이 전화를 해보라며 핸드폰을 내밀었다.

나한은 전직 크리에이티브 디렉터 출신의 박사가 운영한다는 강남의 최면치료센터에 전화를 걸었다. 센터장이라는 장 박사가 직접 받았다.

"……잃어버린 기억을 찾고 싶은데…, 그런 것도 가능

할까요?"

나한은 입이 바짝바짝 말랐지만 장 박사의 대답은 흔쾌
했다. 지금 내방을 해도 좋다고 알려왔다. 잃어버린 기억
을 찾는 게 이렇게나 쉬운 일이었나. 나한은 어리둥절하
다 못해 쓴웃음이 새어 나왔다.

하윤이 같이 가자며 핸드폰과 손가방을 챙겼다.

"혼자 다녀올게요. 다른 직원들 눈치도 보이고……."

나한은 말을 얼버무렸다. 혼자서 최면치료센터에 가는
일이 두렵지 않은 건 아니지만 하윤과 함께 인쇄소를 나서
는 것 또한 마음이 불편했다.

"직원이 아파서 병원에 간다는데, 사장이 태워다주는
건 당연한 거야."

하윤이 어서 가자고 앞장섰지만 나한은 꼼짝하지 않았다.

"나 혼자 가게 해주세요."

그들의 팽팽한 실랑이는 남 기장이 하윤과 할 말이 있다
면서 사무실에 나타나고서야 마무리되었다.

"어디 가?"

남 기장이 끼어들어 물었지만 하윤이 나서서 반차를 쓰
는 것이라고 둘러댔다.

"그만 가봐. 무슨 일 있으면 전화하고."

나한은 짧은 목례를 하고 사무실을 나왔다.

15 /

최면치료센터는 가정집 거실처럼 안락했다. 오직 한 사람을 위해 꾸며놓은 공간에는 책장과 소형 냉장고가 있었다. 커다란 곰 인형이 나한을 맞아주는 듯했다.

"이런 곳은 처음이죠?"

네모난 얼굴형에 금테 안경이 잘 어울리는 중년의 장 박사는 엷은 미소를 지어 보였다. 그는 냉장고에서 이온 음료 한 병을 꺼내와 권했다.

"고, 고맙습니다."

나한은 이런 호사스러운 공간에 존재해서는 안 될 이물질처럼 겉돌았다.

"정신과에서는 약물 처방을 해주지 않습니까. 보통은 환자와 상담을 통해 치료를 하죠. 하지만 약물은 신경계의 증상을 조율할 뿐이죠. 과거에 생긴 트라우마에 대한 근본적인 원인을 치료하지 않고 약과 상담만으로는 병이 호전되진 않습니다. 이미 알고 오셨겠지만 제가 실행하는 최면요법으로 심신의 안정을 되찾은 분들이 많습니다. 정신적 장애나 병을 치료하는 데에는 무의식에 잠재된 원인을 찾아 제거하거나 변화시키는 것이 무엇보다 먼저니까요."

나한은 장 박사의 말이 끝날 때까지 얌전히 듣기만 했다. 자부심 가득한 장 박사의 말에 고개를 끄덕이면서. 장 박사는 최면치료센터를 찾은 고객의 만족도가 아주 높다는 것으로 자신의 말을 마무리하고 나한의 얘기를 들어보자 했다.

"교통사고가 있었어요, 오래전에……. 병원에서 깨어났는데, 기억나는 게 아무것도 없었어요. 완전 백지가 되었어요. 내가 누군지 알고 싶어요. 교통사고가 나기 전의 기억을 찾고 싶어요."

나한의 심장이 야생마처럼 뛰기 시작했다. 그의 숨이 거칠어졌다.

"일부가 아니라 기억이 아예 통으로 지워졌다는 겁니까?"

장 박사는 믿기지 않는다는 듯이 되물었다. 장 박사는 말없이 고개를 끄덕이는 나한을 고급 안마의자에 앉혔다. 자동으로 움직이는 의자에 앉은 나한은 바짝 긴장했다. 숨을 깊이 들이마셨다가 내뿜기를 반복했다.

"어디, 불편한 곳은 없으시죠?"

"……네."

"그럼, 이제부터 과거로 시간여행을 떠날 겁니다. 눈을 감고 제 말에 몸과 마음을 맡깁니다. 당신은 이제 온몸이

나른하고 졸음이 오는 것처럼 정신이 몽롱합니다. 김나한
씨의 학창 시절로 가봅니다."

나한은 나긋나긋한 장 박사의 목소리에 잠이 들 듯 말
듯했다.

"지금 몇 살이죠?"

"열일곱 살이요."

"곁에 친구들이 보이나요?"

"네. 굽은 소나무랑 고라니랑 뱀도……."

"당신은 거기서 뭘 하고 있습니까?"

"뱀을 쫓아요. 잡으려고……, 아, 놓쳤어요. 잡아야 되
는데……."

나한은 안타까운 듯이 말했다.

"주변에 사람은 아무도 없나요?"

"……없어요."

무의식에 든 나한은 쓸쓸하게 대꾸했다. 장 박사는 나
한의 친구와 가족을 찾아 시간을 더 거슬러 올라갔지만 이
렇다 할 것을 찾지 못했다.

"교통사고가 나기 전으로 가봅시다. 하나, 둘, 셋! 당신
은 지금 어디에 있죠?"

"……할아버지, 할아버지가 위험해요!"

그 순간, 나한의 얼굴이 고통스럽게 일그러졌다. 비명

은 그다음이었다. 무슨 일이냐는 장 박사의 물음에도 나한은 괴성만 질러댄다. 장 박사는 나한의 무의식을 급히 다른 시간대로 이동 시켰지만 나한의 무의식이 따라오지 못했다. 장 박사는 고통과 슬픔에 몸부림치는 나한을 깨웠다.

"하나, 둘, 셋에 당신은 현실로 돌아옵니다. 깨고 나면 당신은 아무것도 기억나지 않습니다. 하나, 둘, 셋!"

현실로 돌아온 나한은 한기를 느꼈다. 자신의 팔을 문질렀다. 여름이지만 에어컨은커녕 선풍기조차 돌아가고 있지 않았다. 장 박사는 서랍장에서 담요를 가져와 떨고 있는 나한에게 덮어줬다.

"왜 이렇게 추운 걸까요?"

"나한 씨의 무의식이 방어막을 치고 있는 건 아닌가 싶습니다. 그렇다는 건 나한 씨 스스로가 과거를 지웠다는 뜻도 됩니다. 최면이 제대로 작동하지 않게 되는 거죠."

나한은 그럴 리 없다고 고개를 저었다. 담요를 어깨에 두른 채 허둥지둥 최면치료센터를 나왔다. 내 과거를, 내가 지웠다고? 대체 왜? 자신에게 무슨 일이 있었는지 알 수 없는 나한은 혼란스러웠다.

이틀 후, 나한은 담요를 들고 장 박사를 다시 찾았다. 결과는 이번에도 마찬가지였다. 나한은 결계를 친 자신의 무의식 앞에서 두려움과 한기를 느끼며 깨어났다. 한 번 만 더 해보자는 나한의 부탁을 장 박사는 "나중에 합시다" 란 말로 거절했다. 최면의 장점은 순응일 때 즉각적인 효 과를 얻을 수 있다는 이유에서였다. 본인 스스로가 무의 식을 닫아버린 상태라면 아무리 반복해도 결과를 얻을 수 없다. 나한이 살기 위해 깊이, 아주 깊이 자신의 기억을 묻었다면 최면으로 그 문을 여는 건 불가능이다.

"애써 지운 기억을 되살려 고통을 자초하는 건, 나한 씨 일상에도 좋을 것이 없습니다."

"박사님, 제 과거를 몰라서 괴로운 것과 알고 난 후에 생기는 고통 중 어느 쪽이 더 안 좋을까요?"

참담한 나한의 낯빛에 장 박사는 숨을 모았다가 또 길게 내쉰다.

16 /

기대했던 최면요법이 무용지물이 되고 나한은 실의에 빠져 지냈다. 정신적 빈곤의 나날들. 울긋불긋한 단풍에 도 나한의 가을은 초라하기만 했다. 황금빛 은행나무 가로수도 달짝지근하던 인쇄소의 잉크 냄새도 더는 위로가 되지 못했다. 하윤이 잠자리로 유혹할 때마다 나한은 더욱 비참했다.

남편 있는 여자와 살을 섞지 말라던 한기훈의 충고가 아니었다면 나한은 고민하지 않았을 것이다. 뭐가 잘못된 것인지, 자신이 누구인지 몰라도 된다고 여겼다. 하윤이 곁에 있으니 더 바랄 것도 없이 행복했다. 느닷없이 나타난 사설탐정 한기훈은 나한의 양심과 도덕성을 일깨웠다.

자신에 대해 알고 싶다는 욕망이 부풀었다. 머리는 터질 것 같고 가슴에서는 연일 천불이 났다. 나한은 무지의 고통에서 헤어나고 싶었고 결국 한기훈의 노동력과 정보력에 기대를 걸었다.

"김나한에 대해 알고 싶다?"

"네. 제가 누군지 찾아주십시오."

기다리기만 하면 되었다. 나한은 그 어느 때보다 피를 말리는 하루하루를 보내고 있었지만, 대외적으로는 조용한 일상을 살고 있었다. 만나서 얘기하자는 한기훈의 전화는 의뢰 엿새 만에 걸려 왔다.

그날은 토요일이었다. 나한은 인쇄소 사무실에서 만난 적이 있는 추리소설가 박종익의 인터뷰 방송을 보며 오피스텔에서 한기훈을 기다렸다. 아는 얼굴이 방송에 나오다니 반갑고 신기했다. 진행자가 방송국 피디인 아내와 어떻게 만났냐고 묻자 박종익은 함박웃음부터 지었다.

"경찰 제복이 잘 어울리는 여자였어요. 얼마나 섹시하던지 첫눈에 반했습니다. 방송국 피디가 된 뒤로는 제복 입은 걸 볼 수 없어서 조금, 아니, 아주 많이 아쉽긴 합니다. 하하하."

유치원에 다니는 딸 이야기를 할 때에는 박종익의 입이 귀에 걸렸다. 나한은 단란한 가족의 모습이 부러웠지만 한편으로 하윤의 가족에게 죄를 지었다는 생각을 떨칠 수가 없었다. 뒤숭숭한 마음에도 박종익의 인터뷰에 푹 빠져서 보고 있는데, 한기훈이 도착했다고 알려왔다.

한기훈은 엉덩이를 어디다 붙여야 할 지 둘러보다 침대 옆에 자리를 잡았다. 젊은 나한이 중년 여자와 이 좁은 방에서 단둘이 지냈다고 생각하니 괜히 심란했다.

"방송을 보고 있었나 보네. 서 있지 말고 어디든 좀 앉아요."

"뭐, 마실 거라도 드릴까요?"

"주면 좋지. 근데, 저 작가…… 미제사건을 소설로 푼다던데…… 소설 덕분에 범인을 잡은 적도 있다던데, 저 사람 소설, 읽어는 봤나?"

한기훈은 냉장고 문을 여는 나한의 등에 대고 말했다.

"……아뇨, 아직. 하지만 잡지에 나온 기사는 한번 봤습니다."

세상 부러울 게 없을 박종익이었다. 그토록 행복한 종익이 범죄소설을 쓴다는 게 왠지 앞뒤가 안 맞는 그림 같기도 했다. 나한은 한기훈이 가져온 얘기를 빨리 듣고 싶으면서도 두려웠다. 자신이 모르는 김나한의 얘기가. 나한은 비타민 음료가 든 병을 기훈 앞에 놓고 그 앞에 앉았다.

"제가 부탁한 건 어떻게 됐습니까?"

"김나한 그 친구 참 불쌍한 인간이더라고. 당사자를 앞에 두고 할 말은 아니지만."

눈에 힘이 들어간 나한은 마른침을 꼴깍 삼켰다.

"아버지가 식자재 납품을 하고 있는 걸로 봐서는 제법 사는 집 같은데, 아들 얘기엔 갑자기 돌변하더라고. 그런 아들을 둔 적 없다고 잡아떼더라고……. 무슨 영문인지 알 수가 있어야지. 그래서 주변 몇몇을 통해 알아봤는데 말이야. 그 집 아들이 좀 이상했다나 봐."

나한을 앞에 두고 한기훈은 다른 사람 이야기하듯 말했다.

"고등학교 다닐 때부터 아버지와 사이가 안 좋았다더

군. 대학에 진학하면서부터는 완전히 떨어져 살았고…….
경기도에 있는 모 대학에 다녔다는데, 부친이 그 대학을
영 시답지 않게 여긴 모양이야. 그 무렵에 김나한이 정신
적인 문제로 병원에 입원한 적이 있었는데, 조현병 진단
을 받았다고 하더라고. 근데 그 부친이 아들의 병을 좀 우
습게 알았나 봐. 몸이 한가해서 그런 병에 걸리는 거라면
서 대학도 관두게 하고 회사로 불러들였다는 거야. 부친
의 강요된 노동을 견디지 못한 김나한은 한 달 만에 가출
해서는 그 이후로 집에 돌아오지 않았다더군. 가끔 돈 달
라는 전화를 부친한테 한 모양인데, 돈이 필요하면 일을
하라면서 큰소리를 냈다는 거야."

나한은 절로 나오는 한숨에 천장을 보다가 물었다.

"어디서 살았던 거예요, 나는?"

"가출 이후로 동가식서가숙했는지 좀처럼 찾기가 힘들
더라고. 나한이 살았다는 동네의 정신건강증진센터도 찾
아가 봤지."

"거기는 왜요?"

"환자 등록이 되어 있으면 센터에서 관리를 하거든. 방
문도 하고 위급 시에는 도움도 주고. 혹시나 싶어서 알아
봤는데 역시나 없더라고. 내 생각엔 김나한이 집을 나와
서 떠돌이 생활을 하던 중에 교통사고를 당한 것이 아닐까

싶은데."

"그런 거겠죠?"

답답한 마음이 좀 풀리기는 했으나 나한은 씁쓸했다. 아버지와의 갈등이 그랬고, 그동안 모르고 있던 병력이 또 그랬다. 불운한 과거인 것은 분명하나 그렇다고 지워 버리고 싶을 정도였을까. 나한은 알 수 없었다. 착잡해하는 나한에게 기훈은 갸우뚱한 고개로 물었다.

"근데, 기억을 잃으면 조현병 증상이 사라지나? 아무리 봐도 자네는 정상적인 청년 같거든. 물론 이상한 행동을 가끔 하긴 하지. 잘못한 것도 없는데 다른 사람의 시선을 자꾸 피한다거나 틱 장애처럼 눈을 찡끗거린다거나."

"혹시 제가…… 그 김나한이 아닐 수도 있을까요?"

"그거야 나도 모르지. 그 친구의 다른 사진을 구할 수 있다면 좋은데 말이야. 자네가 갖고 있는 신분증은 변색이 돼서 영……."

기훈은 사람들에게 나한의 사진을 보여줬지만 모두 하나같이 고개를 갸우뚱했다. 나한의 부친은 아예 쳐다보지도 않았다. 유전자 검사를 하면 혈연관계는 금방 밝혀질 일이지만 그것이 나한의 잃어버린 기억을 되찾아주진 못할 것이다. 그들의 침묵이 이어지고 있는 가운데 TV는 혼자 떠들었다. 함박웃음을 짓던 박종익은 진행자의 마지막

질문에 웃음기를 거두고 말했다.

"강력 미제사건은 세월이 아무리 지나도 잊혀선 안 된다고 봅니다. 살인자를 정의의 심판대에 세우기 위해서라도 말이죠. 박종익이 미제사건을 현재로 소환하는 이유입니다. 희대의 살인자! 당신이 누구든 작가인 나의 추리와 눈을 피해 가진 못할 겁니다!"

신간 홍보를 위한 박종익의 멘트로 인터뷰는 끝이 났다. 나한의 귀에 방송은 하나도 들어오지 않았다. 아버지로부터 버림받은 자식인 것에 비하면 지금껏 잘 지내온 게 아닐까. 범죄자가 아니라는 사실만으로도 나한은 스스로에게 고마웠다. 그만 가보겠다는 한기훈을 배웅하기 위해 나한은 따라 일어섰다. 그때, 도어락 비밀번호를 해제하는 소리가 들렸다. 곧 문이 활짝 열렸다.

"자기야!"

하윤이 현관 안으로 들어섰다. 나한 혼자 있을 줄 알았던 하윤은 장년의 낯선 남자가 함께 있다는 사실에 순간 얼었다. 나한의 오피스텔을 드나들 수 있는 사람은 자신뿐이어야 했다.

"당신 누구야?"

하윤은 잔뜩 날이 서 있었다. 그가 나한이 고용한 사설탐정이란 것을 알고는 이맛살을 찌푸렸다.

"……그래서 김나한에 대해 뭣 좀 알아낸 게 있어요?"

나한은 홀로 좌불안석이었다. 최일면이 한기훈의 의뢰인이라는 것만은 밝혀지지 않기를 바랐다.

"아직 알아보는 중입니다. 손님이 올 줄도 모르고 내가 너무 오래 있었나 봅니다. 실례가 많았습니다."

인사를 하고 돌아선 한기훈이 현관문을 연 그때에 모두가 당황한 그 일이 벌어졌다. 구릿빛 피부의 건장한 남자. 부릅뜬 눈을 하고 최일면이 그 앞에 버티고 서 있었다.

"여보? 당신이 여긴 어떻게?"

입술을 앙다문 최일면은 눈동자로 한기훈과 나한을 오갔다.

"가던 날이 장날이라더니, 손님이 참 많습니다, 오늘."

한기훈이 너스레를 떨며 나가려는데, 최일면이 팔을 뻗어 막았다. 일면식은 없지만 한기훈은 그가 의뢰인 최일면이라는 것을 짐작했다. 생사를 알 수 없는 아들을 십수 년째 찾고 있던 한기훈은 아들 또래의 나한이 남 같지 않았다. 섣부른 동정을 베풀었다. 필리핀에 있어야할 최일면을 이렇게 맞닥뜨리게 될 줄은 몰랐다.

"애들은 어쩌고 온 거야?"

하윤이 새된 목소리로 따졌다.

"그럼, 대화들 나누십시오."

한기훈이 재차 나가려 시도했지만, 가긴 어딜 가냐는 최일면의 매서운 눈초리가 그를 찍어 눌렀다.

"내가 왜 여기 있는지 궁금해? 궁금하기도 하겠지."

최일면은 벌써부터 귀국을 계획하고 있었다. 하윤이 알아서는 안 되는 은밀한 입국. 해외에 있으면서도 최일면은 아내 하윤의 일거수일투족에 촉각을 곤두세웠다. 필리핀 출국 전에 이미 하윤의 차에 위치추적기를 부착해 뒀다는 것은 비밀이었다. 위치추적기는 밤마다 집이 아닌 곳을 가리키고 있었다.

최일면은 사설탐정을 고용했다. 심증이 있음에도 증거를 가져오지 않는 탐정의 말은 신뢰하기 어려웠다. 내 눈으로 직접 확인하리라. 그리고 일면은 지금 그 현장에 있었다. 어쭙잖게 도망치려는 한기훈의 멱살을 쥔 일면은 그를 벽으로 밀어붙였다.

"한 놈도 아니고 둘씩이나!"

"뭔가 오해가 좀 있는 것 같습니다. 컥컥."

한기훈은 얼굴이 벌게졌다.

"오해? 무슨 오해?"

최일면은 성난 황소처럼 거친 숨을 뿜어대며 하얗게 질린 하윤의 뒤에 서 있는 나한을 쏘아봤다. 최일면의 눈총에 나한은 심장이 뚫릴 듯했다.

"집에 가서 얘기해."

하윤은 남편을 데리고 나가려 했으나 실패했다. 꿈쩍도 하지 않는 일면은 한기훈의 멱살을 풀지 않았고, 나한을 향한 날카로운 눈초리도 거두지 않았다. 뜻하지 않은 네 사람의 조우가 소리 없는 총성에 붉게 물들어가는 듯했다.

나한은 무작정 사과했다. 입에 담을 수 없는 최일면의 욕설을 얻어듣거나 피 터지게 얻어맞았더라면, 그리하여 쓰레기만도 못한 천하의 양아치가 되었더라면 모든 것이 더 명쾌했을지 모른다.

나한의 사과에 일면은 아내의 외도 상대를 단박에 알아봤다. 일면은 기훈을 놓아주고 뒷걸음질로 복도 중앙에 우뚝 섰다. 하윤이 소리쳤다.

"당신이 뭘 생각하든 전부 다 아니야. 그렇게 쳐다보지 마!"

일면은 비릿한 미소를 짓고는 돌아섰다. 하윤이 일면을 뒤쫓았다.

"먹구름이 심하게 끼겠군."

한기훈은 혼잣말을 하며 구겨진 옷깃을 새로 매만졌다.

나한은 수치심에 고개를 들지 못했다. 보도블록에 코를 박고 죽을 수도 없는 노릇이라 모든 것이 암담하기만 했다. 도심의 해가 뉘엿뉘엿 지고 있었지만, 나한에겐 돌아갈 곳이 없었다.

최일면이 오피스텔에 나타나고, 나한은 모든 관계가 선명하게 드러나는 것을 느꼈다. 오피스텔로 갈 순 없다. 인쇄소로도 돌아갈 수 없었다.

나한은 단군 신전이 있는 사직단 앞을 지났다. 경복궁역 인근엔 바리게이트를 친 버스들이 줄지어 있었다. 나한은 어리둥절했다. 광화문 광장은 수많은 사람으로 붐볐다. 대통령을 탄핵하라는 시민들의 촛불 집회가 한창이었지만 나한은 무슨 말인지 알아듣지 못했다. 자신이 누구인지, 어디로 가고 있는지조차 모르는 판국에 광장을 메우고 인근의 도로까지 촛불이 들어서는 장면은 생경하기만 했다.

생각이 멈춘 나한은 길을 잃은 채 인파 속에 우뚝 서 있었다. 유모차에 아기를 태운 엄마들이 나한의 곁을 스쳐 지나갔다. 나한은 그 뒤를 좀비처럼 따라갔다. 촛불의 바다가, 집회의 인파가 파도를 이루고 있었다. 어둠 속에서 오롯이 타오르는 작은 촛불들에 나한은 저도 모르게 눈물을 글썽였다. 초를 나눠 받고 그 초에 불이 붙었지만 나한은 촛불의 바다 안으로 흘러들지 못했다. 글썽이는 눈물에 번진 촛불이 한순간에 나한을 덮쳤다. 머리가 깨질 듯한 두통이었다. 나한의 촛불이 땅바닥으로 곤두박질쳤다. 새된 비명이 나한의 입술을 뚫고 나왔다.

그리고 붉은 기운이 나한의 눈앞에 펼쳐졌다. 오, 필승 코리아! 좀전과는 다른 함성이 귓가에 울렸다. 어둠에 갇힌 기억이 촛불과 함께 깨어나고 있었다. 언젠가 모두가 한데 어울려 축구 하나로 한마음, 한뜻이 되어 응원하던 광경이 떠올랐다.

그때도 나한은 사람들 무리 속에 철저한 혼자였다. 그들과 같은 붉은 티셔츠를 입은 나한은 그들이 축구에 열광해 있는 동안 그들이 먹다 만 치킨과 마시다 만 알루미늄 캔에 든 맥주를 훔쳤다.

붉은 옷을 입은 사람들이 나한의 앞으로 몰려들었다. 여기서 도망쳐야 한다. 미처 피하지 못한 나한은 쓰러져 버둥거렸다. 붉은 옷을 입은 사람들이 신기루처럼 사라졌다.

"죄송합니다. 죄송합니다."

방긋 웃는 아이는 유모차를 타고 있었다. 대상도 없이

사과하던 나한은 아이를 향해서도 사과를 연발했다. 아이의 엄마가 가벼운 목례로 나한을 스쳐 지나가고, 붉은 기억들이 나한의 뇌리에 조금씩 달라붙었다.

나한은 멍했다. 누군가 다가와 컵받침을 끼운 초를 건넸다. 나한이 받아 들자 불을 붙여주고 갔다. 촛불을 높이 들던 그때 눈물이 맺힌 눈으로 촛불이 번졌다. 광장의 촛불이 나한의 눈앞에서 엉겨 붙기 시작했다. 화들짝 놀란 나한은 들고 있던 촛불을 놔버렸다. 누군가의 목소리가 머릿속에서 울렸다.

널 죽이진 않을 거야. 대신 여기서 어서 도망쳐. 나한테 잡히지도 말고, 누구한테도 들키지 마. 잡히거나 들키면 그땐 너도 죽는 거야!

나한은 귀를 틀어막고 신음을 토했다. 온몸이 불덩이가 된 듯 뜨거웠다. 나한은 내달렸다. 그러다 차가운 아스팔트에 픽 쓰러졌다. 나한의 사지가 마구 뒤틀려갔다.

"구급차! 구급차 불러, 어서!"

나한은 눈을 부릅뜬 채 의식을 잃어갔다. 살인마. 의식이 꺼져가는 중에도 마지막까지 인지했다. 살인마!

"이봐요! 정신 차려요!"

촛불 집회 현장에 대기하고 있던 젊은 구급대원이 나타나 나한의 상의를 젖히고 CPR을 실시했다. 입에 숨을 불

어넣고 심장에 압박을 가하는 펌프질을 반복했다. 달리는
구급차 안에서 나한은 번쩍 눈을 떴다. 산소 호흡기를 뗀
나한은 차에서 나가기 위해 발버둥을 치고, 구급차는 도
로에 정차했다.

나한은 구급차가 완전히 멈추기도 전에 문을 열고 뛰어
내렸다. 달빛. 자개장. 가면. 시체. 붉은 피. 알몸의 남
자. 봉인 해제된 기억의 파편들이 나한의 뇌리 밖으로 밀
려나왔다. 나한은 그것들로부터 도망쳤다. 얼마 못 가 도
로에 무릎을 꿇고 말았다. 나한은 하늘을 향해 두 팔을 벌
렸다. 제발, 살려달라고 절규했다.

지구가 파괴되고 인간이 최후의 날을 맞게 될 것이라던
예언의 그날엔 아무 일도 일어나지 않았다. 세기말의 지
구는 건재했고, 인류는 멸망하지 않았다. 그리하여 나한
의 비극도 거기서 끝나지 않았다.

"오, 신이시여……."

나한은 통한의 비애를 목으로 삼켰다. 기억이 문이 열
리고 나한은 새로운 비극의 소용돌이에 휘말려 들어가고
있었다.

3장

살인마의 선물

18 /

1999년 12월 13일, 월요일.

산발적으로 내리는 눈은 학생들이 "어어"하는 사이에 목화솜처럼 부풀었다. 성재는 일생일대, 그래봐야 열다섯의 솜털 같은 인생이지만 아무튼 그날 처음으로 굉장한 눈을 구경했다.

일기예보에는 '눈 조금'이라고 했지만 구름 같은 눈이 쏟아졌다. 교정이 삽시간에 눈으로 덮였다. 읍내의 크고 작은 건물들이 이불처럼 눈을 뒤집어쓰고 귀신 놀이를 벌이는 광경이 펼쳐졌다.

학생들은 거머리처럼 창문에 달라붙어 있었다. 웃으면서 뺨 맞는 모습이라고나 할까. 5교시 생물 선생이 곧 나타날 것이지만 수업을 신경 쓰는 아이는 한 명도 없었다.

창문 밖으로 시선이 가 있는 아이들은 턱밑까지 벌어진 입을 다물 줄을 몰랐다.

"우와~아! 우~와!"

좀처럼 수그러들 줄 모르는 폭력적인 눈의 기세에 온 읍내가 압사된 듯했다. 얕잡아 보던 눈의 위력에 아이들은 두려움과 기괴함을 동시에 느꼈다. 집에는 다 갔다고 체념 아닌 체념을 했다.

성재는 깍지 낀 손으로 턱을 괴었다. 그러고는 비좁은 격자무늬 창틀을 딛고 담쟁이처럼 유리를 타고 올라가는 흰 눈을 유심히 바라봤다.

"공포의 대왕이 하늘에서 내려온다더니 오늘인가 보네. 이 정도면 완전 대재앙 수준이지. 이렇게 한 열흘 아니, 이삼일만 내려도 지구가 멸망할 것 같지 않냐?"

성재의 어깨에 손을 얹은 백돌은 살풍경에 어울릴 만한 얘기를 꺼내놓았다. '지구 멸망'이라는 말에 성재가 토를 달았다.

"인간의 종말이겠지."

"그게 그거지. 암튼, 넌 안 무섭냐?"

"그래봤자 봄을 이기는 눈은 없어."

"짜아식! 이럴 땐 또 딱 시인이네."

"송백돌, 너는 홍수도 아니고, 화재도 지진도 아닌, 저렇게 탐스러운 눈이 인간의 종말을 가져온다고 믿어? 진심으로?"

"얘가…, 얘가 뭘 모르네. 달콤한 것, 부드러운 것 이런 것들이 원래 힘이 강해. 사람을 안심시키고 좋아하게 만들거든. 인간의 숨통을 조이는 것들은 처음엔 다 선한 얼굴로 다가오는 거야, 인마."

백돌은 즉흥적으로 나온 꽤나 그럴듯한 자신의 말에 어깨를 으쓱했다.

"웃는 얼굴에 침은 못 뱉고 돌아서서 후회하는, 뭐 그런 건가?"

"그렇지. 너랑 나랑은 뭔가가 좀 통하네. 암튼. 집에는 다 갔다. 우리끼리 교실에서 밤새 합숙하는 것도 낭만적이긴 하지."

백돌이 유리창에 입김을 불어 뿌옇게 올라온 성에 위에 '인간 최후의 날!'이라고 손으로 새기는 동안, 성재는 담쟁이처럼 올라온 창틀에 쌓인 눈을 가만히 바라봤다.

"이토록 아름다운 종말이라니. 슬픈데, 또 좀 멋진 것 같지 않냐?"

백돌이 팔짱을 끼고 지긋한 시선으로 유리창에 쓴 글씨를 보며 말했다.

"······종말 같은 소리 하네. 오늘이 종말의 날이라고 해도 난 살아남을 거야. 그래서 내년의 나와 만날 거야. 열일곱이 된 나를 만나고, 열아홉이 된 나도 만나고, 내 스물한 살도 만날 거야. 서른두 살도 마흔넷과도 만날 거야. 돌아오는 생일마다 대견하게 맞아줄 거야. 살아 남아줘서 고맙다고……. 그렇게 한 해, 한 해를 꽉꽉 채우면서 살 거야."

"무슨 꿈이 그리 시시하냐? 그래, 네 백 살도 만나고, 벽에 똥칠할 때까지 살아라. 김성재 파이팅이다! 우웩! 더러워서 난 적당히 살란다!"

백돌의 설레발에도 성재는 홀로 고민에 빠졌다.

"그나저나 집에는 어떻게 가냐?"

"이대론 못 간다고 본다. 제설차가 길이라도 내줘야 가지. 이런 날에 집에 간다고 학교를 나섰다간 네 열여섯은 커녕 새천년도 못 만나보고, 꼴까닥! 교실 밖이 아주 위험하다, 위험해!"

"교과서로 설피를 만들어서 신고 가면 어때?"

"오늘이 진짜 우리의 종말이라면, 나는 내 과업을 이룰 거야."

"네 과업? 뭔데, 그게?"

"꼬맹이는 몰라도 된다."

성재는 백돌을 힐끔 쳐다보고는 다 안다는 듯이 피식 웃었다.

"말도 못 붙여봤으면서, 네 뜻대로 되진 않을 거다."

"말은 해봤거든. 그리고 네가 본 그 애는 아니거든."

"오, 그러셔요? 지난 여름방학 때였지, 아마. 힘들게 방자 노릇 해줬더니 만나고 와서 뭐랬더라? 당장은 여자를 사귈 마음이 없어? 솔직히 말해봐. 그때 너, 차였지?"

"방자가 이도령의 마음을 어찌 알겠냐."

"이번엔 누군데? 설마, 버스에서 만났다는 그 여고생 누나? 그냥 사과나무 심는 걸로 과업을 바꾸는 게 좋겠다. 중학생이 고등학생을? 그것도 대학생 형들한테까지 인기 많은 누나를?"

성재는 있을 수 없는 일처럼 절레절레 고개를 저었다. 백돌은 또래보다 키도 크고 덩치도 있어서 대학생이라고 말해도 다들 믿었다. 호탕한 성격에 말도 청산유수인데 여학생 앞에서만큼은 숙맥이 되었다. 그러다 보니 백돌은 남자의 우정을 운운하며 이성엔 관심도 없는 성재를 부추겼다. 약속만 잡아 오면 평생 은인으로 여기겠다고 큰소리쳤다.

"2030년에도 인간이 존재한다면, 그건 다 내가 과업을 이뤄서 그런 줄 알아라. 이 꼬맹아!"

백돌은 귀엽다는 듯이 성재의 머리에 손을 얹고 머리칼

을 마구 흩트렸다.

19 /

　유례없는 폭설에 교장은 선생들을 불러 모아 대책회의를 열었다. 읍내에 사는 학생들만이라도 귀가를 시켜야 하지 않을까. 그조차도 위험하다는 말들이 많아 중지를 모으는 일은 쉽지 않았다.

　한 학년에 일곱 개 반씩, 모두 스물한 개의 반에 학생은 칠백 명이 넘었다. 난방이 부실한 교실에서 겨울밤을 나다간 또 어떤 사태가 벌어질지 장담할 수 없었다. 그렇다고 학생들을 귀가시켰다가 폭설에 불상사라도 발생하면 그것도 난감했다. 학교가 학생들을 방치했다고, 아니, 사지로 내몰았다고 학부모들의 원성이 난무할 것이다. 눈발의 기세가 주춤한 것을 본 교장이 말문을 열었다.

　"읍내에 사는 학생들만이라도 집으로 돌려보내는 걸로 합시다."

　교장의 결단은 각 학년 교실로 전달됐다. 그러나 주춤했던 눈발이 교장의 결단을 희롱하듯 다시 퍼부어 학생들은 그 누구도 귀가할 엄두를 내지 못했다. 교실은 아이들의 놀이터로 변했다. 말뚝박기를 하는 아이들의 가위바위보 소리가 오가고, 뿔난 송아지처럼 우당탕탕 뛰어다니는 아이들이 있는가 하면 책상에 엎드려 태평스럽게 잠을 자는 아이도 있었다.

성재는 친구들과 노는 일에 흥미가 없었다. 화장실에 잠깐 다녀온 것 말고는, 내내 창문가에 턱을 괴고 앉아 평화롭고 위협적인 눈을 구경했다. 말뚝박기를 같이 하자고 백돌이 불렀지만 성재는 도리질을 했다.

어떤 부모들은 학교까지 찾아와 아이를 데려가기도 했다. 날은 금방 저물었다. 퍼붓던 눈발이 주춤주춤했다. 집에 가야 한다. 마음을 다잡은 성재는 벗어뒀던 코트를 입고, 엄마가 짜준 빨간 털목도리를 목에 둘렀다.

"가려고?"

"가고 싶은 사람은 가도 좋다고 선생님이 그랬잖아."

"그거야 읍내 사는 애들한테 하는 소리지. 버스도 안 다니는데 어떻게 간다는 거야?"

"걸어서 갈 거야. 그럼, 내일 보자."

성재는 가방을 챙겨 교실을 나갔다. 백돌도 부랴부랴 가방을 챙겼다. 반장이 나가는 백돌의 팔을 급히 잡고는 너도 가냐는 눈빛으로 쳐다봤다.

"혼자 가게 둘 순 없잖아. 담임한테는 네가 잘 말해줘."

백돌은 반장의 어깨를 가볍게 툭툭, 치고는 복도로 뛰어나갔다. 반장은 부러움 반, 걱정 반으로 멀어져가는 백돌과 성재를 쳐다봤다.

성재를 따라잡은 백돌은 어깨동무를 했다.

"우리 꼬맹이, 강단 하나는 알아줘야겠네. 겁도 없이 혼자서 길을 나서다니."

"그런 넌 왜 왔어? 같이 죽기라도 하면? 우리 중 하나는 교실에 남아 있어야지. 안 그래?"

"내가 간다고 했어도 네가 따라 나왔을걸."

그랬다. 성재와 백돌은 체격도 성격도 달랐지만 둘도 없는 친구다. 버스는 도로에 다니지 않았다. 예상했던 일이고 각오했던 바다. 성재는 샛길을 향해 앞장서 걸었다. 집까지 족히 4㎞는 걸어야 한다. 종아리까지 푹푹 빠지는 눈길을 걸어 언제 집에 도착할지는 알 수 없다. 성재의 걸음은 시원치 않았고, 푹푹 빠지는 눈에 비틀거리기 일쑤였다.

"내가 앞장설게. 넌 내 발자국 따라 와!"

"나도 갈 수 있어!"

"야, 김성재! 나도 너 잘난 거 다 안다. 다리 짧아서 땅에 떨어진 돈도 나보다 먼저 줍지. 낮은 문에 머리를 부딪치는 일도 없지. 어디 그것뿐인가. 밥도 천천히 왕처럼 먹지. 여학생 보기를 명심보감 보듯 하지."

농담을 나눌만한 상황은 아니었지만 백돌의 말재간 하나는 알아줘야 했다. 성재는 웃으며 다리 긴 놈이 앞장서라며 길을 내줬다. 백돌은 보란 듯이 눈밭에 신발 도장을 꾹꾹 찍으며 나아갔다. 성재는 장화를 신듯이 백돌이 남긴 발자국에 발을 집어넣으며 걸었다. 그나마 수월했다. 문제는 읍내를 벗어난 다음부터였다. 어디가 길이고, 어디가 논인지 분간이 되지 않았다. 일렬로 선 가로수가 그나마 지표가 되어줬다.

교복 바지 밑단과 운동화 틈으로 눈이 스며들었다. 걸을 때마다 눈이 옷자락에 엉겨 붙어 훈련용 모래주머니를 찬 것처럼 다리는 무겁고 걸음은 더뎠다. 백돌의 발자국만 보고 따라가던 성재는 잠시 허리를 펴고 섰다. 어두워진 밤하늘을 올려다 보다가 백돌에게 쉬어가자는 말을 하려던 때다. 앞서 걷던 백돌이 보이지 않았다.

"야, 송백돌! 어딨는 거야? 장난치는 거면 나한테 죽는다! 백돌아!"

성재는 뛰어갈 수 없는 눈밭을 뛰었다. 몇 걸음 못 가 털썩 주저앉고 말았다.

"나, 여깄어."

"어디 있다는 거야?"

"여기…, 엎어진 김에 쉬어가는 거지. 인생 뭐 있냐."

기진맥진한 백돌은 비탈길에 자빠져서 성재가 눈앞에 나타날 때까지 그대로 있었다. 성재는 빨리 갈 수 없다는 것을 알면서도 마음이 급했다.

"이제부턴 나 혼자 갈게."

"날 두고 혼자 가겠다고? 의리 없는 소리 집어치우고 너도 그냥 한번 누워봐. 우주에 우리 둘만 살아남은 것 같다."

백돌은 돌아서는 성재의 코트 자락을 잡아당겼다. 겨우 버티고 섰던 성재는 벌러덩 나자빠졌다. 욕지기가 절로 터져 나왔다. 일어나기 위해 발버둥을 쳐봤지만, 수북이 쌓인 눈에 힘만 빠졌다. 성재는 체념하고 그대로 누워 밤하늘을 올려다봤다. 눈에 씻긴 듯 말갛고 몹시도 시린 밤하늘이었다. 바람이 적막한 설원을 쇳소리를 내며 달렸다.

"성재야."

백돌은 성재를 불러놓고 아무 말도 하지 않았다.

"왜? 뭐? 말해!"

"난 애들과 교실에서 밤새도록 노는 것도 재밌을 것 같았거든. 그런데 지금 보니 너랑 이렇게 누워있는 게 기분 더럽게 좋다. 근데 나, 뭐 하나만 물어보자. 버스도 없고, 선생님도 교실에서 대기하라는데 극구 집에 가려는 이유가 뭐냐, 대체?"

성재는 오늘이 자신이 생일이라는 말을 하려다 말았다. 사실 중요한 건 그게 아니었다. 엄마 아빠의 부부싸움이 있고 나면 성재는 부모의 화해 도구로 쓰였다. 아빠는 며칠 전부터 기분이 좋지 않았다. 직원들 월급을 석 달이나 밀렸고, 공장이 제대로 돌아가지 않고 있었다. 부부싸움은 엄마의 사소한 말에서 비롯됐다. 그냥 넘어갈 수도 있는 말이었지만 아빠는 과민했다. 우두머리 기질이 있는 아빠는 직원이든 아내든 아들이든 본인 말에 순종하는 태도를 보여야 아량을 베풀었다.

공장의 경영 상태가 악화일로에 있던 상황에서, 기분이 내키는 대로 운영을 해서 그렇다는 엄마의 지나가는 말이 아빠의 비위를 상하게 했다. 그렇지 않아도 아빠는 누군가 시비를 걸어줬으면 싶던 차였다. 기분을 풀 명분이 필요했으니까. 엄마는 걸레질을 하고 있었고, 아빠는 텔레비전을 메다꽂았다. 온 가족이 화들짝 놀란 것은 말할 것도 없었다. 그 사태로 엄마는 새끼손가락이 골절되는 부상을 입었다. 손가락을 그러쥐고 밤새 고통을 호소했다.

아빠는 제 손가락이 아니니 무심했다. 늦은 밤이라 엄마는 병원에 데려다 달라는 말도 하지 못했다. 아침이 되자, 아빠는 화해하기 위해 장난을 시도했지만 엄마는 정색했다. 그들 부부의 윤활유나 다름없는 성재에게 도움을 청할 수밖에. 성재의 생일 축하 파티를 빌미로 엄마의 마음을 사보겠다는 심산이다. 저녁에 성재가 좋아하는 초코 케이크와 삼겹살 사다가 생일 파티를 하면 어떻겠냐는 아빠의 물음에 엄마는 아무 말도 하지 않았다. 그것만으로도 아빠는 긍정의 신호로 받아들였다.

"아빠는 엄마랑 읍내 정형외과에 갔다 올 거야. 수업 끝나는 대로 너도 곧바로 집에 와."

가족의 평화를 위해서라도 성재는 집에 가야 했다. 성재의 생일을 핑계 삼아 화해 모드로 전환하겠다는 건데, 빠지면 또 무슨 일이 벌어질지 몰랐다.

"집이니까. 가족들이 날 기다리니까."

위험을 무릅쓰고라도 집에 가야 한다는 성재의 이유가 어이없다. 백돌은 눈이나 먹으라며 눈뭉치를 성재의 얼굴에 대고 문질렀다. 그러고는 도망쳤다.

"송백돌! 너, 거기 안 서!"

성재는 벌떡 일어나 쫓았지만 뒤쫓아갈 수 없었다.

"집에 조심해서 가고, 내일 학교에서 또 보자! 생일 축하한다, 김성재!"

저만치 멀어진 백돌이 확성기가 된 손에 대고 외치고는 돌아서 갔다. 백돌도 알고 있었다. 오늘이 성재의 열다섯 번째 생일이라는 것을. 성재의 집은 백돌의 집과 산 하나를 사이에 두고 군사지역 안에 외따로 있어서 이러나저러나 혼자 가야 했다.

"너도 조심히 가."

백돌에겐 전해지지 않은 성재의 혼잣말이었다.

힘은 들었지만 백돌 덕분에 마을 입구까지 무사히 왔다. 이제 조금만 더 가면 된다. 따닥따닥. 성재는 치아 부딪는 소리와 함께 어깨를 웅크렸다. 진짜 춥다. 자기 생일에 얼어 죽은 사람은 설마 없겠지. 성재는 서둘러 집으로 향했다.

소강상태에 있던 눈발이 다시 흩날리기 시작했다.

20 /

민간인 통제구역인 묘리에는 여섯 채의 집이 들어서 있었다. 이곳에 사는 사람이 아니면 마을 출입은 신분증이 있어야 가능했다. 묘리에 사는 주민도 가끔은 보초병의 신분증 확인에 응해야 집에 갈 수 있다.

전례 없는 폭설에 나다니기 쉽지 않은 깊은 밤. 통제구역에 보초는 없었다. 눈에 파묻힌 마을은 고요했고, 듬성듬성 자리한 집들의 지붕에는 버섯처럼 둥글게 눈이 덮여 있었다.

성재는 책가방 어깨끈을 꽉 쥐었다. 언덕배기에 있는 집을 향해 발을 내디뎠다. 쌓인 눈 때문에 오르막을 오르기가 만만치 않았지만 성재는 단숨에 치고 올라섰다. 아빠의 트럭은 집 앞에 주차되어 있었다. 불빛이 보이지 않는 집은 석연치 않았다.

생일 파티는 처음부터 중요하지 않았다. 엄마와 화해하고 싶은 아빠의 핑계였을 뿐이니까. 엄마와 아빠가 잠자리에 들었다면, 화해를 했다면 좋을 것이다. 그래도 성재는 서운했다. 죽을 고비를 넘기며 도착한 집인데 말이다. 게다가 현관문은 굳게 닫혀 있었다.

"엄마, 문 좀 열어주세요."

귀가하지 않은 아들 성재를 두고 잠자리에 들 엄마가 아니다. 어째 기척이 없다. 깜빡 잠이 들었다고 해도 성재의 목소리에 뛰어나왔을 엄마다. 성재는 자신의 방이 있는 창문 쪽으로 걸음을 옮겼다. 평소에도 잠가두는 문은 아니니 열릴 것이다. 생각했던 대로다. 성재는 장작더미를 딛고 창문턱을 넘었다. 형광등을 켜려고 스위치를 찾아 벽을 더듬는데, 누군가 방문을 열었다.

"엄마? 문은 왜 잠가둔 거야? 오는 동안 눈에 파묻혀서 엄마도 못 보고 죽는 줄 알았잖아."

성재는 어둠 속에서 너스레를 떨었지만 저 너머의 엄마는 조용했다. 재게 스위치를 켠 성재는 화들짝 놀랐다. 속옷 하나 걸치지 않은 알몸의 남자가 방문 저쪽에 그림자를 드리운 채 서있었다.

"아빠?"

성재가 아는 아빠는 알몸으로 집 안을 돌아다니지 않는다. 게다가 어둑한 곳에 서 있는 남자는 아빠의 몸과 달리 날렵한 윤곽을 갖고 있었다. 성재는 가쁜 숨을 내쉬며 어둠 저편에 있는 남자를 유심히 바라봤다. 물기가 흐르는 다리에서 허벅지를 지나 배로, 가슴으로 얼굴로 시선을 옮겨갔다.

"누, 누구세요?"

남자는 피카츄 가면을 쓰고 있었다. 불길한 성재는 안방을 향해 내달렸다. 정신없이 엄마를 불렀고, 안방 문을 열어젖혔고, 전원 스위치를 눌렀다.

빛과 함께 들어온 처참한 광경에 성재는 눈을 질끈 감고 고개를 돌렸다. 확인해야 하는데 눈꺼풀이 들리지 않았다. 겨우 눈을 뜬 성재는 눈먼 사람처럼 방안의 광경을 바라봤다. 보랏빛 피멍이 든 엄마의 얼굴. 엎어진 아빠의 넓은 등짝. 피로 얼룩진 이불.

성재 앞으로 다가선 근육질의 남자는 다리털이 길었다. 그는 낮은 천장을 괸 기둥처럼 우뚝 서 있었다.

"왜? 왜…, 이런 거예요?"

성재는 눈에 고인 눈물을 눈꺼풀로 꾹 짜낸다.

"…늦었군."

귀가가 늦었다는 것인지, 부모가 살해되는 것을 막지 못했다는 것인지 성재는 알 수가 없었다. 자신의 목숨이 위태롭다는 것만은 알 듯했다.

"사, 살려주세요."

"…내 말을 잘 들으면."

남자는 성재를 향해 한 걸음 바짝 다가섰다. 남자의 고환이 고장 난 시계추처럼 제멋대로 흔들거린다. 성재는 엉덩이를 뒤로 밀었다. 거실 벽에 부딪혀 피할 수도 없었다. 내리뜬 성재의 시야에 놓인 남자의 발가락은 손가락처럼 길었다. 알몸의 남자는 성재 앞에 무릎을 접고 쪼그려 앉았다. 남자의 색색거리는 숨소리가 가면을 뚫고 나왔다.

언제부터 집에 들어와 있었던 걸까. 엄마와 아빠를 죽이고, 샤워를 하고, 가면 놀이를 하듯 눈앞에 있는 살인마……. 성재는 안방의 시체를 곁눈질했다. 통통 부은 엄마의 얼굴을 보자 또 금방 눈물이 차오른다.

"우리 엄마랑 아빠가 아저씨한테 뭘 잘못했어요?"

어디서 돈을 좀 빌려야겠다고 했던 아빠의 말이 떠올랐다. 아빠가 빌린 돈을 갚지 않아서 이런 일이 벌어진 것인지도 몰랐다. 성재는 입이 떨어지지 않는다.

"왜 죽였냐고 묻는 거야? 이유 같은 거 없어. 그냥."

남자의 목소리는 높낮이도 없이 기계음처럼 흘러나왔다.

"이건 옳은 일이 아니에요."

"그걸 누가 정하는데?"

"신이요. 하늘에 있는 신이……."

"너도 이런 걸 원했을 텐데, 네 마음을 한번 잘 들여다봐. 널 힘들게 하던 인간이 심판을 당한 거야. 넌 해방이야. 웃어야지."

홧김에 아빠가 없으면 좋겠다는 말을 한 적이 있다. 하지만 누가 들었을 말도 아니었다. 그럼에도 성재는 자신의 나쁜 마음이 불러온 참극인 것만 같아 죄책감이 밀려들었다.

"손찌검이 습관인 인간은 없는 게 나아. 언젠간 내게 고마워하게 될 거다."

"아뇨. 그런 일은 없어요."

"그럼, 신고할 거니?"

남자는 맛있는 음식을 권하듯 다정한 뉘앙스로 물었다. 벽에 달라붙은 성재는 도리질한다. 눈물은 짜내도, 짜내도 금세 도로 채워졌다. 이 모든 것이 폭설을 뚫고 집에 온 결과라니. 제발 악몽이길. 빨리 이 꿈에서 깨어났으면. 하지만 온 집을 난장판으로 만들어놓은 알몸의 남자는 사라지지 않았다.

　"누구 생일이니?"

　남자는 식탁에 있는 초코케이크에 초를 꽂으며 말했다.

　"어떤 부모들은 있는 것보다 없는 게 나아. 질질 짤 필요가 없다는 거지. 모두 열다섯 개네. 네 생일이구나. 그렇지?"

　목이 멘 성재는 말이 나오지 않았다.

　남자는 열다섯 개의 초에 불을 붙인 케이크를 성재 앞으로 들고 왔다. 촛불의 그림자가 엉겨 붙은 가면은 기괴했다.

　"이제 소원을 빌고 촛불을 끄는 거야."

　"……난 이제 어떻게 되는 거예요?"

　"일단은 웃어야지. 네 생일이잖아. 나한테도 이런 추억이 하나쯤 있었으면 진짜 좋았을 텐데……. 넌 운이 아주 좋아."

　남자는 생일 케이크를 성재의 얼굴에 바짝 들이댄다.

열다섯 개의 촛불이 성재의 눈물에 엉겨 붙었다.

"어서 꺼야지!"

촛농이 케이크 위에 떨어지자 남자가 짜증을 낸다. 성재는 오므린 입술로 바람을 만들었다. 머리가 어질어질하도록 불어대는데, 촛불은 꺼지질 않았다. 남자의 성화에 촛농 같은 눈물을 뚝 떨어뜨리고서야 성재는 겨우 껐다.

"후우! 한 번에 껐으면 더 좋았을 텐데⋯⋯. 소원은 빌었어?"

언제 성질을 부렸냐는 듯이 남자는 다정한 말투로 말했다. 성재는 고개를 저었다. 부모의 시체 옆에서 빌어야 할 소원이란 게 뭘까. 핏빛으로 물든 풍경에 성재의 눈물 둑이 수시로 무너져 내리는데 말이다.

남자는 케이크를 통째로 성재의 얼굴에 뭉개고는 생일파티를 즐기는 아이처럼 웃어댄다. 남자는 성재의 얼굴에 묻은 케이크를 검지로 덜어낸다. 가면 밑에서 남자의 혀가 뱀처럼 케이크를 날름 거둬갔다.

"생일 케이크는 이렇게 먹어야 제맛이지."

남자는 자신이 빨던 검지에 케이크를 묻혀 성재의 입에 밀어 넣는다. 맛을 느낄 수 없는 성재는 얼른 삼켰다.

"케이크도 먹었고, 이젠 생일선물을 받을 차례인가? 소원도 못 빌었는데 선물까지 못 받으면 서운하지. 네 미래를 선물로 주고 싶은데 어때? 멋진 생일선물이지?"

남자는 성재의 입에 넣었던 자신의 검지를 쪽쪽 빨며 말했다.

"……?!"

"선물도 받았으니, 이젠 내가 찾을 수 없는 곳에 숨어야지. 여기서 멀리, 아주 멀리 떨어진 곳이면 더 좋을 거야. 그리고 돌아오지 않는 거야. 왜? 나한테 들키면 넌 죽는 거니까. 왜? 난 술래거든. 내가 준 선물을 갖고 넌 여기서 당장 도망치는 거야."

목소리를 도둑맞은 듯한 성재는 남자를 올려다본다. 눈물은 더 이상 나오지 않는다. 남자가 현관문을 활짝 열어젖힌다. 한겨울의 냉기에도 알몸의 남자는 몸을 움츠리지 않았다. 그러고는 성재를 향해 턱짓했다. 살고 싶으면 어서 여기서 나가! 살인마의 엄중한 명령. 말보다 강력한 남자의 몸짓에 성재는 벽에 기대어 몸을 일으켜 세운다. 굽은 등을 펴고 떨리는 다리를 가까스로 세웠다. 살인마가 열어준 문으로 향했다. 마지막 걸음을 남겨둔 성재는 안방을 향해 고개를 돌렸다.

"내게 들키는 날엔 너도 저렇게 되는 거야."

성재는 더 들을 것도 없이 현관문을 쏜살같이 통과했다. 남자로부터, 살인마가 있는 집으로부터 멀어지기 위해 달렸다. 쌓인 눈이 발목을 잡았지만, 성재는 어떻게든 떨쳐내야 했다.

눈은 소리도 없이 내린다. 뒤를 돌아볼 엄두는 나지 않는다. 성재는 앞으로, 앞으로 나아간다. 그곳이 밭인지 논인지 산인지 분간할 여력은 없었다. 방향도 모르고 길도 없는 그 길을 걸어 그저 도망칠 뿐이다.

21 /

성재는 눈웅덩이 안에 몸을 말고 앉았다. 얼어버린 케이크 잔해는 얼굴에 붙어서 잘 떨어지지 않는다. 나뭇가지에 찔린 상처의 피는 나오기도 전에 얼어버렸다. 눈을 찔리지 않은 게 얼마나 다행인지.

산짐승의 울음소리는 을씨년스러웠다. 추위에 몸을 뒤척이던 그때, 성재는 굶주린 멧돼지와 눈이 마주쳤다. 팔을 허우적거리며 벌떡 일어섰다. 나뭇가지에 쌓였던 눈이 머리 위로 쏟아져 내렸다. 발을 헛디디며 벼랑 아래로 굴렀다.

등에 메고 있던 책가방 덕에 충격은 덜했다. 하지만 움직일 수가 없었다. 몸도 마음도 나락으로 떨어져 내렸다. 이렇게 죽는구나. 눈동자가 까무룩 뒤로 넘어가고, 의식이 맥없이 잠겨간다.

"탄피 목걸이네! 이거 진짜로 나한테 주는 거야, 형?"

"마음에 드니?"

"그걸 말이라고. 내 친구 중에 이런 거 갖고 있는 애는 없을 걸?"

"남자는 스스로를 지킬 줄 알아야 해. 아무도 나를 대신 지켜주진 않거든."

"근데 이거, 애들한테 자랑해도 돼?"

부대 앞에서 만난 보초병은 성재의 형이 되어줬다. 남자는 스스로를 지킬 줄 알아야 한다. 형의 말은 옳다. 아득한 꿈에서 깨어나듯 성재는 눈을 떴다. 목에 걸린 탄피 목걸이를 손에 쥔 채.

살았다! 성재는 눈을 헤집고 밖으로 나왔다. 벌판의 새하얀 눈이 햇살에 닿아 번쩍거리고 성재는 눈이 부셨다. 생존의 기쁨 같은 건 없었다. 설원 저편으로 누군가 나타났다. 성재는 납작 엎드려 몸을 숨겼다.

가면의 남자가 자신을 쫓고 있을 것이다. 성재는 솔가지로 자신의 흔적을 지우고 산으로 숨어든다. 눈을 뭉쳐 입안에 넣고 갈증을 달랬다. 얼어 죽을 것 같은 맹렬한 추위에도 위장은 너무도 멀쩡했다. 눈치도 없이 먹을 것을 달라고 성가시게 군다. 산목숨이 질긴 건 허기 때문일지 모른다.

성재는 솔잎을 뜯어 입안에 넣고 씹는다. 떫은맛이 났다. 씹고 있으면 허기를 속일 수 있을 것 같다. 아빠는 걸핏하면 죽고 싶다는 말을 내뱉었다. 처자식이 있는데 죽고 싶다는 말을 어떻게 밥 먹듯이 하냐고 엄마는 아빠를 나무랐다.

까맣게 잊고 있던 동생이 떠오른 건 부지불식간이었다. 동생을 못 봤다. 어딘가에 살아있는 건 아닐까. 살인마가 아직 집에 있을지도 모른다. 동생을 찾으려면 집으로 돌아가야 한다. 성재는 교과서를 가방에서 꺼내 반으로 쪼개 운동화 밑에 대고 목도리를 이용해 질끈 묶는다. 지뢰가 묻혀있을 능선을 가로질러 갔다.

성재는 집 주위를 살핀 후에야 창문을 통해 안으로 들어갔다. 남자가 버리고 간 피카츄 가면이 거실에 있었다. 안방의 시체는 그대로다. 성재는 장롱에서 이불을 꺼내 부모의 시체를 고이 덮는다. 그러고는 조심스럽게 동생의 이름을 불렀다.

"혀엉, 형."

소리는 다락방에서 들려왔다. 동생은 자동차 장난감을

손에 쥐고 있었다. 멍한 눈길로 성재를 보던 동생은 엄마
한테 가겠다며 일어섰다. 아직 모르는 건가. 남자가 집
에 오기 전부터 다락방에 있었다면 모를 수도 있다. 지금
까지 다락방에만 머물러 있었다는 건 그나마 다행이었다.
성재는 다락방을 나가려는 동생을 붙잡았다.

"엄마한테 갈 거야."

"형이랑 같이 가. 우리 우재는 착해서 형 말도 잘 들어.
그렇지?"

"응. 잘 들어."

다락방을 나온 성재는 동생의 옷을 챙겼다. 양말을 신
기고 겉옷을 입히고 두툼한 점퍼를 꺼내 입혔다. 동생의
가방에 여벌 옷과 양말 등을 챙겨 넣고, 필요한 것들을 책
가방에 또 욱여넣었다. 싱크대에서 고양이 세수를 하고,
상처에 연고를 발랐다. 엄마의 비상금은 싱크대 서랍 안
에 그대로 있었다.

"형, 집에 누가 왔었어."

"누군지 봤어?"

"……몰라."

엄마 아빠가 살해되는 광경을 봤을지도 모를 일이다.
성재는 더 묻지 않았다. 가방을 한쪽 어깨에 걸친 성재는
동생 우재를 들쳐업고 급히 집을 빠져 나왔다.

보육원 봉고차는 읍내 약방 앞에 있었다. 우재 또래의
여자 아이가 혼자 타고 있었고, 운전기사는 보이지 않았
다. 성재는 봉고차에 우재를 밀어 넣듯이 태우고는 옷이
든 가방을 내줬다.

"저 친구가 내릴 때까지, 너도 여기 숨어있는 거야. 형
이 곧 데리러 갈게. 누가 뭘 물어보면 넌 아무것도 모르는
거야. 알았지?"

"엄마는?"

"형이 엄마 찾아서 갈게. 그때까지….."

성재는 입에 지퍼를 채우는 손짓을 했다. 우재가 따라
한다. 운전기사로 보이는 남자가 나타났다. 성재는 얼른
차 문을 닫고 그곳을 벗어났다. 봉고차는 곧바로 떠나지
않았다. 운전기사는 행인을 붙잡고 폭설에 관한 얘기로
시간을 보냈고, 어서 차가 출발하기만을 기다리는 성재
는 입이 바짝바짝 말랐다. 우재가 떠나는 것을 확인해야
했다.

"야, 너 학교 안 가고 여기서 뭐 해?"

성재는 목소리의 주인을 돌아보지도 않고 얼른 자리를
떴다. 잡히면, 들키면 죽는다던 살인마의 말이 귓가에 쟁

쟁했다. 살인마는 실체도 없이 시도 때도 없이 나타나 성재를 괴롭히고 지옥으로 몰아넣었다. 살인마로부터 도망칠 수 있는 곳이 어디일까. 산속에 버려진 군 초소가 떠오른 건 그때였다.

버려진 곳이긴 하나 초소에서 불을 피우면 위험하다. 그렇더라도 한겨울의 매서운 추위만큼은 아니었다. 성재는 초소 안팎의 땔감들을 모아 집에서 가져온 아빠의 라이터로 불을 지폈다. 젖은 솔가지에 불꽃이 닿자 아빠의 담배 연기같은 것이 굵게 피어올랐다. 연기는 매웠다. 성재는 매운 연기에 기대어 눈물을 펑펑 쏟았다. 서러움인지 두려움인지 모를 것들이 폭발했다. 엄마도 아빠도 동생 우재도 없이 성재는 그야말로 세상천지 혼자가 되었다.

23 /

성재는 솔잎과 생나무 속살을 씹으며 나흘을 버텼다. 부모의 시체를 누군가 발견하지 않았을까. 살인범이 잡혔을지도 모를 일이다. 추위와 배고픔에 산을 헤매다 낯선 마을에 이르렀다. 신작로에 들어선 성재는 외투에 달린 모자를 푹 눌러썼다. 깃을 세우고 손을 주머니에 찔러 넣는다.

인적이 드문 시골 마을의 한겨울. 낯선 사람은 눈에 띄기 마련이다. 성재의 맞은편으로 남자 하나가 걸어온다. 검은색 점퍼에 베레모를 쓴 남자는 주춤주춤 걸었다. 성재는 빠른 걸음으로 남자를 지나쳤다. 멀어졌다는 생각이 들 무렵, 슬그머니 뒤돌아봤다.

"헉!"

멈춰 선 베레모의 남자가 성재를 바라보고 있었다. 잡히면 죽는다! 살인마의 목소리에 혼비백산한 성재는 그대로 내달렸다.

버스정류장 표지가 있는 가게 앞. 성재는 온장고 안의 호빵을 보고 있었다. 뱃속이 요동을 치고 군침이 절로 넘어간다. 빨간색 숄을 걸친 주인 여자가 가게 문을 열고 고개를 내민다.

"어떻게, 호빵 하나 줄까? 야채? 단팥? 어느 거?"

"아뇨. 됐어요."

성재는 온장고의 호빵을 등진다.

"삶은 고구마 있는데, 그거라도 먹을래?"

"괜찮아요."

"돈 달라고 안 할 테니까, 들어와서 먹고 가. 으, 춥다!"

밖으로 나온 주인 여자는 다짜고짜 성재를 가게 안으로 떠민다. 따뜻한 난로 앞에 성재를 데려다 놓고는 온장고에서 호빵 하나를 꺼내 왔다.

"단팥인데 싫으면 야채로 바꿔줄까? 죽 한 그릇 못 얻어먹은 얼굴이라 그냥 주는 거야."

어서 받으라는 주인 여자의 손짓에 성재는 덥석 받아 든다. 코로 먼저 들어간 호빵 냄새가 성재의 식욕에 불을 지폈다. 성재는 한 입 크게 베어 물었다.

"앗! 뜨거!"

입으로 들어갔던 호빵이 도로 튀어나왔다.

"호호호. 입천장 헐었겠네. 식혀가면서 천천히······. 얼굴은 어쩌다 또 그 모양? 안 되겠다. 약이라도 발라야지. 연고를 여기 어디에 뒀던 것 같은데······."

주인 여자는 구석의 서랍장을 뒤적거렸다. 상처에 바를 연고라면 성재에게도 있지만 호빵을 먹느라 정신이 없다. 부모를 잃고 어린 동생과도 헤어진 마당에, 살인마가 어딘가에서 자신의 목숨을 노리고 있을지도 모르는 마당에 입에 들어간 호빵의 맛은 환상적이었다. 성재는 호빵 하나를 게 눈 감추듯 먹어 치웠다. 그리고는 온장고 안에 있는 호빵을 직접 꺼내 또 먹는다.

"상처가 3~4cm는 되겠어. 병원 가서 바로 꿰맸어야지.

흉터가 크게 남겠는데……. 어쩌다 이런 거야? 네 엄마가 보면 몹시 속상하겠다."

주인 여자는 안쓰러운 듯 쯧쯧거렸다. 호빵을 입에 문 성재는 연고를 발라주는 여자의 손을 뿌리쳤다. 주인 여자는 무슨 짓이냐며 성재의 턱을 틀어쥐고는 연고를 마저 바른다. 조심스럽고도 꼼꼼한 손길로. 성재는 울컥했지만 눈물은 나오지 않았다. 부모가 살인마에게 죽임을 당했다고. 자신에게 들이닥친 불행을 털어놓고 싶었다. 단단히 잠긴 말문이 좀처럼 열리지 않았다.

"저기요, 아줌마……."

"왜? 호빵 하나 더 줄까?"

성재가 머뭇거리는 사이에 가게 문이 열렸다. 사냥모자를 쓴 남자의 등장에 성재는 난로에 바짝 붙어 불을 쬐는 척 고개를 숙였다.

"이봐, 무슨 소문 못 들었어?"

사냥모자 남자는 성재를 힐끗 보고는 궁금증에 다급히 말을 꺼낸다.

"어디 지뢰라도 터졌대요?"

주인 여자는 대수롭지 않게 받아친다.

"그게 아니고, 저쪽 묘리 앞을 지나오는데 말이야. 군경찰 차들이 그 동네로 줄줄이 들어가던데……. 혹시, 뭐 아는 게 있나 싶어서."

"군경찰 차가 묘리로요? 아, 맞다. 그거네. 살인사건이
났다던데, 그게 묘리 얘기였네."

"살인사건?"

"예. 거기 민통선 안에 집이 몇 채 있잖아요. 거기 사는
부부가 끔찍하게 살해당했다고. 군인이 버젓이 지키고 있
는 마을에서 살인사건이라니, 이게 웬일이래?"

주인 여자는 온몸을 떨며 진저리를 친다. 난로를 보고
있었지만 성재는 그들의 대화에 귀를 쫑긋하고 있었다.

"그 집 총각이 애 딸린 미혼모랑 결혼한다고 해서 그때
도 말들이 좀 많긴 했는데, 그래도 뭐, 당사자들이 좋다니
까 그런가 보다 싶었는데, 끝내 이 사달이 나네."

혼잣말처럼 중얼거리던 주인 여자는 사냥모자가 무슨
얘기냐고 재차 묻자 그 집 남자가 공장을 운영한다더라,
지난해 IMF 여파인지 직원들 월급이 몇 달은 밀렸다더라,
부부 사이가 예전 같지 않다더라 등등의 말을 안타까운 얼
굴로 흘려놓았다.

"그래도 그렇지, 누가 그런 흉악한 짓을?"

"모르죠. 그 집 애들도 감쪽같이 사라졌다던데, 살인범
이 데리고 갔을까요?"

"그거야 모르지. 제 부모를 살해하고 도망쳤을지도."

"예?"

주인 여자의 눈이 휘둥그레진다. 성재는 더 이상 그곳에 있을 수 없었다. 호빵값을 내밀자, 주인 여자는 안 줘도 되는데, 하면서도 받아 든다. 사냥모자는 팔꿈치로 주인 여자의 옆구리를 쿡 찌른다. 어느 집 애냐고 묻는 눈치다. 성재는 도망치듯 가게를 나선다. 때마침 도착한 버스에 무작정 올라탔다. 몇 안 되는 승객을 뒤로 한 성재는 뒤편의 구석진 자리에 앉아 가게 안의 여자와 남자를 곁눈질로 훔쳐본다. 좀 전의 심각한 표정과 달리 무슨 대화를 나누는지 희희낙락이다.

성재는 등에 멘 책가방을 무릎 위로 옮겼다. 우재가 붙여놓았을 피카츄 스티커가 그곳에 있었다. 성재는 피카츄의 눈을 긁고, 얼굴을 긁고, 몸체를 망가뜨린다. 손톱이 아릴 것 같은데 좀처럼 멈출 줄을 모른다.

24 /

묘리를 지날 무렵, 버스에 탄 사람들이 웅성거리기 시작했다. 성재는 숨어서 차창 밖을 내다봤다. 어깨에 소총을 멘 군인들이 마을 어귀에 서 있었다.

군인과 눈이 마주친 성재는 가방을 끌어안은 채 엉덩이를 빼고 의자 사이로 숨어들었다. 그 집 아들이 죽었다던데…… . 성재는 부모를 죽인 살인범이 될지도 모른다는 생각에 냉기가 심장을 뚫고 들어 왔다.

시외버스터미널은 한산했다. 매표소 앞에서 시간표를 확인하거나 표를 구매하기 위해 줄을 선 사람들 몇 명이 전부다. 성재는 구석진 곳의 의자에 버려진 아이처럼 우두커니 있었다. 피카츄 스티커의 잔재를 손톱으로 긁어내면서. 낯모르는 사람과 시선이 맞닿으면, 성재는 고개가 외로 돌아가거나 터미널 바닥을 향했다. 목도리로 얼굴을 가렸음에도 살인마가 자신을 알아볼까 두려웠다.

"고작 여기 숨어있었어? 들키면 어떻게 된다고 했지? 약속은 약속이니까, 각오는 됐겠지?"

가면 쓴 살인마는 어느 틈에 벌써 성재 앞에 와 있었다. 성재는 소스라치게 놀라 소리를 질렀다.

"아냐. 아니라구!"

그 순간, 쿵! 의자에서 떨어진 성재는 물에 빠진 듯 허우적거리다가 눈을 뜬다. 누가 볼 새라 주위를 훑고는 슬그머니 다시 의자에 엉덩이를 올려둔다. 매표소에서 표를 산 중년의 여자 둘이 성재 쪽으로 다가왔다. 다른 데도 빈

의자가 많은데 하필. 그들이 가까이 올수록 성재는 바짝 긴장했다. 그들은 성재가 있는 곳에서 세 칸 정도 떨어진 의자에 자리를 잡고 앉아 묘리의 살인사건에 관해 설왕설래했다.

"공장 직원이 집에 찾아가서야 알았다지 뭐야. 사장이 며칠씩 코빼기도 안 보이니까, 전화도 안 받고 그래서 가 봤더니만, 참극도 그런 참극이 없더란 거지."

"우리 아주버님 아들이 그 집 애랑 같은 중학교에 다니는데, 그 집 아들이 지난주 내내 결석을 했데요, 글쎄."

"그 아들도 살해된 거야? 아이고야."

"아들 시체에 관한 얘기는 없었던 것 같은데."

"범인이 데려갔나?"

"혼자 도망치기도 버거울 텐데, 뭐 하러 그러겠어요?"

"염전에 팔아먹을 생각을 했을지 알게 뭐야."

"왠지 난, 그 아들이 그런 거 아닌가 싶기도 해요."

"아이고, 중학생이면 아직 한참 어린애야. 엄마 아빠가 필요한 때라고. 끔찍하니까 그런 말은 하지도 마."

"설마가 사람 잡는다잖아요. 거긴 민통선 안에 있는 마을이라 외부인이 막 드나들 수 있는 곳도 아니잖아요. 그랬다면, 금방 누군가의 눈에 띄었을 걸요?"

"그래도 그렇지, 어떻게 제 부모를……."

"그러게요."

중년의 여자들은 혀를 내두르며 허공을 바라봤다. 다른 감각은 마비된 채 청각만이 살아 있는 듯 성재는 그들의 대화가 귀에 쏙쏙 박혔다. 그렇지 않아도 뻣뻣한 성재의 몸이 더욱 뻣뻣하게 굳는다. '설마'가 '혹시 또'가 되고 '가능성 있는'이 되었다. 중년 여자들의 대화가 성재에겐 꼭 그랬다. 아들이 제 부모를 '설마 그랬을까'는 '그럴지도 모르지'가 되었다가 끝내는 '아들이 그랬다'는 결론에 다다랐다.

성재는 마른침을 꼴깍 삼켰다. 터미널에 있는 모두가 자신을 살인자라 믿는 듯했다. 몸은 움직이지 않는데 심장이 저 홀로 요동쳤다. 제 부모를 살해한 패륜아가 여기 있다고 누군가 금방이라도 소리칠 듯했다.

성재는 벌떡 일어섰다. 최대한 자연스럽게 행동해야 한다. 생각처럼 되지는 않았다. 아빠가 없다면……. 집안에 불화가 일 때면 성재는 상상했다. 아빠를 이길 수 있는 그날이 빨리 오면 좋겠다고 수도 없이 생각했다.

결국 자신의 생각과 말이 참극을 몰고 온 것이다. 제 부모를 살해한 천벌 받을 패륜아! 성재는 벼랑 끝에 서 있었다.

25 /

1999년 12월 13일에 벌어진 살인사건은 '묘리 부부 살인
사건, 범인은 사라진 아들'이라는 제목을 달고, 12월 20일
자 조간신문에 실려 전국으로 배포되었다.

「지난 19일 오전, 강원도 건사군 건사면 묘리의 한 가정집에서
중년 부부가 처참하게 살해당한 상태로 발견됐다. 경찰은 "발견
당시 보일러가 가동되고 있어서 시체의 부패 속도와 정확한 사망
시각을 확보하는 데 어려움을 겪고 있다"며 "사망한 부부의 시체
에 이불이 덮여져 있던 것으로 보아 안면이 있는 자의 범행으로
보고 탐문조사 중에 있다"고 밝혔다. 본 살인사건은 이들 부부의
중학생 아들이 결석하기 시작한 화요일 새벽이나 그 전날 밤에
사건이 있었던 것으로 알려져 있으며, 현재 경찰은 사라진 아들
의 행방을 찾는 것에 주력하고 있다. 이번 사건과 아들의 행방에
관해 알고 있는 분들의 제보를 바란다.」

26 /

2002년 6월.

지구의 종말도 인간의 멸종도 일어나지 않았다. 21세기라는 현실이 무색하게 성재는 생존을 다퉈가며 겨우 목숨을 부지했다. 인간다운 삶과는 동떨어진 야생의 생활. 누구보다 빨랐고, 그 누구에게도 들키지 않고 살던 어느 날이었다.

난데없이 나타난 산중의 수색자들에게 내몰려 거처를 들킬 위기에 처한 성재는 그들의 눈을 피해 도망쳤다. 산에서의 생활이 더는 안전하지 않았다. 홀로 지내던 산에서 나온 성재가 마주한 새천년의 세상은 온통 붉은 빛이었다.

프랑스와 세네갈의 월드컵 개막전이 개최되는 날이지만 세상과 동떨어져 살던 성재는 알지 못했다. 알았다고 한들 그와는 무관한 일이었다. 자신의 보호색이 되어줄 붉은 색을 본능적으로 찾았다. 어느 골목 미용실 앞에 놓인 건조대, 널린 수건들 틈에서 성재는 붉은 티셔츠를 발견했다. 저거다! 빨래를 지키는 사람은 없었다. 잠시 머뭇거리던 성재는 잽싸게 낚아챘다. 붉은 옷을 가슴에 품고

총알처럼 뛰었다. 굽 높은 신발을 신은 여자가 미용실 안에서 튀어나오기는 했지만 소리만 지르다가 들어갔다.

성재는 아파트 상가건물의 공중화장실로 들어가 손을 닦고 세수를 했다. 다른 사람은 다행히도 없었다. 샤워기를 발견한 성재는 아예 옷을 벗고 샤워했다. 대충이긴 해도 모처럼의 샤워에 개운했다. 분리수거함에서 가져온 바지와 미용실 빨래건조대에서 훔친 붉은 티셔츠로 갈아입은 성재는 거울에 비친 자신을 멍하니 바라보다가 화장실 안으로 들어오는 남자를 발견하고는 얼른 고개를 숙인 채 그곳을 빠져나왔다.

한국이 월드컵 16강을 이뤄내고 8강에 진출하는 동안, 사람들은 하루가 멀다 하고 붉은 악마가 되어 거리로 광장으로 쏟아져 나왔다. 붉은 옷은 입었어도 성재는 붉은 악마가 되어 환호하지는 못했다. 오직 살기 위해, 자신을 보호하기 위해 입은 옷일 뿐이다.

사람의 무리에 섞일 수 없는 생명체. 사람이되 사람일 수 없는 성재의 시선은 늘 길바닥을 향했고, 허기진 배를 채워야 할 때만 눈이 돌아갔다. 군중 속의 고독과 외로움을 알아갔다. 성재가 도시의 뒷골목을 어슬렁거리던 그때, 사람들은 맥주와 치킨과 스크린을 찾아 삼삼오오 뭉쳤다. 일면식도 없던 사이임에도 오직 한국인이라는 이유로 모두 하나 되어 월드컵 경기에 열광했다.

치킨 냄새가 골목에 진동했다. 허기가 성재를 부추겨 호프집을 기웃거리게 했다. 가게 안은 물론 문밖 야외 테이블에도 빈자리가 없다. 손님들이 축구 경기에 정신이 팔린 사이, 성재는 그들의 테이블에 놓인 치킨에 눈독을 들였다. 한국 선수가 골을 터뜨린 기쁜 순간도 성재에게는 먼 나라의 일일 뿐이다.

축구 경기를 관전하기 위해 모인 이들은 일심동체가 되었다. "골~인!" 득점의 기쁨은 함성이 되어 터져 나왔다. 흥분한 사람들은 서로를 부둥켜안고 펄쩍펄쩍 뛴다. 침을 꼴깍 삼킨 성재는 치킨 조각을 냉큼 집어 들었다. 바로 그때, 누군가의 팔이 성재의 목에 격하게 감겨왔다. 도망쳐야 했다. 살집이라고는 없는 왜소한 신체의 성재는 헤드락에 꼼짝하지 못했다. 연속으로 터진 득점 골이 성재를 헤드락에서 풀려나게 했다. 앞선 득점에 흥분한 남자의 무작위 스킨십이었다. 득점 골에 사람들의 환호와 함성이 이어지던 틈을 타 성재는 재빨리 비닐봉지에 치킨을 쓸어 담았다. 그리고 테이블 위에 놓인 먹다 만 캔 맥주 하나를 챙겨 들고 호프집을 나왔다.

성재의 걸음이 빨라지던 그때였다. 누군가에게 뒷덜미를 잡힌 성재는 뒷걸음질로 끌려갔다.

"어째 수상쩍다 싶었다, 이 도둑놈아!"

상호가 인쇄된 앞치마에 흰 위생모를 쓴 호프집 사장
이다.

"……왜, 이러세요? 아파요."

"사지 멀쩡한 녀석이 손님 치킨을 훔쳐! 누구 장사를 망
치려고, 어디 한번 혼 좀 나 봐야 정신을 차리지."

"……자, 잘못했어요."

성재는 팔로 얼굴을 가리다 치킨이 든 비닐봉지와 맥주
캔을 놓쳤다. 길바닥에 떨어진 맥주가 거품을 뿜는다.

"부모님 전화번호 대, 어서! 못 불러? 경찰을 불러야 정
신을 차리지."

움찔한 성재는 저도 모르게 눈을 찡긋거린다. 겁먹었
다. 손이 발이 되도록 빌었다. 한번만 용서해달라고 애원
했지만, 호프집 사장은 어림도 없다는 듯이 쳐다본다.

"와아아아! 골~인! 골인!"

손님들의 함성이 또다시 터져 나왔다. 득점 골에 취한
그들은 도둑맞은 치킨과 맥주는 신경도 쓰지 않았다. 가
게 앞에 내놓은 재활용 쓰레기들을 며칠에 한 번씩 수거
해가는 김노인이 나타난 것은 그때였다. 김노인은 바닥에
떨어진 치킨을 비닐봉지에 밀어 넣고 빈 맥주 캔을 주워
사장에게 다가갔다.

"남 일에 상관 말고 어르신은 하던 일이나 계속 하세요."

"얼마를 주면 되는 겨?"

"그깟 돈 몇 푼 때문에 이러는 줄 알아요? 이런 놈은 된 통 혼나봐야 정신을 차린다고요. 그래야 다시는 이런 짓을 안 합니다!"

김노인은 허리춤에서 꺼낸 만 원짜리 두 장을 건넸다. 사장이 받지 않자, 만 원짜리 두 장을 더 얹었다.

"그만큼 혼났으면 지도 알아들었을 겨."

"우리나라가 경기 이겨서 봐주는 거야. 다음에 또 걸리면 그때는 콩밥 먹을 줄 알아."

성재를 놔준 사장은 김노인이 주는 돈을 챙긴다. 먼지를 털 듯 앞치마를 탈탈 털고는 가게 안으로 사라졌다.

생면부지의 도둑을 위해 터무니없는 치킨값을 물어주고도 김노인은 아무 말도 하지 않았다. 치킨이 든 봉지를 성재에게 건네고는 그냥 간다. 종일 먹은 것이라고는 물밖에 없는 성재지만 그 순간만큼은 허기를 잊었다. 벼락을 맞은 기분이었다. 한동안 멍하니 있던 성재는 김노인의 모습이 사라지기 전에 쫓아서 달려갔다.

"부모님 기다린다. 성가시게 하지 말고 집에 가, 어여. 나한테 할 말이라도 있는 겨? 그럼 어서 해보든가. 꽈배기마냥 몸만 그렇게 배배 꼬지 말고."

성재가 한 시간가량 김노인을 따라다니고 난 후였다.

"……왜, 그러셨어요?"

"뭐를?"

"치킨값을 왜 물어준 거예요? 신고하게, 경찰에 잡혀가게 그냥 두지."

"마음에도 없는 소리 하긴, 우라질 놈. 사흘 굶으면 남의 집 담장도 넘는 게 사람이여. 왜, 그거 훔치고 감방이라도 갈 작정이었던 겨? 그게 원이면 내 지금이라도 신고해주고."

신고 해주겠다는 김노인의 말에 성재는 화들짝 놀랐다.

"그, 그게 아니라, 제 말은……."

"됐으니까, 성가시게 굴지 말고 썩 꺼져."

김노인의 손이 올라간 건 때리려는 몸짓이 아니었다. 쫓아내는 시늉을 한 것뿐인데, 성재는 방어 자세를 취하며 몸을 낮췄다. 김노인은 그런 성재를 물끄러미 보고는 **한숨을 내쉬곤 돌아섰다.** 그러고는 종이상자를 리어카에 쌓아 올리는데 높아서 힘에 부친다. 김노인은 떨어져 내리는 종이상자를 주워 다시 쌓으며 말했다.

"남의 것을 훔치면 도둑이 되는 거고, 도울 일을 찾아 하면 일꾼 대접은 받는 겨."

살아남기에도 버거운 날들을 홀로 보낸 성재는 김노인의 조언을 이해하지 못했다. 그래도 자기편을 들어준 사람인데, 성재는 뭘 어떻게 해야 할지 몰랐다. 묵묵히 고개를 숙인 채 저만치 떨어져서 있었을 뿐. 성재가 김노인을 다시 쳐다본 건 "멍청한 놈!"이라는 욕을 듣고서였다. 눈살을 찌푸리기라도 해야 했다. 성재는 슬픔이 가득한 눈망울을 하고 있었다.

"도둑놈과 일꾼 중에 뭐가 되고 싶냐고 물은 것인디, 그 말이 서러워서 우는 겨?"

성재는 절레절레 고개를 저었다.

"그럼, 사내놈이 멍청하단 그깟 소리에 우는 겨?"

김노인은 리어카에 종이상자를 싣기 위해 다시 한번 팔을 뻗었다. 김노인의 입에서 숨찬 소리가 나오고서야 성재가 다가와 종이상자를 더미에 올려 실었다. 그러고는 떨어지지 않게 밧줄을 둘러맸다. 제법이다. 김노인은 아무 말도 없이 리어카를 끌었다.

성재는 웃을 듯 말듯 한 표정으로 노인의 리어카를 따라 걸었다. 몇 년 만에 처음 들은 칭찬이다. 도로에 나와 있는 폐지가 보이면 성재는 먼저 주웠다. 김노인은 집에 갈 생각도 없이 일을 거드는 성재를 물끄러미 바라봤다. 뭐라고 불러야 할지 고민하던 성재는 "할아버지"하고 김노인을 불렀다.

"내가 왜 네놈 할아버지여?"

"……저요, 할아버지 일을 돕고 싶어요."

김노인의 시선을 마주하지 못한 채였다. 돕고 싶다. 그 말을 겨우 했을 뿐이다. 다른 사람들처럼 살 수 있을지도 모른다는 생각이 스쳤다. 그럼에도 고개는 여전히 들 수 없었다.

"매가리도 없는 놈이 뭔 일을 도와? ……집도 절도 없는 놈인 겨?"

입술을 앙다문 성재에 김노인은 그러라는 말도, 알았다는 말도 하지 않았다. 그저 땅이 꺼질 듯한 한숨만 내쉬었다. 용기를 쥐어짜 건넨 말이건만, 대답을 듣지 못한 성재는 체념했다. 김노인의 리어카를 멍하니 바라보기만 했다. 멀어지던 리어카가 어느 순간 멈췄다.

"어서, 밀지 않고 뭐 혀? 리어카 안 나가는 거 안 보여? 끄응."

성재는 부리나케 뛰어갔다. 리어카에 손을 얹고 뒤에서

있는 힘껏 밀었다. 김노인이 대신 값을 치른 치킨 봉지가 리어카 한 귀퉁이에 있었다. 성재는 부끄러움에 배고픔도 잊었다.

"도둑질이나 하고 다닐 것 같으면, 끄응. 일찌감치 니 갈 길 가고……. 사는 건 다 힘든 거여. 없으면 없는 대로 힘들고, 있으면 있는 대로 힘들고."

김노인의 말은 쌀쌀맞은 것 같다가도 묘하게 위로가 됐다. 성재는 코끝이 찡하고 가슴이 먹먹했다. "골~인! 와아아! 골인! 골인!" 사람들의 함성이 또 거리로 터져 나왔다.

28 /

재활용 쓰레기와 고물의 중간 수집상인 김노인은 동네 를 돌며 고물을 직접 수집을 하기도 했지만 생활 수집인들 이 가져오는 유리병이나 폐신문지, 알루미늄 캔, 고철 등 을 사들이는 일도 했다. 그들이 가져오는 물건들은 1kg 당의 가격이 제각각 정해져 있었다. 무게를 정할 수 없는 소형 가전제품 등을 가져오면 김노인은 가격을 흥정했다.

수집상에게 돈이 더 가도 후하게 쳐줬다는 생색은 내지 않았다.

"여기가 내 사는 데여."

노인의 컨테이너는 고물상 한쪽에 있었다. 산에서 천막 같지도 않은 천막을 지붕 삼아 벽 삼아 살던 성재에겐 매트리스와 식탁, 냉장고, 소파, 세탁기 등 없는 것이 없는 호화로운 집이었다. 아무 때나 물을 쓸 수 있다는 것만으로도 성재는 벼락부자가 된 기분이었다. 매트리스는 푹신해서 머리만 닿아도 금방 잠이 들 듯했다.

"거기서 자."

소파에 앉은 김노인이 말했다.

"제가 소파에서 잘게요."

"네놈 없어도 여기가 내 자리여. 난 여기가 편혀."

샤워를 하고 나온 김노인은 피곤한 몸을 소파에 눕히고 잠을 청했다. 성재는 금방 잠이 올 것 같지 않았다. 냉기가 올라오는 딱딱한 곳에서 자다가 매트리스에 누워 있자니 눈물이 났다. 김노인이 차려준 저녁을 먹긴 했지만 배가 고팠다. 성재는 방을 나와 리어카에 있는 치킨을 입에 물었다.

산에서 도망칠 수밖에 없었던 성재는 이게 다 길 잃은 등산객 덕분이란 생각이 들었다. 등산로를 벗어나 헤매고 있던 등산객에게 자신의 거처를 들키지 않으려면 어쩔 수 없었다. 성재는 등산객을 마주했고, 산을 내려가는 지름길을 알려줬다. 그것이 화근이었다. 며칠 후, 수색자들이 나타났고 성재는 몇 년간 머무르던 보금자리를 눈앞에서 잃었다.

매트리스에 누운 성재는 실로 오랜만에 아득한 슬픔을 물린 잠을 이뤘다. 덜그럭거리는 소리는 새벽녘에 났다. 습벽처럼 성재는 번쩍 눈을 떴다. 천장이 보이고, 이불이 만져졌다. 산중의 움막도 지하도의 차디찬 바닥도 아니다. 꿈은 더더욱 아니었다. 성재는 안도하면서도 부산한 소리에 또 불안했다. 소파에서 잠들었던 김노인의 모습이 보이지 않는다. 성재는 밖으로 나갔다. 김노인은 어제 들어온 재활용 쓰레기들을 재분류하고 있었고, 성재는 또 멍하니 바라보았다.

"어떻게 잠은 잘 잔 겨?"

"……깨우지 그랬어요?"

"뭐 하러?"

"도와드린다고 했잖아요."

"새벽 댓바람부터? 안 그래도 돼. 잠이 안 와서 하는 겨."

김노인은 일을 알려주거나 나눠주지 않았다. 그다음 날

에도 그다음 날에도……. 성재가 늦잠을 자면 자는 대로 명을 때리면 때리는 대로 내버려뒀다. 반면에 김노인 자신은 쉴 새 없이 몸을 놀렸다. 성재의 끼니를 챙기는 일도 김노인이 했다.

성재는 일손을 거들기는커녕 일거리만 늘린 것 같아 죄송스러웠다. 친손주라면 사랑해서 그런다지만, 개돼지면 키워서 내다 팔기 위해 그런다지만 성재는 그 어느 쪽도 아니었다. 김노인의 일을 돕겠다고 고물상까지 따라와 놓고선 빈둥거렸다. 말을 해주지 않으니 성재는 뭘 어떻게 해야 할지 몰랐다. 김노인이 하는 일을 곁에서 지켜보기만 했다. 이렇게 밥만 축내다가 쫓겨나게 되는 건 아닐까. 사흘을 지켜만 보던 성재가 물었다.

"어떻게 하면 돼요?"

"일일이 설명을 해줘야만 아는 겨? 그게 더 힘들어. 관둬."

"할아버지의 일꾼이 되고 싶어요."

"눈썰미는 뒀다가 국 끓여먹을 것인감? 입으로 떠들 시간이면 내 손으로 다 끝낼 일인 겨."

김노인은 혼자서 이 일을 해왔다. 누군가에게 자신의 일을 설명하는 게 어색했다. 성재는 스스로 깨달았다. 일은 눈썰미로 익히는 것이라고. 다른 것은 몰라도 김노인의 일은 그랬다. 성재는 능동적이 되어갔다. 김노인이 하는 일들을 하나씩 제 일로 만들었다. 밥을 짓고 달걀 프라이를 하고 부추를 무치고……. 성재는 김노인의 행동 하나하나에서 배움을 얻었다. 눈으로 익히고 행동으로 옮겼다. 파지는 파지대로, 고철은 고철대로, 플라스틱은 플라스틱대로, 알루미늄은 알루미늄대로, 비닐은 비닐대로 김노인의 손은 여과지나 다름없어서 그냥 막 던져놓는 것 같은데도 깔끔하게 분류됐다. 번잡스러운 고물상의 물건들이 진열대의 상품처럼 정돈됐다. 그렇게 정돈된 재활용 쓰레기들이 일정량 쌓이면 김노인은 대형 고물상이나 기업에 넘겼다. 눈치가 없는 놈인지는 몰라도 성재의 눈썰미는 쓸 만했다. 실수를 하는 경우도 있긴 했지만.

"깡통을 비철에 넣는 건 아니여. 알루미늄하고는 또 달러."

안 보는 듯해도 김노인은 성재의 실수를 매의 눈으로 잡아냈다. 어떤 때는 보지 않고도 잡아내는 일이 종종 있어서 김노인의 뒤통수에 눈이 달린 건 아닌가, 싶기도 했다.

"어떻게 알아요? 제가 잘못 분류했다는 걸?"

"소리가 다르잖여."

"소리요? 내 귀엔 그냥 다 똑같은데……."

"이건 딱 봐도 그냥 고철이구만 소리도 구분 못 하는 겨?"

"자석에 붙으면 고철, 안 붙으면 비철인 거죠."

"그런 건 또 어디서 주워들었대."

김노인은 깡통 하나를 알루미늄 더미에 던졌다가 고철 더미로 다시 던졌다. 비철금속끼리의 소리와 고철끼리 부딪는 소리는 확실히 달랐다. 황도 복숭아 캔은 깡통이고 맥주 캔은 알루미늄이다. 고철끼리 부딪혀 내는 소리는 무게감이 느껴지기도 하거니와 소리도 둔탁했다. 비철금속끼리는 좀 경쾌한 소리가 나는 듯도 했다.

"우와, 할아버지 천재!"

김노인은 헛웃음을 지었다. 성재의 엄지척에는 간밤에 천재들이 다 얼어 죽었다더라며 받아쳤다. 성재는 그렇게 눈썰미로 고물상의 일을 배웠고, 눈치도 빠른 놈이 되어 갔다. 김노인의 눈길이 가는 방향만 봐도 뭘 해야 하는지를 알았다. 김노인의 일이 그렇게 하나씩 성재에게로 흘러갔다.

"할아버지는 말씀만 하세요. 몸 쓰는 건 내가 다 할 테니까."

성재는 이제야 사람처럼 사는 듯했다. 말을 나눌 김노인과 하늘을 가려줄 천장 있는 집과 제 손으로 할 수 있는 일이 있어서 살만했다. 더 바랄 것도 없이 하루하루가 좋았다. 그런 줄 알았다. 이대로 충분하다고. 하지만 교복 입은 학생들이 고물상 앞을 지나갈 때면, 성재는 괜히 침울해졌다. 눈치는 김노인이 더 있었다. 한글 알고, 셈할 줄 알면 사는 데 아무 지장 없다는 말을 하면서도 김노인은 성재의 마음을 들여다본 듯이 물었다.

"학교 보내주면 다닐 겨?"

"아뇨. 여기 고물상이 나한텐 학교나 다름없는걸요. 배울 것도 많고, 할아버지가 제 선생님이라 좋아요."

"좋기는. 네놈 똥구녕이 좋으냐?"

툴툴거리는 김노인이지만 기분은 좋다. 고물상에 아니, 김노인의 삭막한 인생에 성재는 꽃이다. 보고 있자면 절로 미소가 지어지고 흐뭇한. 얼굴의 흉터 따위는 보이지도 않았다.

"할아버지……."

성재가 김노인을 불렀다. 그러곤 아무 말이 없다.

"불렀으면 말을 혀."

"……왜, 왜 안 물어봐요? 내가 어떤 놈인지."

"먹을 거나 훔치고 다니는 놈인데, 더 알아야 뭐 혀. 안 봐도 비디오지."

"내가 무섭지도 않아요?"

"무서운 놈인 겨? 쓸데없는 소리 말고 저거나 다 정리
혀."

김노인은 절로 웃음이 터져 나왔다. 무섭기로 치면 자
신의 생이 더하지 않을까. 김노인은 명문대학교에 다니던
우수한 인재였다. 사기를 당한 부친의 사업이 부도나기
전까지는. 부친이 사기꾼을 잡겠다고 혈안이 되어 전국을
누비는 동안, 모친은 항암치료 한 번 제대로 받아보지 못
한 채 위암으로 세상을 등졌다. 그러고도 정신을 못 차린
부친은 당신의 남은 인생까지 통째로 말아먹었다. 일가족
이 연쇄 부도를 맞은 듯했고, 김노인의 인생 또한 꼬이기
시작했다.

스물넷의 김노인에게 남은 것은 부모가 남긴 빚뿐이었
고, 그는 모든 것을 놔버렸다. 거리를 배회했고 노숙자가
되었으며 목숨을 끊는 일은 생각보다 쉽지 않았다.

찬 바람이 불던 어느 늦가을. 지하도에서 깔고 자던 판
지가 눈에 들어왔다. 그때부터다. 김노인의 공허한 마음
이 폐지로 채워지기 시작했다. 이게 평생의 일이 될 줄은
몰랐다. 위안을 얻고 보니 중단할 수 없었고, 어쩌다 보
니 재활용 쓰레기와 함께한 인생이 되고 말았다. 그땐 정
말이지 아무 생각도 없이 매일 일했다. 하루도 거르지 않
고 한 일이라고는 쓰레기를 줍는 일이었다. 끝내는 평생

의 업이 되고 말았다.

"할아버지는 내가 사람을 죽인 살인자라도 상관없다는 거예요?"

성재는 찌푸린 이마를 하고 묻는다.

"니 살인자여?"

김노인이 묻는다.

"……누가 그렇데요. 말이 그렇다는 거지."

열다섯 번째 생일선물로 살인마는 목숨을 살려주겠다는 친절을 베풀었다. 그때는 몰랐다. 그것이 성재를 범인으로 만들기 위한 계획일 수 있다는 것을. 집에서 도망친 그 순간 부모를 죽인 패륜아가 될 수도 있다는 것을.

집에서 나온 그날부터 성재의 하루하루는 생존과의 싸움이었다. 굶주림은 살인자라는 누명보다 더 무서웠다. 먹어선 안 되는 것들까지 목구멍으로 밀어 넣게 만들었다. 동면에 든 뱀이나 개구리를 잡아먹기도 하고, 봄이면 진달래 꽃잎을 따먹다 배앓이를 하기도 하고, 여름이면 화려한 버섯을 잘못 먹어 며칠씩 죽다 살아나기도 했다. 차라리 그냥 죽었더라면…….

해가 떠오르면 저절로 눈이 떠지고 해가 지면 억지로 잠을 청했다. 생존을 위한 생존. 세 번의 봄을 성재는 그렇게 산에서 맞이하고 흘려보냈다. 어디서 나타날지 모르는 가면의 술래는 떠올리기만 해도 식은땀이 났다. 사람과 만나는 일은 두려움이 되었고, 성재는 그렇게 사회에서 멀어졌다. 김노인의 컨테이너 집에 얹혀살면서 성재는 날마다 위로를 받았다. 끔찍한 과거의 일들을 문득문득 잊었다.

"나도 그냥 해본 소리여. 치킨도 제대로 못 훔치는 놈이 남의 목숨을 어떻게 훔칠 것인감."

성재는 목으로 올라오는 울컥함을 삼키고 눈물을 훔친다.

"사내자식이 눈물은……. 쯧쯧. 그만 울고 저거나 한번 봐."

김노인은 따로 둔 사과 상자를 턱짓했다.

"뭔데요?"

"보면 알 것 아녀."

성재는 상자를 열었다. 책이다. 성재의 입꼬리가 슬며시 광대로 향한다. 중고 책은 도서관에 기증되거나 헌책방으로 가기 때문에 고물상까지 오는 경우는 드물었다. 김노인은 성재를 위해 버려진 소설책들을 운 좋게 가져왔다. 친구라고는 없는 성재에게 책만큼 좋은 것은 없었다.

"저번에 가져온 책은 다 읽었는데……. 고마워요. 할아버지."

성재는 사과 상자에 있는 책들을 하나씩 들췄다. 《이방인》, 《카라마조프의 형제들》, 《변신》, 《어린 왕자》, 《돈키호테》, 《노인과 바다》 등등. 이번에도 김노인은 명작들만 골라서 가져왔다. 고물상의 독서가 성재는 책을 손에 쥐면 다 읽을 때까지 꼼짝하지 않았다. 어떤 이야기는 조금씩 아껴 읽기도 했다. 소설의 주인공이 불행하거나 처절한 삶을 살고 있다면 더 그랬다. 말로는 표현하기 힘들었던 자신의 감정들이 그 안에 선명하게 들어앉아 있을 때면 성재는 속울음을 게워냈다. 또 우냐고 김노인이 타박하면 성재는 주인공이 너무 불쌍해서 우는 것이라고 둘러댔다. 김노인은 분명 좋은 사람이지만 살인사건의 목격자가 된 그날의 일을 성재는 털어놓지 못했다. 그 누구와도 공유할 수 없는 비밀을 성재는 소설의 주인공들과 공유했다.

볕 잘 드는 고물상 구석에 마련된 책 읽는 의자에 앉아 성재는 또 책장을 넘긴다. 페이지가 잘 넘어가지 않아 검지에 침을 묻혀가며.

고물상 안까지 낯선 사람이 들어오는 경우는 없었다.
김노인이 자리를 비운 사이 들려오는 낯선 인기척에 성
재는 몸이 굳는다. 숨을 틈도 없이 군화가 시야로 들어왔
다. 그것도 두 사람씩이나. 고개를 숙인 성재는 안절부절
못한다.

"저기, 뭐 하나 물어보고 싶은데요."

군인은 성재 앞으로 한 걸음 더 바짝 다가섰다. 성재는
그들을 피하기 위해 책을 덮고 컨테이너 안으로 들어가 문
을 닫았다. 그냥 돌아가면 좋으련만 그들은 컨테이너 문
을 두드렸다.

"할아버지…… 없어요. 나중에 오세요."

성재는 문 안쪽에서 겨우 입을 열었다. 묘리 어귀에 깔
려있던 군인들이 기습적으로 성재의 뇌리를 스쳐갔다.
가면 쓴 남자의 목소리가 성재를 비웃듯 귓가에 맴돌았
다. 아무한테도 들키지 마. 잡히거나 들키면 그땐 너도 죽
는 거야. 찾을 수 없는 곳에 숨어야지. 여기서 아주 멀리.
들키면 죽어. 난 술래야. 내가 준 선물 갖고 여기서 당장
도망쳐! 성재는 이불을 뒤집어썼다.

살인마의 웃음소리가 이불을 뚫고 성재를 공격했다. 문

을 열려는 소리는 멈출 줄 모르고, 성재는 살인마의 환영에 구석으로 내몰렸다. 이불을 뒤집어쓴 채 식은땀을 흘렸다. 소리가 잦아들기만을 기다렸다.

얼마나 시간이 지났을까. 누군가의 손길에 성재는 기겁해 이불 안에서 튀어나왔다. 그 바람에 엉덩방아를 찧은 김노인이 앓는 소리를 했다. 성재는 김노인을 확인하고서야 제 안의 공포를 거뒀다.

"고시원 놈이 와서 해코지라도 하고 간 겨? 왜 그려?"

인근 고시원에 사는 청년은 가끔 나타나 행패를 부리고 갔다. 고물 소리가 난다. 고약한 냄새가 난다. 걸핏하면 나타나 김노인과 성재의 속을 뒤집어놓고 갔다.

"갔어?"

"누구? 진짜 고시원 놈이 왔다 간 겨? ……군인들 말하는 겨? 갔어. 네가 수리한 그 라디오 있잖여. 고물상 앞에다 둔 그거……, 사겠다고 해서 그냥 줬어. 나랏일 하는 군인들한테까지 돈 받는 거는 아니잖여. 안 그려? 그나저나 웬 땀을 그렇게나 많이 흘리는 겨? 더운 겨? 선풍기 틀어?"

"나 혼자 두고 어디 가지 마. 으응?"

"왜 이런다냐, 진짜? 스무살이믄 인자 너도 어른이여. 뭔 어린 양인 겨."

자꾸 엉기는 성재를 저리 가라 밀어내면서도 김노인의

입가엔 웃음이 걸렸다. 그날부터였다. 김노인이 고물상을 비우면 성재는 컨테이너 안에 들어앉아 밖으로 나오지 않았다. 김노인과 같이 나갈 때면 얼굴을 가릴 목도리나 선글라스, 모자 등을 챙겼다. 그런 성재를 보며 김노인은 한창 멋 부릴 때라고 응수했다.

30 /

고물상은 이십 년 넘게 같은 자리에 있었다. 그 주변으로 연립과 빌라 건물들이 세워졌고, 고물상을 팔라는 건축업자나 부동산 중개인의 요구도 심심찮게 있었다. 대로변에 자리한 삼백 평 남짓의 부지. 땅값만 쳐도 십수억 원은 족히 됐다. 누군가는 거기에 건물을 올려 세를 받으면 구질구질한 고물상의 생활과도 영원히 끝이라고 속삭였다. 맛있는 거 사 먹고 놀러 다니면서 편하게 살면 좋지 않겠냐고 구슬렸다.

김노인은 그들의 말을 귓등으로도 듣지 않았다. 모든 희망을 잃어버린 그때, 김노인을 살린 것은 그 무엇도 아닌 길가에 버려진 판지였다. 이를 알 리 없는 그들은 고물상이 주택단지의 미관을 해친다고 쓴소리를 해댔다. 이대로 가다간 주민의 소송이 들어올지도 모른다고 협박을 하기도 했다. 실제로 위생과 환경을 운운하며 주민들이 고물상을 다른 곳으로 옮겨달라는 민원을 넣은 것도 한두 번이 아니다. 요즘 들어 부쩍 잦아진 민원에 김노인은 신경이 곤두섰다.

"내 땅에다 내가 뭘 하든 지들이 무슨 권리라고 시비여."

고시원에 사는 남자는 고물상이 빈 날이면 무단침입의 흔적을 남기고 갔다. 고물상 때문에 죽겠으니 나가라는 취지의 것들을. 김노인은 이죽거릴 뿐 무시했다. 그런 일이 몇 차례 반복되는가 싶더니 어느 날에는 구청에서 전화가 왔다. 고물상 건으로 민원이 들어왔다면서 주의성 경고를 했다. 민원으로는 뜻을 이루지 못한 고시원 남자는 소음으로 김노인을 경찰서에 고소했다. 현장 점검을 나온 경찰은 특별한 점을 찾지 못했고 제재할 명분도 없어서 그냥 돌아갔다.

그 후로 고시원 남자는 밤이 되면 복면을 쓰고 나타나 소란을 피우다 갔다. 성재는 불안했다. 낯선 이들이 또 몰려올까 두려움에 떨었다. 오래된 장면들이 눈앞을 오갔다. 덮어두고 있었던 옛 기억의 광경들이 우후죽순 튀어나왔다.

"이러다 잡혀가는 거 아니지?"

"누가 우릴 잡아간다고 그려? 지들이 오면 어쩔 겨? 주거침입으로 신고해버릴 겨. 눈감고도 허는 내 일에 제까짓 것들이 뭐라고 감 놔라 배 놔라여. 세금도 따박따박 다 내는디 제까짓 놈들이 무슨 권리로 지랄이여. 말 나온 김에 세금이나 내고 와야 쓰것네. 가서 세금 용지나 가져와."

"공과금 용지요?"

"그려, 그거!"

김노인은 들고 있던 찌그러진 주전자를 알루미늄 더미에 냅다 던지고 말했다.

공과금 용지는 싱크대 옆에 있었다. 김노인은 납부할 고지서들을 주방 벽의 고정된 못에 꿰어 보관했다. 성재는 매달 받는 고지서들을 하나씩 확인한다. 상하수도, 의료보험, 전화요금……, 전기요금 고지서가 없다. 서랍장과 식탁 위, 장식장, 책장 등을 확인했지만 없다. 설마, 여기 뒀을까 싶으면서도 성재는 김노인의 침대나 다름없는 긴 소파의 쿠션을 들췄다.

전기요금 고지서는 음식점 전단지와 거기에 있었다. 이게 왜 여기 있지? 고지서를 챙겨서 돌아서려던 성재의 눈에 뭔가 밟혀 쿠션을 다시 들췄다. 색 바랜 강력범죄 수배자 명단을 확인한 성재는 그대로 얼어붙었다. 자신의 중학생 때 사진과 '존속살인'이란 글자가 굵직하게 찍혀 있었다. 얼굴의 흉터가 있는 자신을 수배 전단지에 있는 앳된 학생과 같은 사람이라고 확신한 걸까. 그렇지 않고서야 이런 걸 숨겨뒀을 리 없다. 언제부터 알고 있었던 걸까. 자신이 존속살인 수배자라는 것을.

"굼뜨기는. 아직도 못 찾은 겨?"

기다리다 못한 김노인이 문을 열어젖혔다.

"다……, 다 찾았어요."

"근디, 왜 그러고 있는 겨? 곧 은행 문 닫을 시간인디, 어여 줘."

김노인은 뭔가 이상한 성재의 낌새에도 고지서를 받아들고는 대수롭지 않게 돌아섰다. 김노인이 은행에 다녀온 후에도, 성재는 넋이 나간 흙빛으로 있었다. 이유를 물어도 묵묵부답이다. 저녁 무렵, 김노인이 폐지 수거에 나설 때에도 성재는 따라나서지 않았다.

"참, 별일이네. 이런 적이 없었는디."

일과를 마치고 돌아와 김노인이 소파에 누우려던 때다.

"언제부터야? 아니, 언제까지 모른 척할 생각이었어?"

벽을 보고 누운 성재가 입을 열었다.

"알아듣게 말 혀."

김노인의 말이 끝나기가 무섭게 수배자 전단지가 펄럭,

떨어졌다. 숨긴다고 숨겨둔 것이다. 성재를 의심해서 신고할 생각으로 숨겨뒀던 것은 결코 아니다. 함부로 둘 수 없어서 소파 밑에 잠시 뒀던 것인데…….

"지금도 안 늦었어. 신고하고 싶으면 해."

성재는 이를 악물었다. 구걸과 도둑의 일상에서 자신을 구원해준 사람이다. 믿고 따랐으며 또 한없이 의지했다. 무엇보다 가족의 사랑을 느끼게 해준 사람이다. 그깟 수배 전단지를 소파 밑에 둔 게 뭐 어때서? 그럼에도 성재는 참을 수 없었다. 김노인에게 받은 온기와 신뢰를 단박에 뭉개버렸다.

"포상금을 준다잖아! 그래서 나 몰래 소파 밑에 숨겨뒀던 거잖아! 꿀 먹은 벙어리처럼 그러고 있지만 말고, 무슨 말이든 해보라고!"

한동안 피우지 않던 담배에 불을 붙인 김노인은 한 모금 길게 빨아 연기를 내뿜고 말했다.

"그럴라고 갖고 있던 거 아녀. 그냥 남들 보는데 둘 수가 없어서 거기 둔 거여. 니놈이 볼 줄 알았간디?"

"그러고도 잠이 왔어? 지 부모 죽인 놈이 옆에 있는데 잠이 오더냐? 자다가 무슨 일을 당할지도 모르는데?"

"아무 일도 없었잖여. 뭔 일이 있다 한들 죽는 게 뭐 그리 대수라고, 이 나이에……. 네놈이 고물상에 나타난 개구리 한 마리를 잡겠다고 눈이 벌게서 쫓아다닐 땐 좀 무섭드만. 허허. 먹을 게 없는 것도 아닌디 집요하드만. 책볼 때랑은 또 다르더라고. 짠한 생각도 들고……, 혼자서 저렇게 살아남은 게 아닌가 혀서."

성재는 울고 말았다. 울음보가 아니 그동안의 서러움이 한꺼번에 터져 나온 듯했다. 참고 참았던 슬픔이 밖으로 삐져나왔다. 김노인은 아무 말도 못 하고 서럽게 우는 성재의 등을 조용히 토닥거렸다.

"맨날 고물만 보다가 네놈이랑 말 섞고 지내니까 살맛이 난 겨. 아무것도 안 혀도 내 눈앞에서 알짱거리는 게 예쁜 꽃이드만. 고단혀도 니를 보면 피로가 싹 가시드만……. 나도 미쳤지. 그딴 걸 거기다 둔 것도 까맣게 잊어버리고……. 죽을 때가 됐나보다, 나도. 어떻게 죽어도 호상이긴 혀."

"……내가 잘못했어."

"아니다. 피붙이 하나 없이, 낙도 목표도 없이 그날이 그날인 것이 징그럽기도 혔어. 골골하니 곧 죽을 것도 같은디 산 사람 목숨이 고래 심줄보다 더 질기드만……. 길 잃은 강아지마냥 니가 줄레줄레 따라오는데 나도 모르게 피식피식 웃음이 난 겨. 내가 곁에 끼고 있어도 되는 놈이면 괜찮것다. 그러믄 내 편도 하나는 생기것다. 니놈 덕에

다 늙어 사는 재미를 느낀 겨. 꾸역꾸역 가던 시간이 니가
온 다음부턴 아주 잘 가드만……. 성재야……, 성재야?"

"네에."

성재는 잠긴 목으로 겨우 대답했다. 마음의 앙금이 서
서히 풀려가던 중이었다. 덜거덕거리는 소리는 밖에서 났
다. 김노인이 "쉿!"하고는 귀를 쫑긋 세웠다. 그러고는 소
리 없이 일어나 쪽창으로 가 밖을 살핀다. 고물상을 얼쩡
거리는 검은 그림자. 트럭을 대놓고 모아둔 고물을 실어
가는 도둑이 있기는 했다. 김노인이 노해서 나가려는데
성재가 붙잡는다.

"……내가 나가볼게."

"어떤 놈인지 혼구녕을 낼 거여. 니는 나오지 말어!"

김노인은 성재의 손을 뿌리치고 나가 꼬장꼬장 큰소리
를 질러댄다.

"어떤 놈이냐! 당장 나와!"

김노인의 외마디 비명은 그다음이었다.

"윽!"

밖에서 들려오는 소리는 심상치 않았다. 성재는 스프링
처럼 튀어나갔다. 김노인이 괴한의 방망이에 등을 맞고
쓰러져 있었다. 당황한 성재 앞으로 모자를 눌러쓴 괴한
이 나타났다. 성재는 혼란스러웠다. 시체가 된 엄마와 아

빠의 모습이 뇌리를 스쳐가고 가면의 살인마가 그곳에 나타난 듯했다. 성재는 무기가 될 만한 것을 움켜쥐고 말했다.

"덤벼! 이 살인자!"

신고는 안 할 테니 그냥 가라는 김노인의 말은 괴한에겐 잡소리에 불과했다. 김노인의 고통스런 신음에 성재가 돌아보던 그때, 괴한의 쇠 파이프가 날아든다.

"윽!"

비명은 온몸으로 괴한의 공격을 막은 김노인의 입에서 터져 나왔다.

"도망…… 가."

괴한의 쇠 파이프가 김노인을 또다시 강타하고, 격분한 성재는 몽둥이를 들고 일어선다. 뒤집힌 눈으로 괴한을 향해 달려들었다. 인정사정없는 성재의 분노가 괴한을 끝내 쓰러뜨린다.

"그만……, 그만해, 성재야."

김노인은 꺼져가는 음성으로 성재를 부른다. 죽은 듯이 널브러진 괴한을 노려보던 성재는 김노인의 곁으로 가 그의 머리를 손으로 받힌다. 끈적끈적한 액체에 성재는 손을 들여다본다. 피다! 이물질이 눈에 들어간 것처럼 성재는 눈을 찡긋거렸다.

"어서 이곳을 떠나. 니는 여기 산 적이 없는 겨."

유언이나 다름없는 김노인의 말을 성재는 발작을 일으킨 눈 때문에 듣지 못했다. 김노인의 팔과 다리가 맥없이 늘어지는 것을 보면서도 애도하지 못했다. 눈의 발작이 멈추고, 차마 믿기지 않는 눈길로 성재는 김노인을 부른다. 아무리 불러도 대답이 없다.

"이건 아니지, 할아버지. 눈 떠! 눈 뜨라고 할아버지 어서!"

성재는 망연자실했다.

볕이 너무 좋아 기분까지 녹아들던 어느 날이었다. 김노인은 골목에 버려진 자개장을 들여다보고 있었다. 새로 분양받은 아파트로 이사를 간다는 집에서 내놓은 것이다. 날이 화창해서였을까. 자개가 태양 빛을 머금어서였을까. 무지갯빛이 자개에 영롱했다. 폐지가 실린 리어카엔 자개장을 실을 자리도 없는데, 김노인은 실을 생각을 했다. 뭐에 쓸 거냐고 물어도 쓸 데가 있다며 김노인은 흐뭇한 표정을 지었다. 성재는 땔감으로도 못 쓸 자개라고 이죽거렸지만, 김노인은 자개장에 폐지를 채워 기어코 리어카에 실었다.

"누가 자개장 구해 달래?"

"아니."

"그럼, 왜?"

"니 눈엔 땔감도 안 될 것인지는 몰러도 내 눈엔 아주 멋진 관이여."

자개장은 김노인의 관으로 안성맞춤이었다. 성재는 노인이 덮고 자던 이불을 가져와 안에 깔았다. 멀쩡한 옷은 문상 때나 입던 검은 양복뿐이었다. 성재는 노인의 시체에 검은 양복을 수의 대신 입혔다. 엄마와 아빠의 시체에 이불을 덮어주고 집을 나왔던 그날처럼 성재는 자개장에 김노인을 입관시켰다.

"할아버지 말이 맞네. 이렇게 멋진 관은 어디에도 없을 거야."

중천에 뜬 태양에 자개장이 영롱한 빛을 내뿜었다. 누군가는 고물상의 김노인을 찾을 것이고, 괴한의 시체 또한 발견하게 될 것이다. 성재는 괴한의 시체를 남은 자개장에 넣었다.

더는 이곳에서 지낼 수 없다. 만 하루가 지난 새벽녘. 성재는 텅 빈 가슴과 초점 없는 눈길로 고물상을 나왔다. 가면의 살인마가 주는 생일선물을 받지 말았어야 했다. 끝내 살인자가 되고 만 성재는 어디로 가야 할지 몰랐다.

4장

터널엔
어둠이 산다

31 /

2016년 11월.

최일면이 오피스텔에 들이닥쳤던 그날 이후로 나한과는 연락이 되지 않았다. 일주일째 행방불명. 어디 가서 죽은 것은 아닐까. 나한을 만나야만 하는 기훈은 염치 불고하고 하윤의 인쇄소를 찾았다. 하윤이라면 알지 않을까. 기훈은 1층 기계실 안을 기웃기웃했다. 나한은 보이지 않았다. 무슨 일로 왔냐고, 누구를 찾느냐고 누군가 물어봐주면 좋으련만 다들 자기 일에만 열중이다. 기훈은 마스크를 쓴 직원이 앞으로 다가오자 묻는다.

"저기, 사장님을 뵙고 싶은데, 어디로 가면……."

기훈의 말이 끝나기도 전에 직원은 사무실로 가보라며 검지로 위쪽을 가리키고는 가버렸다. 기훈이 사무실에 들어서자, 인쇄 견적서를 작성하고 있던 하윤이 정색했다.

"왜요? 최일면 그 인간이 가보라고 하던가요? 내가 뭔 짓을 하는지?"

"죄송하게 됐습니다. 그날 일은……. 남편분이 그곳에 나타날 줄이야."

하윤이 일만 한다고 거짓을 고한 것은 순전히 나한을 위해서였다. 하윤에게도 미리 주의를 줬어야 했다. 최일면이 외도를 의심하고 있다고.

"십이 년 동안 살림에 육아에……, 도맡아 한 게 누군데."

하윤이 고개를 외로 하고 혼잣말로 씩씩댄다.

"사장님? 제가 김나한을 찾고 있는데 어딨는지 압니까?"

"불난 집에 부채질하는 것도 아니고……. 그런 일엔 당신이 전문가시잖아요. 사설탐정님!"

하윤은 자신 모르게 탐정을 만나왔다는 사실이 불쾌했지만 최일면의 귀국 이후 오피스텔에서 사라진 나한이었다. 인쇄소 말고는 아는 곳도 없는 나한인데, 핸드폰도 두고 나가 연락조차 되지 않았다.

"진짜 모릅니까?"

"저 몰래 둘이서 연락을 주고받으셨잖아요?"

그 순간 하윤은 혹시 최일면이 손을 쓴 건 아닐까 싶기도 했지만 이내 고개를 저었다. 최일면의 본심은 돈이다. 하윤이 외도를 하도록 덫을 놓는다면 몰라도 굳이 나한을 건드릴 이유가 없을 듯했다.

"나한한테서 무슨 연락이라도 오면 이리로 꼭 좀."

기훈은 연락처가 적힌 명함을 테이블에 놓고 돌아선다.

"왜 그렇게 나한을 찾는 거죠? 다 끝난 거 아닌가요? 혹시."

"자신이 누군지 알기를 원했죠."

"그래서, 나한의 과거를 찾았나요?"

나한의 과거라면 하윤도 알고 싶었다. 지금까지의 모든 것은 나한의 지워진 과거가 만들어낸 결과다. 그럼에도 기훈은 말하기 곤란한 듯 엷은 미소만 지었다. 최일면과 있었던 일에 대해선 사과할 일이 아님에도 거듭 사과했다. 예전의 한기훈이라면 이런 일에 사과는 하지 않았을 것이다. 나이를 먹은 탓일까. 순탄하지 않은 인생에 기가 꺾인 것일까.

과거의 기훈은 잘못을 저지르고도 껄끄러운 상황에 몰리면 되레 뻔뻔하게 굴었다. 곧 죽어도 고개를 숙이는 일은 없었다. 그런 기훈을 가희는 못 견뎌 했다. 밤늦도록 떠돌다 새벽녘에 들어와도 절대 사과하지 않는 남자. 다정한 말이라고는 할 줄 모르는 남자. 가희는 기훈과의 생활에 지쳐갔다. 헤어지자는 가희의 말에 기훈은 화를 냈다. 가희의 마음을 달래줄 줄도 몰랐고, 달라지도록 노력해보겠다는 말도 할 줄 몰랐다. 인생이 공허하다는 가희의 말에는 나 없이 네가 잘 살 수 있을 것 같냐고 으름장을 놓았다.

기훈이 집에 들어가지 못한 어느 날. 메모만 달랑 남겨놓은 가희는 갓난아기를 데리고 집을 나갔다. 기훈은 그때에도 격분만 했다. 배신감에 사로잡혔다. 시간이 지나고 나서야 기훈은 서서히 깨닫기 시작했다. 남들처럼 살기 위해 일에만 매달릴 것이 아니라 가정을 먼저 돌봐야 했다는 것을. 남자의 일을 이해 못 한다고 타박만 해서는 안 됐다는 것을. 후회했지만 돌이킬 수 있는 것은 아무것도 없었다. 물러서는 법을 왜 그렇게 몰랐을까. 왜 좀 더 여유롭게 마음을 쓰지 못했을까. 사랑하는 여자를 곁에 두고 왜 그렇게 노여워만 했을까.

가희에 대한 자책감이 커질수록 기훈은 먼저 사과하는 사람이 됐다. 잘잘못을 따지는 일은 시간이 해결해줄 것이다. 나한을 알면 알수록 기훈은 너그러움을 발휘했다. 몸만 어른인 나한이, 불안의 그림자를 달고 사는 나한이 왠지 모르게 측은했다. 종적을 감춰버린 나한을 찾기 위해서는 잃어버린 그의 과거를 좀 더 찾아봐야 하지 않을

까. 인쇄소를 나온 기훈은 담배 생각이 간절했다. 빈 담뱃
갑을 들여다보는데, 직원 하나가 밖으로 나와 담배를 입
에 문다. 기훈은 담배를 얻어 피울 요량으로 그에게 다가
갔다.

32 /

　회의 중이던 선수민이 짧은 머리를 바짝 모아 고무줄로
동여맨다. 피디인 수민이 머리를 묶으면 조연출부터 그
이하 팀원들은 긴장했다. 지금까지의 아이디어가 피디의
성에 차지 않는다는 뜻이고 회의가 또 금방은 끝나지 않을
것이란 뜻이다. 막내 작가와 메인작가 그리고 조연출까지
다들 입에서 나오는 대로 아이디어를 투척했지만 그때마
다 수민이 반론을 제기했다.
　"보이스피싱을 막기 위한 유형별 사례 다큐는요?"
　"유익하지만 진부해요."
　"살 집을 찾는 이들의 고민을 함께하는 현장 다큐는요?"
　"이사할 때 됐어요?"
　"보험사기를 빙자한 가족 범죄는요?"

"시청자들의 환멸을 사기 좋지 않을까요?"

회의는 한 시간이 넘도록 이어졌지만 뾰족한 아이디어가 나오지 않았다. 수민은 자극적인 소재 말고 인간적인 아이러니를 원했다. 감동을 안길 수 있다면 더 좋을 것이다.

"오늘 회의는 여기서 접죠? 아무래도 환기가 좀 필요한 것 같으니까."

메인작가의 제안에 수민은 그게 좋겠다고 고개를 끄덕였다. 기다렸다는 듯이 팀원들이 우르르 일어섰다. 때맞춰 수민의 핸드폰이 울리고, 통화하던 수민이 부리나케 뛰어나간다. 그러자 팀원들은 회의실 의자에 도로 앉아 턱을 괸다. 아이디어를 도대체 어디 가서 캐오나 싶은 표정들이다.

방문자 대기실. 수민은 구석에 서 있는 송백돌을 금방 찾았다. 오랜만에 보는 얼굴이지만 여전했다. 농구선수나 모델을 했다면 한몫했을 외모의 백돌은 경찰직 공무원이 됐다.

"바쁘신 형사님께서 여기까지 어쩐 일이시래? 그렇지 않아도 한번 연락해보려던 차였는데 잘됐다. 순화동에 있을 때 보고, 처음인가?"

"선배가 관두지 않으면 동료가 됐을 텐데……."

수민이 경찰직을 관둔다고 했을 때 백돌은 말렸다. 수

민이 방송국 피디가 되겠다고 할 땐 아무 말도 하지 않았다. 수민이 방송국에 입성한 후로 백돌은 심심하면 찾아갔다. 술 마셔줄 친구가 필요하다. 혼자 밥 먹기 싫다. 기분이 좋다. 우산이 필요할 것 같다. 핑계도 가지가지였다. 하지만 갈 때마다 수민은 바빴다. 백돌이 연락도 없이 와서 수민과 만나는 건 이번이 처음인 듯싶다.

"형사가 될 거라고, 아니, 돼야 한다고 할 땐 왜 저러나 싶었는데, 이젠 베테랑 형사 분위기가 물씬 나네. 이제야 말인데 왜 그렇게 형사가 되고 싶었던 거야? 이유나 좀 알자. 옛날부터 참 궁금했는데 내 코가 석 자라 물어보질 못했네."

"……찾을 친구가 있어서요."

"뭐? 난 또 나랑 동료가 되고 싶어서 그런 줄 알았지. 친구 찾으려고 형사가 됐다는 거야? 꽤나 센서티브한 구석이 있네."

수민은 턱을 괴고 관찰하듯 백돌을 쳐다봤다.

"말 나온 김에 센서티브한 얘기 하나 더 할까요? 저, 선배한테 청혼할 마음도 먹었었어요, 한때는."

"어쩐지 실없이 자꾸 나타나더라. 진즉에 말하지. 그랬으면 우리의 역사가 또 달라졌을지 모르는데……. 아니다. 어디 가서 내가 이상형이네, 좋아했네, 이런 말 하지

마라. 내 남편 질투가 은근 매우 심하거든. 하하하. 근데 찾고 싶다는 그 친구는 찾았어?"

"아뇨. 실은 그 일 때문에 왔어요. 선배가 좀 도와줬으면 해서."

백돌은 성재와 헤어지던 그날을 매 순간 떠올렸다. 하룻밤 사이에 운명이 갈릴 줄은 상상도 못한 일이다. 성재의 부모는 잔인하게 살해당했고, 흔적도 없이 사라진 성재는 살인 용의자가 되었다가 끝내 살인범이 되어 수배자 명단에 올랐다. 백돌의 의문은 그때부터였다. 해마다 돌아오는 자신의 생일 케이크를 마주하는 게 소원인 녀석인데……. 그런 성재가 사람을, 그것도 제 부모를 죽였다는 말은 믿기 어려웠다. 백돌은 살인범 성재를 마지막으로 본 증인이 되어 난생처음 경찰서를 출입했다. 묘리 주민들뿐 아니라 건사군 일대의 주민 모두 해가 지기 전에 아이들을 귀가토록 했고 밤이면 문을 걸어 잠갔다. 성재와 비슷한 학생을 터미널에서, 읍내 슈퍼에서 봤다는 말들이 암암리에 떠돌았지만 성재는 나타나지 않았다.

그날 밤, 살인범이 성재네 형제를 데려간 것은 아닐까. 염전이나 새우잡이 배에 팔아넘긴 건 아닐까. 살인범의 손에 목숨을 잃고 이미 어딘가에 묻혔을지도 모를 일이었다.

성재에 관한 소문은 그렇게 일파만파 번져갔다. 유난히

을씨년스럽고 흉흉한 겨울이 그렇게 지나갔다. 쌓였던 눈은 모두 녹았지만 성재의 시체가 발견되었다는 말은 어디에도 없었다. 백돌은 묘리로 들어가던 성재의 뒷모습만 떠올랐다. 잔뜩 움츠린 어깨로 어둠의 설원으로 사라져가던 친구 성재가. 묘리 부부 살인사건은 그렇게 미제 사건으로 남았고, 백돌은 경찰이 되어 성재의 누명을 직접 벗겨주겠노라 다짐했다.

백돌은 경찰대학에 진학했다. 형사가 되면 뭐든 할 수 있을 듯했다. 성재를 찾는 일이 조금은 수월할 줄 알았다. 하지만 소년의 백골이 발견되었다는 보도를 쫓아다니는 일 말고는 할 수 있는 게 없었다. 그 사이, 묘리 부부 살인사건은 공소시효가 지나 영구 미제 사건으로 기록되었다.

"네가 그렇게 찾고 싶어 하는 그 친구가 묘리 부부 살인범이란 거야? 제 부모를 살해한? 허걱."

"성재는 범인이 아냐. 그건 누구보다 내가 잘 알아. 선배는 피디니까 방송 좀 만들어주면 안 될까? 방송에 나가면 새로운 제보가 있을지 모르고, 성재를 봤다는 사람도 나타나겠지."

미제사건을 이슈화시키는 데는 방송만 한 것이 없었다. 〈그것이 알고 싶다〉나 〈피디 수첩〉 등의 방송을 통해 묻혔던 사건이 재조명되거나 실마리를 제공해 범인을 검거한 사례가 있기도 했다.

묘리 부부 살인사건은 이미 공소시효도 지나 범인을 잡는다고 해도 벌할 수 없을 것이다. 하지만 백돌은 어떻게든 그날 이후의 성재를 찾아야 했다. 만약 사망했다면 유골이라도 찾아 양지바른 곳에 묻어주고 싶었다.

"아, 맞다! 네 관할지 중부서지? 인쇄 골목 쓰레기 더미에서 시체가 발견됐었잖아, 얼마 전에……. 시체 유기한 범인, 잡혔어?"

수민은 을지로 살인사건으로 화제를 돌렸다.

"아직 수사 중에 있어요."

피해자의 신분 확인조차 되지 않아서 조사는 더뎠다. 을지로 인쇄골목 CCTV와 인근에 주차됐던 차량의 블랙박스를 확보 중에 있지만 그것도 난항이기는 마찬가지였다.

"보통은 시체를 안 보이는 곳에 유기하는 게 상식 아냐. 어떻게 사람 지나다니는 곳에, 그것도 쓰레기 더미에 버젓이 버리고 갈 수가 있지? 잡을 수 있으면 잡아봐라. 뭐, 이런 도발인가?"

수민은 시체의 은폐조차 시도하지 않은 범인에 분개했다. 무적자(無籍者) 시체라는 말에 수민은 또 한 번 안타까워했다. 21세기 대한민국에 아직도 무적자가 있다니 말

이다. 백돌 또한 마찬가지였다. 그동안 무적자나 무연고
자 시신이 발견됐다는 보도가 있으면 전국 어디든 찾아가
확인했다. 성재일지도 모른다는 실낱같은 희망을 품고서.
번번이 허탕이었지만 그렇다고 관둘 수도 없는 일이었다.

"그날, 살인범으로부터 도망친 그 친구가 죽지 않고 어
딘가에 살아있다면, 어떻게 살고 있을 것 같아? 어린 동
생도 딸렸다면?"

"글쎄요."

"형사라고 딱딱한 수사집만 볼 게 아니라 범죄소설도 좀
보고 하면서 상상력을 좀 길러라."

"왜요? 선배 남편 범죄소설가라 작품 추천이라도 하게
요?"

"설마, 내가 남편 작품을 읽어달라고 하겠냐? 암튼, 네
친구의 생활반응이 나타나지 않고 시체조차 발견되지 않
았다는 건 이 중의 하나겠지. 깊은 산 속에 들어가 숨어
살거나, 이미 죽었거나, 남의 이름으로 살거나, 어딘가에
갇혀 노예 생활을 하고 있거나, 무적자로 있거나. 송 형사
생각엔 어느 쪽일 것 같아?"

"선배가 저보다 더 형사 같네요."

"뭐래? 내가 파출소장을 삼 년이나 했다. 거기에 추적
다큐 방송도 오 년이나 했거든. 앗, 잠깐만……, 지금 막

아이디어가 떠올랐어. 무적자들을 찾아 인생의 새로운 기회를 만들어주는, 진짜 내가 하고 싶었던 방송이네."

"선배! 난 내 친구를 찾고 싶다고! 반드시! 꼬옥!"

백돌은 두 주먹을 불끈 쥐었다.

"그래. 누가 뭐래? 친구의 누명을 벗겨주겠다고 형사까지 됐는데, 찾아야지. 한 해 실종자만 칠천 명이야. 2009년부터 2014년까지 육 년간 행방불명된 실종자 수만도 삼만 명에 달하거든. 그중에 발견된 숫자는 턱없이 적지만 살아있다면 찾을 수 있겠지."

수민이 달래듯 말했다. 통계에 잡히지 않는 실종자까지 포함하면 실종자는 해마다 가파른 증가세를 보이고 있었다. 아이만이 아니라 성인 실종도 늘어나고 있는 상황에서, 문제는 오 년이 지나면 실종자의 자료가 폐기된다는 사실이다. 사망자로 간주하는 것이지만 그들이 모두 죽었다고 확신할 수는 없다. 그렇다고 살아있다는 보장도 할 수 없다. 생사를 모르니 찾아 헤매는 쪽은 애가 탈 수밖에 없었다.

　살아도 사는 것 같지 않다. 목숨이 붙어있으니, 기훈
은 아직 살아 있나보다 할 뿐이다. 나한을 떠올리면 아들
이 생각났다. 어디서 어떻게 살고 있는지, 살아있긴 한 건
지. 막막해지는 건 한순간이었다. 쓴물은 목구멍에서부터
올라왔다. 기훈은 칫솔에 치약을 묻혔다. 쓴 입을 달래자
면 담배보다는 양치가 그나마 나았다. 기훈은 혀부터 닦
고 입천장과 목구멍 입구를 닦고 잇몸과 치아를 닦는다.
양치를 하는 동안 기훈은 최일면에게 전화를 할 것인가 말
것인가를 고민했다. 최일면에게 당할 곤욕보다 잠적한 나
한의 행방에 대한 궁금함이 더 앞섰다. 하윤이 모르는 걸
그가 알까 싶지만 기훈의 검지가 이미 통화 버튼을 눌렀
다. 통화는 되지 않았다. 한기훈이든 사설탐정이든 민간
조사원이든 번호가 저장되어 있을 터였다. 일부러 안 받
는 건가. 의뢰인의 신뢰를 얻지 못했으니 무시를 당해도
할 말은 없다. 아직 고소장이 날아오지 않은 게 이상한 일
이다. 기훈은 연결 시도를 다시 하고서야 최일면의 목소
리를 들을 수 있었다.
　"내게 용건이라도? 아, 사례금을 돌려주려고?"
　전화를 받은 일면이 빈정댔다. 무슨 말을 할까 고민하

느라 전화를 받지 않고 시간을 끌었던 모양이다. 그들은 당신이 생각하는 그런 관계가 아니라고, 오해하고 있는 것이라고 기훈은 되도 않는 말을 해본다.

"셋이서 나 하나 등신 만들자, 뭐 이런 건가? 당신이 아니라고 하면 내가 그러냐고 순순히 믿어줄 줄 알았어? 나한테도 촉이란 게 있거든. 그날 표정을 보니, 아주 빼도 박도 못하는 모양새던데."

"자식도 있는데, 이혼할 거 아니잖습니까."

기훈은 아내의 외도를 한번쯤은 눈감아 줄 수 있지 않느냐는 뉘앙스로 말했다.

"이봐요, 탐정 양반! 의뢰인 등쳐먹은 인간이 지금 누구를 훈계해! 의뢰인 뒤통수 쳐놓고 이제 와서 내 가정의 평화를 위해 그랬다고 할 참인가? 어디서 개수작이야."

최일면은 기훈을 멱살잡이하고 말없이 돌아서던 그때와는 딴판으로 굴었다. 나한의 행방을 그가 알 리도 없는데, 기훈은 괜히 전화를 했다 싶다. 일면의 비위만 더 긁어놓은 듯했다.

"사례금은 돌려드리죠."

"그걸로 면피를 하시겠다? 내 정신적 피해는 어쩌고? 위자료 청구할 거니까 그런 줄 알아!"

일면은 제 할 말만 하고는 전화를 끊어버렸다. 그날 이후로 나한을 만난 적이 있냐는 말은 하지도 못했다. 기훈은 혹을 떼려다 혹 하나를 더 붙인 기분이다. 일이 자꾸 꼬인다. 그럼에도 잠적한 나한이 언젠가는 찾아오지 않을까, 기훈은 나한의 지워진 과거를 찾아 집을 나섰다. 나한의 과거를 찾다보면 잠적한 나한도 어딘가에 있을지 모를 일이다. 기훈은 이십 년은 족히 된 소형차의 시동을 걸었다.

34 /

"무적자들에게 새로운 인생을 찾아주는 프로그램이요? 좋긴 하지만 그들이 나서지 않는 한 대상을 찾는 것도 힘들고, 찾는다고 해도 촬영이 가능할까요? 아무리 생각해도 힘들 것 같은데⋯⋯."

조연출은 걱정스런 표정으로 머그잔을 손에 쥐었다.

"쉽진 않겠지만 해볼 만은 하지 않겠어?"

떠보는 말이지만 수민은 이미 마음을 굳힌 터다.

"까딱하면 목숨이 위태로울 수도 있어요. 얼마 전에 입주 과외를 하던 중년 여자가 일가족을 꾀어 잠적한 사건이 있었잖아요. 들기론 그 여자도 무적자였다고 하던 데…….”

입주 과외를 자처한 중년 여자가 한 가족을 파탄 낸 사건이라면 수민도 잘 아는 얘기다. 가장이 출근한 사이 과외선생은 그 집의 살림꾼을 자처하며 고등학생 딸부터 중학생과 초등생 딸은 물론 그 집 안주인까지 손아귀에 쥐고 조종하기에 이른다. 이상한 낌새를 눈치챈 가장이 과외선생을 내보내려고 했지만 가족의 극심한 반대에 부딪혀 이러지도 저러지도 못한 채 불화만 깊어 가던 어느 날, 가장이 퇴근해 집에 왔는데 아내와 딸 모두 짐을 싸서 사라졌다는 것이다.

딸과 아내를 찾아달라는 신고가 있고서야 과외선생의 놀라운 정체가 드러났다. 타인의 뒤에 숨어서 타인의 삶에 편승한 무적의 무법자. 여자는 신고 된 가족을 이끌고 잠적해 엄마와 그 딸들을 내세워 살고 있었다.

“무적을 악용하는 이도 있겠지만 극소수지. 상황에 의해 어쩔 수 없이 무적자가 된 이들의 신분을 되찾아주고, 사회의 일원으로 살아갈 수 있도록 쨍한 볕을 만들어주는 거지. 이번 기회에 사회에 적을 두지 않고 살아가는 이들의 단면을 조명해 보는 것도 좋을 것 같은데……. 그들이 되찾은 평범한 일상을 누릴 수 있게 끝까지 관심을 갖는 것도 우리 사회가 할 일이잖아."

수민은 마음이 이미 한쪽으로 기울어져 있었다. 사회시스템 밖에서 살아가는 이들의 삶은 들여다보지 않아도 뻔했다. 사회적 인간에게 적이 없다는 것은 총 한 자루 없이 전쟁터에 나가 싸우는 것과 다를 바 없다.

"선배님 생각이 정 그렇다면, 힘들긴 하겠지만 해보죠. 우리 일이 쉬우면 또 재미없잖아요."

조연출은 주먹을 불끈 쥐고 파이팅을 외친다.

"그럼 먼저 무적자들의 문의나 제보를 위한 연락처를 홈페이지에 띄우고, 경찰서와 연계해서 인터뷰할 수 있는 무적자를 찾아보자고."

"넵!"

조연출이 퇴근한 후에도 수민은 방송국에 남아 노트북 전원을 켰다. 일에 대한 의욕이 솟구쳤다. 학창 시절의 수민이 우수한 학업성적을 자랑한 것은 수민이 남다른 취미나 딱히 되고 싶은 것이 없어서였다. 할 줄 아는 것이라고는 공부가 전부였다. 친구들이 저마다의 계획이나 꿈을 말할 때면 수민은 입을 다물었다. 그랬던 수민이 경찰대를 지원하게 된 것은 경찰을 꿈꾸던 친한 친구 덕분이다. 경찰이라는 직업에 관심을 갖게 되었고, 수민이 경찰대에 응시원서를 내는 결과를 가져왔다.

수민의 부모는 당신들이 재직하고 있는 대학교 입학을 권했지만 수민은 거부했다. 권위적인 집에서 탈출하고 싶었던 것인지, 내면에 반골 기질이 숨어있었던 것인지 알 수 없으나 자신이 꽤나 독립적인 인간이란 걸 수민은 그때 알았다. 부모의 반대에도 굴하지 않은 것은 국비 장학금과 기숙사에서 지낼 수 있다는 사실 때문이었다.

진짜 문제는 졸업할 때가 되어서 찾아왔다. 진실로 하고 싶은 것이 생겼다. 이번엔 부모가 아닌 사 년 동안 가르침을 준 지도교수와 갈등을 빚었다. 보장된 미래가 있는데, 불투명한 길을 왜 가려고 하냐고 지도교수가 회유했다. 사 년 동안 국비장학생으로 공부한 만큼 육 년간의 근무는 의무였다. 수민은 파출소장으로 삼 년을 버텼다. 남은 삼 년은 파출소장으로 있으면서 받은 월급으로 배상을 하고 결국 경찰 생활을 끝냈다. 그리고 수민은 방송 연출 관련 과정을 다시 밟았다. 방송국에 신입 피디로 입사한 수민은 원하던 인생의 출발선에 섰다고 여겼다.

수민이 오래전 강원도 묘리에서 일어난 살인사건에 관한 영상을 집중해 보고 있는데 남편 박종익으로부터 전화가 왔다. 여태 방송국에 있는 거냐는 말을 듣고서야 확인한 시계는 밤 11시 30분을 넘어가고 있었다.

"시간이 벌써 이렇게 됐네."

언제 오냐는 딸 소정의 목소리가 건너왔다.

"우리 딸, 아직 안 잤어? 내일 유치원 가려면 일찍 자야 일찍 일어나는데."

"엄마 목소리 들었으니까, 이제 잘게. 엄마도 집에 빨리 와."

"그럴게. 우리 딸 사랑해. 잘 자."

빨리 들어오라는 남편의 말도 즉시 따라붙었다. 수민은 노트북의 전원을 끄다 말고 상념에 젖었다. 묘리 부부 살인사건이 일어난 그때. 그 집 형제의 막내가 수민의 딸 소정 또래였다. 지금껏 찾지 못한 걸 보면, 죽었을 가능성이 높다.

살인사건 이후, 사라진 형제를 찾기 위해 묘리 일대의 산을 모조리 수색했다. 그랬음에도 그들 형제의 시체는 어디서도 발견되지 않은 채 공소시효가 지난 사건이 되었다. 수민의 상념은 집으로 가는 중에도 계속되었다. 부모의 학대가 있었다면? 그래서 중학생 아들이 부모를 살해했다면? 동생은 살려두지 않았을까. 다른 범인이 있었다고 해도 그 폭설에 멀리 도망칠 수도 없었을 것이다.

끼이익!

수민은 급브레이크를 밟았다. 딴생각에 젖어 운전에 주의를 기울이지 못했다. 뒤늦게 차 앞에 있는 사람을 발견했다. 운전대에 이마를 찧은 수민은 부랴부랴 차에서 내렸다. 한 남자가 하얗게 질린 얼굴로 도로에 주저앉아 있었다.

"괜찮으세요?"

수민은 병원에 가자고 남자를 부축했다. 남자는 수민의 손을 뿌리치고는 오른팔로 자신의 얼굴을 가렸다. 헤드라이트 불빛에 눈이 부셔서 그런 것일지도 모르나 겨우 일어선 남자는 허둥지둥 횡단보도를 가로질렀다.

"병원에 가보시고요, 연락 주세요. 꼭이요!"

수민은 급한 대로 남자의 주머니에 자신의 명함을 찔러 넣었다. 남자는 아무 말도 없이 도망치듯 가버렸다.

35 /

2016년 12월 13일 저녁.

백돌은 연립주택 단지의 어느 건물 앞에 서있었다. 한 손엔 케이크를, 또 다른 손엔 소주와 안줏거리가 든 검은 비닐봉지를 들고서. 바람은 찼다. 백돌은 골목 편의점에

라도 들어가 몸을 녹일 생각으로 걸음을 옮겼다. 기훈의
낡은 차가 골목으로 들어온 것은 그때였다.

"어딜 그렇게 다니세요, 요즘? 연락도 잘 안 되고."

백돌은 차에서 내리는 기훈을 보며 투덜댄다.

"전화했어?"

"네. 한두 번만 했게요? 전화를 하도 안 받으셔서 며칠
전에도 왔었어요. 허탕만 치고 돌아갔지만……. 으윽, 추
워. 빨리 문이나 여세요."

"그렇게 연락도 잘 안 되는데 왜 자꾸 와."

"잊었어요? 오늘이 우리 성재 생일이잖아요."

"벌써 그렇게 됐나?"

기훈은 연립주택의 반지하로 향했다. 현관 도어락을 해
제하고 문을 열자 퀴퀴한 냄새가 훅 올라왔다. 기훈이 숙
소 겸 사무실로 쓰는 곳이다. 집기라고 해봐야 책상 하나
와 3인용 소파 하나 그리고 티 테이블이 전부인. 백돌은
춥다면서도 책상에 케이크 상자와 비닐봉지를 내려놓고는
창문을 활짝 열었다. 그래봐야 반지하의 반쪽짜리 창문이
지만. 보일러에 전원을 넣은 기훈은 전기히터를 가져와
플러그를 콘센트에 꽂았다.

"그나저나 인쇄 골목 시체 사건은 어떻게 됐어? 범인,
특정됐어?"

"아직 조사 중입니다. 세운상가 옆쪽으로 상가 밀집 지역이 있는데, 거기 재개발조합사무실을 들락거린 모양이더라고요."

"살인사건 피해자가?"

"네. 주민등록도 말소된 자라 이권도 없는데 말이죠. 거기서 심부름을 좀 해주다 사건에 휘말린 건 아닌가 싶기도 하고……."

상자에서 케이크를 꺼내는 백돌은 말꼬리를 흐린다.

"아직도 성재 찾아다녀? 지금까지 안 나타나는 걸 보면 죽어도 벌써 죽은 게지. 자네도 이제 그만 해. 죽은 놈 생일은 챙겨서 뭐 해."

"내 눈으로 직접 확인하기 전까진 죽은 게 아니에요. 해마다 돌아오는 자기 생일만 기다리겠다던 녀석이었는데……. 나라도 챙기고 있으면 언젠간 나타날 겁니다. 성재 서른두 번째 생일이네요, 오늘은."

백돌은 케이크에 초를 꽂았다. 친구 성재의 생일을 함께 기억할 기훈이 있어서 백돌은 그나마 위로가 됐다. 성재를 찾아다니는 동안, 성재의 친부인 기훈 또한 살인자란 누명을 쓴 아들을 찾아 전국을 헤집고 있었다.

"……그깟 생일이 뭐라고."

기훈은 소파에 등을 기대고 누웠다.

"그날이 성재 생일이었어요. 제가 마지막으로 성재를 본 날이……."

서른두 개의 초를 케이크에 모두 꽂은 백돌은 성냥을 그어 불을 붙였다. 성재가 눈앞에 있기라도 한 것처럼 서른두 살을 만나 기분이 어떠냐고 묻는다. 내년 생일도 이렇게 또 만나게 될 것이라고. 백돌은 원맨쇼를 벌였다.

"사내자식이라면 야망과 포부가 좀 있어야지. 평생의 꿈이 고작 자기 나이나 세는 거라니……. 송 형사 인생도 그 녀석 때문에 튼 거야."

"아뇨. 성재 덕분에 제 인생에 목표가 생겼죠. 지금 와서 생각하면 성재는 자신의 미래를 이미 알고 있었던 것은 아닐까. 그래서 그런 소원을 품었던 게 아닐까 싶어요."

"그런 되도 않는 걸 소원 삼으니까, 인생이 더럽게 꼬인 거라고! 뭘 알고나 말해야지."

"마음에도 없는 소리 그만 하시고 어서 촛불이나 끄세요."

"송 형사가 해."

백돌이 기훈을 만난 것은 오 년 전이다. 청년의 시체 한 구가 건사읍 외곽의 숲에서 발견됐고, 연고자를 찾는다는 공고가 붙었다. 혹시 성재가 아닐까. 백돌은 시신을 확인하기 위해 간 그곳에서 같은 공고를 보고 찾아온 기훈을 만났다. 성재의 시체가 아니라는 것을 확인한 그날. 기훈은 인근 식당에서 홀로 소주를 마시고 있었다. 백돌은 그가 성재의 친부라는 것을 그때 알았다. 그 후로 성재의 생일이 되면 백돌은 케이크를 들고 기훈의 집을 찾았다.

"이러는 내 꼴이 우습지? 우스울 거야. 아들한테 해준게 없어서 그래, 내가. 날 버리고 갔으면 잘이나 살 것이지. 허무해, 인생이 다. 진짜 어이없는 게 뭔지 알아? 불쌍한 내 아들 녀석은 까맣게 잊고 내가 엉뚱한 놈에 정신 팔려있다는 거야."

"그게 누군데요?"

"있어, 김나한이라고."

기훈은 소주를 종이컵에 따라 한입에 털어 넣었다.

"아, 그렇구나. 아들은 뒷전에 두고, 김나한을 찾아다니느라 저를 피한 거군요. 미안해서?"

백돌이 이죽거렸다.

"조롱하고 싶으면 해. 입이 열 개 아니 백 개라도 송 형사한테야 내가 무슨 할 말이 있겠나. 그 친구가 다녔다는 대학에도 찾아갔는데, 딱히 아는 사람이 없더라고. 전출이나 전입신고 된 곳도 없고."

나한의 주소지는 본가에 그대로 있었지만 가족들 모두

가 나한이 어디에 있는지 알지 못했다. 부친이 운영한다는 식자재 납품 공장에도 가봤지만 나한의 행방을 아는 직원은 없었다.

"아버님, 혹시 그 사건은 알아요? 사 년 전에 자개장에 든 시체가 고물상에서 발견이 됐잖아요."

인근 주민이 고물상에서 악취가 나서 못 살겠다고 어떻게 좀 해달라고 신고를 한 사건이었다. 자개장에 보관된 괴이한 두 구의 시체가 그렇게 세상에 드러났다. 부패가 이뤄질 대로 이뤄진 후였고, 발견된 시체 중 하나는 젊은 남자다. 당시 강력계 인사 발령을 받기 전이었던 백돌은 그 시체를 확인하지 못한 게 내내 마음에 걸렸다.

"내가 알기론 칠팔십은 된 노인과 이십 대 청년의 시체였지. 노인은 고물상 주인이고, 젊은 남자는 신원미상이었지, 아마. 모르긴 몰라도 가족처럼 지내던 자의 소행일 거야. 시체를 자개장에 그렇게 곱게 모셔둔 걸 보면."

"살인범이 그랬을까요? 왜요? 아무리 생각해도 상식적이진 않단 말이죠."

백돌은 혼잣말처럼 중얼거렸다.

고물상은 사망한 노인 김환진의 소유로 되어있었다. 김 노인이 죽은 지 몇 년이나 지났는데도 말이다. 주인도 없이 방치된 고물상은 쓰레기장을 방불케 해서 민원도 만만찮았다. 살인사건이 일어난 현장이라고 해도 그냥 두기에는 아까운 땅이다. 기훈은 고물상을 둘러보고는 동네 부동산을 찾았다.

"고물상 매매요? 아이고, 말도 마십시오. 자개장에서 시체가 발견된 뒤로 터부시합니다. 김노인이 살던 컨테이너에 젊은 남자가 들어와 김노인과 같이 살기도 했었는데 말이죠. 가끔 리어카를 같이 끌고 다니는 걸 봤으니까. 그때도 갈등이 좀 심했습니다."

부동산 중개인은 끄덕이는 고갯짓으로 말했다.

"김환진과 젊은 남자가요?"

"아뇨, 주민들하고요. 저 위에 고시원 하나가 있는데 거기 사는 남자 하나가 고물상에 나타나 해코지를 얼마나 했는지 몰라요. 김노인이 죽고 다들 모르긴 몰라도 고시원 남자가 살인을 저지른 게 아닌가, 의심을 했을 정도로. 부패된 시체가 발견되고 나서야 경찰이 고시원을 찾았는데, 그 남자는 벌써 종적을 감춘 뒤였죠. 범인을 잡았다는 뉴스가 아직도 없는 걸 보면, 음."

"김노인과 같이 살던 남자, 아니 같이 발견된 시체는 누구랍니까?"

"처음엔 손자라도 되는 줄 알았는데, 아니더라고요. 부패가 워낙 심해 경찰도 신원 파악을 못 했고. 자개장 안에 시체가 있어서 무슨 의식을 치른 건가 싶기도 했죠. 그런 거 있잖습니까. 액땜이나 살을 날리는 것 같은?"

부동산 중개인은 치를 떤다. 멀쩡한 고물상에서 썩은 내가 난다고 야단법석을 치던 이들이 시체 썩는 냄새에는 되레 침묵했다.

"시체 썩는 냄새를 막으려고 자개장에 넣어뒀나?"

중개인이 혼잣말을 했다. 기훈은 김노인을 해코지한 남자가 살았다는 고시원 위치를 확인하고 부동산을 나왔다.

고시원은 산자락 아래 언덕배기에 있었다. 4층짜리 건물 상단에 고딕체로 '정 고시원'이라고 쓰인 검정 간판이 붙어있어서 금방 찾을 수 있었다. 고물상으로부터 거리가 1㎞ 정도 떨어져 있어서 냄새가 난다 한들 지리적으로 높은 곳에 있는 고시원까지 올라갈 것 같지 않았다.

고시원 출입문에 이른 기훈은 운동화에 묻은 눈을 털었다. 첫눈이다. 기훈은 1층 슈퍼를 지나 2층으로 올라갔다. 계단참에서 두리번거리는데, 관리실 팻말이 붙은 작은 미닫이창이 열리고 그 안의 목소리가 기훈을 맞이했다.

"월 23만 원입니다."

기훈은 미닫이문 앞으로 가 섰다.

"방세보다 다른 게 궁금해서 왔습니다만……. 여기서 일한 지 얼마나 되셨습니까?"

남자는 대답을 미루고 관리실 밖으로 나왔다. 갓 제대한 듯 짧은 머리가 눈에 들어왔다.

"……석 달쯤? 근데, 그게 궁금해서 찾아오신 건 아닐 테고, 뭡니까?"

기훈은 석 달이란 말에 난감함을 내비쳤다. 자개장 살인사건은 벌써 사 년 전의 일이다. 그때의 고시원 상황을 눈앞의 직원이 알 리 없다. 그럼에도 혹시나 하는 마음으로 기훈은 사 년 전에 이곳에 살던 남자에 관해 묻는다.

"그 사람은 왜요?"

"압니까?"

반색한 기훈이 되묻는다.

"군대 가기 전에도 여기서 아르바이트를 했으니까요."

2012년 여름이었다. 고물상에 관해 걸핏하면 민원을 넣고 신고하던 그 남자 때문에 고시원도 시끄러웠다. 고시원에 세 든 이들이 그로 인해 밤잠을 설치는 날이 계속되자, 이번엔 그를 역으로 신고하는 이들이 생겨났다.

"평상시에는 사람 눈도 못 마주칠 정도로 얌전한데, 밤만 되면 돌변하더라고요. 이런 표현을 써도 되나 싶긴 한데 한마디로 미친놈이었어요. 고시원 내에서도 하도 말썽을 피워서 방 빼라고 숱하게 경고했죠. 다른 사람들이 불편하니까. 방 빼라는 말을 듣고 나면 한 며칠은 코빼기도 안 보이고, 방에서 나오지도 않았죠. 그러다 또 어느 순간에 나타나 난동을 피우고 다녔어요. 하루는 고시원에서 고약한 냄새가 난다고 트집을 잡길래, 이참에 나가라고 짐을 다 빼버렸죠. 그랬더니 다신 안 그러겠다고 사장님한테 싹싹 빌더니 그 후로는 고물상에 가서 분풀이를 해댄 모양이더라고요."

"가깝게 지낸 사람은 없었습니까?"

"걔랑요? 에이, 누가요. 다들 말 걸까 봐 피해 다녔는데……."

남자는 당치도 않다는 듯이 절레절레 고개를 흔들었다.

"여기선 언제까지 살았습니까?"

"자개장 시체가 발견되기 전이니까 벌써 사 년 전이네요. 밀린 월세 때문에 독촉을 좀 하려고 했는데 들어오질 않더라고요. 쓰던 물건이랑 옷가지가 그대로 있어서 어디 잠깐 나갔나보다 했는데, 그게 아니었어요. 경찰이 찾아왔을 땐 이 미친놈이 끝내 살인을 저질렀구나 싶었죠. 나중에 뉴스 보고 나니까 그런 것도 아니더라고요. 아무튼 그땐 고물상 노인네를 살해하고 도망쳤다는 말이 고시원 내에 한동안 돌았었죠."

팔짱을 낀 남자는 등을 벽에 기댔다.

"그 청년, 이름은 기억납니까?"

"음, 뭐였더라? 다들 방 호수로 불러서 기억은 잘 안 나는데……."

그러면서도 남자는 입가에 맴도는 알쏭달쏭한 이름들을 막 주워섬겼다. 보다 못한 기훈이 혹시 김나한 아니냐고 하자, 젊은 남자가 밝아진 얼굴로 맞다고 응수했다.

나한(羅漢)! 불경에 나오는 이름이었다. 번뇌를 잘라내고 끝없는 지혜를 얻어 세상 사람들의 공양을 받는 성자 아라한(阿羅漢)의 또 다른 이름 나한! 기훈이 나한을 측은하게 여겼던 데에는 그 이름도 한몫했다. 인간의 번뇌를 잘라내지 못해 아직 성자가 되지 못한 나한이라고. 기훈은 핸드폰에 저장된 김나한의 사진을 보여줬다.

"혹시 이 사람이 맞습니까?"

"얼굴에 이런 흉터가 있었나? 그러고 보니 얼굴을 가까이에서 본 적이 없네. 늘 고개를 숙이거나 모로 돌리고 다녀서 말이죠."

젊은 남자는 사진 속 김나한을 한참 동안 들여다봤다.

37 /

백돌은 수민과 함께 강원도 건사군으로 향했다. 목적지
에 가까워질수록 눈이 더 많이 쌓여있었다. 민간인 통제
구역의 살인사건 현장을 둘러보기는 힘들 것이다. 본다고
해도 범인의 흔적을 찾을 수도 없다. 그럼에도 수민은 숲
으로 변했을 그곳을 확인하고 싶어 했다.

몇 가구 없는 마을에 살인사건이 일어난 후로 주민들은
하나둘씩 짐을 쌌다. 마지막까지 남은 건 한 노부부였다.
사 년 전, 그들마저 세상을 등지고 마을에 더는 사람이 들
어와 살지 않았다.

묘리 입구에 이르자, 초소의 군인이 백돌의 차를 세웠다.

"여기부터는 통제구역입니다. 돌아가십시오."

백돌은 경찰 신분증을 보이고 말했다.

"잠깐이면 됩니다. 저기 언덕배기 집에 잠깐만."

"윤곽만 남아서 가봐야 볼 것도 없을 겁니다."

그러면서도 군인은 금방 나와야 한다는 충고를 하고는

차를 통과시켰다. 묘리 안으로 들어선 백돌은 스러져가는 빈집들을 지나쳐 갔다. 며칠 사이 내린 눈 위에 사람의 흔적은 없었다. 백돌은 설원을 가로질러 마을로 들어가던 그날 밤의 성재가 이곳 어딘가에 있을 것만 같았다.

성재네 집은 마을에서도 제일 안쪽 막다른 곳에 위치해 있었다. 무성하게 자란 잡초와 나무들이 길을 막아섰다. 더는 차를 타고 들어갈 수 없었다. 풀이 우거진 인근 공터에 차를 세운 백돌은 수민과 함께 풀숲의 눈을 밟으며 걸었다.

"사람이 살았던 마을 맞아? 완전 오지잖아."

흉물스러운 폐가 앞에 선 수민이 말했다. 그날 밤, 비명이 담장을 넘었다고 해도 이웃집에 닿기는 어려울 듯했다. 외딴집에서 도망쳐 나왔다면 갈 곳은 산밖에 없기도 했다. 집 주변을 살피던 수민은 야생동물의 발자국을 발견하고는 얼른 백돌의 곁으로 갔다.

"기사엔 폭설이 내렸다고 했는데……. 범인이든 아니든 열다섯 소년이 그날, 여기서 도망쳤다면 저 깊은 산 어딘가로 가지 않았을까 싶은데."

"군 수색대가 쑥대밭이 되도록 산을 다 뒤졌는데, 시체도 못 찾았어요."

백돌은 눈 덮인 산을 실눈을 뜨고 바라봤다. 인류 최후의 날이라는 설레발이나 치지 말 걸. 세상의 모든 것들이 동화 속 한 장면처럼 그렇게 폭설에 덮여 영원히 잠들 줄 알았다. 최후의 날이 지났음에도 지구도 인류도 산머리의 하얀 눈도 여전히 건재했다. 사라진 건 성재뿐이었다.

"그날 눈이 그렇게 왔다는 사실은 범인에게도 똑같은 상황이었겠지? 사람들 눈에 띄지 않고는 이곳을 벗어날 순 없는. 열다섯의 네 친구가 제 부모를 살해하고 잠적했다고는 생각되지 않아. 경찰이 알아내지 못한 뭔가가 분명히 있을 거야."

백돌도 그렇게 믿었다. 다른 사람들이 알아내지 못한 그 뭔가가 있다고. 경찰은 눈밭에 난 뭉개진 신발 자국을 성재의 것이라 단정 지었다.

"만에 하나라도 네 친구가 범인이라면 말이야. 어떻게 남들 눈에 띄지 않고 묘리를 빠져나갔을까? 자신이 범인이 아니라면 경찰에 신고를 했겠지. 도망쳐봤자 얼어 죽을 판인데 집 어딘가에 숨어있었을지도 몰라."

백돌은 수민의 가설에 섬광이 번쩍 뇌리를 스쳤다. 이 좁은 동네에서 살인범은 어떻게 자신의 흔적을 남기지 않고, 누구의 눈에도 띄지 않고 사라질 수 있었을까. 통제구역에 낯선 사람이 찾아왔다면, 군인들이 먼저 발견했을 것이다. 보초병이 초소를 비운 사이라고 해도 마을 사람

누군가는 낯선 누군가를 목격했어야 했다.

유례없는 폭설에 다들 집에만 있었다지만 잠깐이라도 창문가에서 폭설을 내다보지 않았을까. 낯선 사람이 마을에 있었다면 주민 누군가는 기억했을 것이다. 하지만 폭설이 내리던 그 며칠, 마을에 낯선 사람이 온 걸 봤다는 이는 아무도 없었다. 중학생 아들이 그런 일을 저질렀을 리 없다고 도리질을 하면서도 주민들은 한편으로 의붓아버지와 사는 성재를 의심했다. 집 주변에 있던 흔적이라고는 성재의 것이 전부여서 다른 범인을 특정할 수 없었던 까닭에.

"그때의 상황을 잘 알 만한 분이 없을까? 옆 마을에 사는 분이라도."

수민이 아쉬운 듯 말했다.

"알아도 얘기는 안 하려 들 걸요."

사건이 있던 그때, 백돌은 틈만 나면 성재를 찾아다녔다. 묘리 사건의 실체에 접근하기 위해 묻고 또 묻고 다녔다. 성재를 돕겠다는 생각에서였지만 어른들은 학생이 공부는 안 하고 엉뚱한 짓만 하고 다닌다고 혼냈다. 그들은 자식이 제 부모를 살해했을지도 모른다고 여겨 경악했고 입에 담길 꺼렸다.

흉흉한 살인사건에 이웃 마을 사람들이 어떤 얼굴로 다

넜는지, 백돌은 지금도 기억이 생생하다. 아마 그때부터
였을 것이다. 집집마다 제 자식을 한 번 더 들여다보게 되
는 일이 다반사였고 어른들은 말을 아꼈다. 봄이 되자 사
람들은 성재 형제가 산속 어딘가에 묻혔다고 여겼다.

묘리를 빠져나온 백돌은 버스정류장 표지가 있는 어느
마을 어귀에 차를 세웠다. 김이 모락모락 나는 온장고 안
의 호빵은 먹음직스러웠다. 백돌이 학생이던 그때 뻔질나
게 드나들던 가게다.

"호빵 드릴까?"

주인 여자는 십수 년이 지난 지금에도 여전했다. 좀 더
늙기는 했지만 어깨에 두른 여자의 빨간색 숄을 백돌은
지금도 기억했다.

5장

아는 살인자와
술래

38 /

2017년 여름.

출판사 편집자는 박종익의 일곱 번째 신작 《아는 살인
자》가 서점에 배포되고 있다고 알려왔다.

"작가님 책이야 기다리는 독자가 워낙 많아 이벤트를 따
로 하지 않아도 될 것 같긴 한데, 아무것도 안 하면 또 서
운하잖아요. 새로운 대통령도 뽑혔으니, 저자와의 만남을
추진해 보려고요."

박종익의 신작 출간과 19대 대통령 선출이 무슨 연관일
까 싶지만 편집자는 세상이 뒤바뀌기라도 한 것처럼 말했
다. 그가 새로 뽑힌 대통령을 지지하거나 아니면 그의 활
동에 큰 기대를 하고 있어서인지는 알 수 없다. 다만, 대
다수의 국민은 알았다. 광화문 광장의 촛불이 새로운 역

사를 만들었다는 것을. 종익의 편집자 역시 탄핵을 부르
짖던 그 광장에 있었을 것이다. 종익은 우익과 좌익 그 어
느 쪽에도 관심이 없었다.

언젠가 좋겠냐는 편집자의 말에 평일 오후가 좋겠다는
의견을 내는 것으로 종익은 통화를 마쳤다. 전화는 하루
가 지나기도 전에 다시 왔다. 화요일 오후 두 시. 합정역
교보문고. 저자와의 만남 일정이 잡혔다.

그리고 행사 당일. 종익은 청바지에 흰색 와이셔츠 그
리고 하늘색 재킷을 캐주얼하게 차려입었다. 곱슬머리는
특별한 손질을 하지 않아도 자연스럽게 넘어갔다. 선글라
스를 재킷 주머니에 넣는 종익은 차를 가져갈까 말까 잠깐
갈등했다. 집에서 가까운 곳이고 주차할 곳도 마땅치 않
았다.

종익은 가볍게 집을 나섰다. 콧노래를 흥얼거리면서 여
유롭게. 뒤통수가 왠지 따갑다. 햇볕이 강렬한 탓이려니.
아니 어쩌면 종익을 알아보는 사람들의 시선 때문일지도.
선글라스를 쓴 종익은 지하철 역내로 들어가는 에스컬레
이터에 발을 디뎠다.

방송 출연을 하고부터 알아보는 사람이 부쩍 늘었다.
반갑게 인사를 건네기도 하지만 힐끔거리는 눈길만 주는
이들도 있다. 종익은 수시로 뒤로 돌아본다. 이럴 줄 알았

으면 그냥 차를 갖고 나올 걸. 뒤따라오는 사람은커녕 에스컬레이터에 혼자라는 것이 종익은 무지 신경이 쓰였다.

플랫폼 안으로 들어와서도, 지하철을 탄 후에도 마찬가지였다. 에어컨이 너무 센 것 같다. 종익을, 아니 종익의 소설을 비판하는 대화가 귀에 쏙 박혀왔다. 같은 범죄를 다뤄도 누구 소설은 작품이고, 종익의 글은 범죄소설이다. 종익은 등 뒤에서 들려오는 말에 선글라스를 고쳐 썼다.

박종익이 범죄소설가로 불리는 이유는 소설 속 범죄자들이 심판을 받지 않은 채 이야기가 끝나기 때문이었다. 미제사건을 소재로 다루다 보니 그럴 만도 했다. 잡히지 않은 범인들은 어딘가에서 잘 살고 있을 게 분명했다. 종익의 소설에 등장하는 범죄자들은 어떤 벌도 받지 않고 또 다른 범죄를 일으켰다. 독자들은 공분하는 만큼 또 종익의 소설에 빠져들었다. 범죄소설가란 명예롭지 않은 수식어가 따라붙었지만 독자의 공분을 사면 살수록 종익의 소설은 아이러니하게도 더 잘 팔려나갔다.

합정 교보문고에 도착하자 등신대 입간판이 종익을 맞이했다. 〈이 시대가 낳은 추리소설가 박종익의 또 다른 역작!《아는 살인자》〉 플래카드와 함께. 종익은 행사장으로 가는 화살표를 따라 걸었다. 그의 책을 구매한 독자들이 벌써부터 와서 줄을 서고 있었다.

"차라리 강당을 빌릴 걸 그랬나 봐요."

종익을 발견한 편집자가 다가와 말했다. 입으로는 고되겠다, 팔 아프면 어떡하냐 하면서도 표정은 싱글벙글이다.

"즐거운 노동이 되겠죠. 그럼, 슬슬 시작해 볼까요?"

종익은 옷소매를 걷어붙이고 테이블 의자에 앉았다. 맨 앞의 남학생이 《아는 살인자》 표지를 넘겨 사인 테이블 위에 올려놓았다.

"작가님 소설은 진짜 제가 상상하는 것, 그 이상이에요. 어디서 그런 아이디어들이 나오는지……."

남학생은 종익 앞에 엄지를 세웠다. 그러고는 이곳에 오기 위해 병원에 간다는 핑계를 대고 조퇴까지 했다는 말을 자랑스럽게 늘어놓았다. 종익은 남학생의 이름을 속지에 받아 적었다. 그리고 문장 한 줄을 덧붙인다.

거짓말은 오늘까지만!

남학생은 웃는 얼굴로 알았다며 사인한 책을 건네받았다. 구십도 인사를 하고는 줄에서 비켜섰다. 행사장에 온 독자는 젊은 남자들이 주를 이뤘다. 수업을 빼먹고 온 것 같은 고등학생도 몇몇 보였다. 종익 앞에 책을 내미는 어떤 여자들은 아들이 부탁해서, 남친이 박종익 작가의 팬이라서, 친구 주려고 등 하지 않아도 될 말을 굳이 하면서 저자 사인을 받아갔다. 범죄소설이든 범죄소설가든 상관없다. 사람들의 말이 무성할수록 더 잘 팔리는 소설이 될 테니까.

종익은 안 좋은 소리들을 팔리는 작가의 유명세로 받아들였다. 행사가 한 시간째 이어지니 어깨가 슬슬 아파 왔다. 종익은 참았다. 눈과 펜을 《아는 살인자》 책 속지에 뒀다. 독자가 자신의 이름을 말해야 했다. 잠잠했다.

"성함이 어떻게 되시죠?"

종익이 다시 물었다. 대꾸가 없다. 종익은 독자를 올려다보았다. 말끔하게 생긴 청년이다. 종익과 눈을 마주친 청년은 그제야 "김… 성재"라고 운을 뗐다. 종익이 청년의 이름을 적으려는 찰나다.

"작가님은 행복해 보이네요. 하기는 불행할 이유가 없겠죠?"

"인간은 행복하기 위해 태어났고, 범죄에 얽혀들지만 않으면 행복하지 못할 이유도 없죠."

"범죄를 저지르지 않고도 불행하다면요?"

"독자님, 지금 불행한가요?"

"……!"

청년은 자신을 쳐다보는 종익을 주시했다. 다음 독자가

기다리고 있다는 편집자의 말을 듣고서야 청년은 줄에서 비켜섰다. 종익이 사인한 책을 챙기지도 못한 채.

"편집자님이 대신 전해주고 와요."

종익은 청년이 두고 간 책을 편집자에게 건네고 저자 사인회를 이어갔다. 줄이 짧아졌다 싶으면 새로운 사람들이 책을 들고 와 줄을 섰다. 한 시간 반 예정이었던 행사는 계속 늘어나는 독자들로 인해 좀처럼 끝날 줄을 몰랐다.

39 /

종익은 손을 씻으며 거울 속에 비친 자신을 보았다. 작가의 사인을 받고자 기다리는 독자들이 많음에 기뻐야 했다. 종익은 그렇지 못했다. 어깨가 결리고 손목 통증이 느껴졌으며 손가락 마디마디가 저렸다. 종익이 사인 행사를 안 한다고 팔릴 책이 안 팔리는 것도 아니다. 이대로 잠수를 타면 편집자가 눈치껏 알아서 마무리할 것이다.

과거, 첫 소설을 완성한 종익은 기세 좋게 투고했다. 출판사의 답변을 듣기는 어려웠다. 왜 연락을 주지 않는 거냐고 묻기도 했으나 무반응이 그들의 거절 중 하나라는 것을 아는 데에는 그리 오래 걸리지 않았다.

거부하지 못할 작품이란 생각은 혼자만의 착각이었다. 몇 번의 투고가 이어졌다. 거절 메일이라도 보내면 그나마 다행이었다. 오기가 생겼다. 자신의 원고를 출간할 출판사가 어딘가에 있을 것이다. 종익은 집요한 투고 끝에 출간계약을 하자는 출판사와 연락이 닿았다. 종익의 자존심과 출간 의욕이 바닥을 치던 와중이었다.

출간하고 싶다는 출판사 측의 말이 곧이들리지 않았다. 종익의 책이 나오고 독자의 반응은 더더욱 실감나지 않았다. 미운 오리 새끼가 하루아침에 백조가 된 기분이랄까. 종익은 세간의 뜨거운 반응에 어리둥절하기만 했다. 범죄의 대가를 피해간 미제사건의 범인을 다룬 종익의 소설은 그야말로 뜨거운 감자로 떠올랐다. 그럼에도 출판시장의 독자들에게 시쳇말로 먹혔다. 그 기세를 몰아 박종익은 일곱 번째 소설 《아는 살인자》까지 쉼 없이 달려왔다.

종익은 유치원에 있을 딸 소정을 떠올리며 서점 화장실을 나섰다. 종익은 석연찮은 얼굴로 뒷걸음질을 했다. 무심히 지나친 파란 쓰레기통 안에 낯익은 물건이 있어서였다.

김성재 독자님의 행복을 기원하며……. 소설가 박종익

사인된 책을 받자마자 화장실 쓰레기통에 버리다니. 참
으로 고약스러운 독자다. 종익의 표정이 진실로 굳어진
것은 그다음이었다. 성재!《아는 살인자》에 등장하는 소
년과 같은 이름이다. 종익은 행사장으로 돌아가지 않았
다. 뭐에 홀린 사람처럼 그곳을 이탈했다.

40 /

퇴근한 수민이 샤워를 마치고 나온 때에도 종익은 골똘
한 생각에 잠겨 있었다.

"오늘 사인회 행사는 어땠어?"

종익은 듣지 못했다. 수민이 "여보!"하고 부르자, 그제
야 "엉?"하고 돌아봤다.

"무슨 일 있었어?"

"아니. 그런 당신은 왜 이렇게 늦은 거야?"

"새삼스럽게 웬 태클? 종일 고생하다 온 사람한테. 잔
소리할 거면 그만해요, 우리. 당신 아니더라도 나 무지 피
곤하거든."

수민은 젖은 머리에 수건을 두르고는 침대에 누웠다.

"난 당신이 일하는 건 좋지만 무리하는 건 별로야. 우리가 부부이기는 해? 매일 밤늦게 퇴근해서 쓰러져 자기 바쁘고, 아침이면 출근하느라 또 바쁘고…… 우리가 부부라는 건 언제 입증하지?"

"입증? 하하하. 역시 추리작가다운 표현이네. 설마, 그것 때문에 그렇게 심각했던 거야?"

수민은 웃음이 입가를 떠나지 않았다. 종익과 결혼하고 좋은 점은 방송에 전념할 수 있다는 것이다. 집안일을 아내의 몫으로 돌리는 남자들과 종익은 달랐다. 집안일을 하는 데 있어서 생색은커녕 도와준다는 식의 말도 할 줄 몰랐다. 종익은 새벽 네 시면 어김없이 일어나 서재로 갔다. 아침 여섯 시가 되면 수민이 아침을 차려놓고 출근했다. 종익은 그 후의 일들을 했다. 딸 소정을 깨워 씻기고 먹이고 입히고 유치원 버스에 태워 등원시켰다. 그러고 나면 소정이 돌아올 때까지 집필에 몰두할 수 있었다.

소정이 하원하고 나면 세탁기와 식기세척기, 청소기를 돌렸다. 종익은 딸의 간식과 저녁을 챙기는 것은 물론 소정이 잠들 때까지 책을 읽어주는 다정한 아빠다. 수민은 그런 종익을 종종 새삼스럽다는 듯이 바라봤다.

"내가 복이 참 많아. 남들은 범죄소설가라고 말들이 많지만, 난 당신이 내 남편이라서 좋아."

진심이었다. 수민에게 종익은 일과 가정, 그 어느 것도 포기하지 않게 해준 사람이다. 수민은 젖은 머리를 감싼 수건을 풀며 추파를 던진다.

"그러면 내가 또 그냥 넘어갈 순 없지."

종익은 침대로 가 수민의 겨드랑이를 파고든다. 수민이 미간을 찡그린다. 종익을 밀어내보지만 그럴수록 더 달라붙는다. 수민은 자신에게서 나는 특유의 암내가 거북했다. 땀이라도 흘리면 냄새는 더 강했다. 종익은 개의치 않았다. 아니, 수민의 체취를 병적으로 좋아했다. 수민의 거부에도 종익은 코를 대고 킁킁거린다.

"언제는 제복 입은 내게 반했다더니, 이런 엉터리."

"그거나 그거나지."

"어머? 그게 어떻게 그거나 그거나야?"

"그래서 이러는 내가 싫어?"

종익이 수민을 만난 건 두 번째 소설의 저자 사인회에서였다. 첫 책이 성공을 거두자 두 번째 출간은 달리는 호랑이 등에 올라탄 것처럼 속전속결로 이루어졌다. 종익의 소설에 불만을 품은 남자는 사인회장에 나타나 다짜고짜 종익의 멱살을 잡았다. 참았어야 했다. 편집자의 말림에도 종익은 남자의 악다구니에 분기를 드러냈다. 이내 몸싸움으로 이어지고 말았다.

종익은 누군가 신고를 해서 경찰이 출동했다고 여겼다. 하지만 수민은 파출소장 임용식에 참석했다가 서점에 잠깐 들른 터였다. 건장한 남자 둘이 몸싸움을 벌이고 있으니 그냥 지나치지 못한 수민이다. 종익은 제복을 입은 수민을 넋 놓고 바라봤다. 종익을 향해 분개하던 남자는 수민 앞에서 꼬리를 내렸다. 경찰 제복도 한몫 했겠지만, 무엇보다 수민의 환한 미소가 거친 마음을 누그러뜨렸을 것이다.

그날이었다. 종익은 스치듯 그의 곁을 지나가는 수민의 체취를 인지했다. 그리고 저 혼자 평생 함께할 배우자로 수민을 점찍었다. 수민이 근무하는 파출소 문턱을 하루가 멀다 하고 드나들었다.

"당신은 참 이상해. 딴 남자들은 다 도리질이던데……. 나도 별로이긴 해."

"천연 최음제지, 나한텐. 그래서 내가 당신의 운명인 거야."

"끝까지 거부했으면 손해날 뻔했지. 참, 유치원에서 전화 왔던데. 아빠의 직업을 소개하는 프로그램에 당신이 와줄 수 있겠냐고."

"거참, 이상한 선생이네. 그런 건 나한테 말하면 되는데 꼭 바쁜 당신한테 전화를 하는 거야? 왜?"

소정의 등원은 종익이 챙기는데 말이다. 유치원 선생과 매일 인사를 주고받는 것도 종익인데 말이다. 그럼에도 유치원의 연락은 늘 수민한테 먼저 갔다. 행사장에서의 기분 나쁜 일까지 겹친 종익은 괜히 심사가 꼬인다.

41 /

종익은 노트북 전원을 켜자마자 SNS에 로그인했다. 출판사가 소설가 박종익의 계정을 따로 만들어 관리하고 있지만 독자들은 종익의 개인 계정에서 노는 걸 더 즐겼다. 어제 서점행사 일정을 알린 이후로 새로운 댓글들이 올라와 있었다. 현실의 정의가 구현되기를 바란다, 재밌게 읽었다, 대박 나세요, 만나서 좋았어요 등등. 종익은 인사치레 댓글들을 점프했다.

"범죄소설가 운운할 땐 언제고 팬을 자청하다니 다들 정신이 어떻게 된 거 아냐? 그런 소설을 쓰는 나도 뭐 정상은 아니지만."

종익은 찻잔의 블랙커피를 마시며 댓글을 보다가 하마

터면 입안의 것을 뿜을 뻔했다.

[이기적인 범인의 행동에 분노가 치밉니다. 범인이 성공하는 세상이라니!]

[나쁜 놈은 응징해야지. 살인자를 심판대에 올려라, 제발!]

[아는 살인자 읽다가 토할 뻔했어요. 소설이. 아니 작가가 죄를 짓게 독자를 꾀는 겁니다.]

[범죄소설가 나부랭이는 절필해라!!!! 독자의 영혼을 파괴하는 작가를 지옥으로!!!!]

[밤길에 뒤통수 조심해!]

"그래. 눈에는 눈, 이에는 이다."

종익은 팔을 걷어붙이고 댓글에 답변을 달기 시작했다. 토할 때를 대비해 앞으론 변기 앞에서 읽어달라거나, 인간은 자신의 욕망에 충실한 이기적인 존재라거나, 범인을 처벌하는 건 작가가 아니라 독자라는 등등. 악플에 상응하는 분풀이용 댓글이다. 종익은 기분이 좀 나아지길 바랐으나 영 아니었다.

"포켓몬? 이건 또 뭐 하는 인간이야."

신경을 건드리는 악플은 아니었다. 그럼에도 입에 모터를 단 것처럼 종익은 말이 거칠었다. '포켓몬'이라는 ID를 사용하는 유저의 계정으로 들어갔다. 그의 프로필에는 애니메이션 피카츄가 사진으로 등록된 게 전부다. 개인정보도 게시물도 없었다.

[미제사건의 범인을 주인공으로 등장시킨다고 하던데. 진짜 그래요?]

포켓몬의 댓글을 무심히 넘기던 그때, 종익의 핸드폰 알람이 울렸다. 오후 두 시. 소정이 유치원에서 돌아올 시간이다. 유치원 버스보다 종익이 먼저 아파트 단지 앞에 도착해 있어야 했다. 이것만. 하나만. 조금만 더. 그러다 딸의 마중 시간을 훌쩍 넘기고 말았다. 종익은 부랴부랴 집을 나섰다.

같은 유치원에 아이를 보낸 엄마들이 단지 앞에 있어서 종익은 내심 안도했다.

"늦으면 늦는다고 연락이라도 해줘야 하는 거 아닙니까?"

버스에서 내린 유치원 교사를 보자마자 종익이 한마디 했다.

"죄송합니다. 하원 담당하는 선생님 어머님이 갑작스럽게 병원에 실려 가서서 혼란이 좀 있었어요…… 이제 보니, 소정이가 아빠를 쏙 빼다 박았네요."

종익은 하원 담당 교사가 아니란 걸 그제야 알아챘다. 버스에서 내린 소정이 멋쩍어진 종익의 손을 잡고 가자고 당겼다. 종익은 유치원 교사에게 미안하다는 사과를 하고 돌아섰다.

"가자!"

"아빠? 근데 빼다 박은 게 뭐야?"

"응, 그건 소정이랑 아빠랑 닮았다고."

"아아! 그게 그 말이구나. 근데 아빠, 나 다리 아파."

종익이 등을 갖다 대자 소정은 등을 타고 올라가 목말을 탔다. 소정은 아파트 공동 현관 앞에서 만난 경비원에게 웃으며 인사했다. 종익은 눈인사를 건네고는 후다닥 엘리베이터에 올라탔다.

"모르는 사람한테 그렇게 웃어주지 마. 목말 태워준다고 해도 아빠가 아니면 타면 안 돼."

"경비아저씨는 모르는 사람 아니잖아."

"그래도."

악플에 분풀이 댓글을 달아서였을까. 종익은 자꾸 신경이 곤두섰다. 욱해서 괜한 짓을 했다. 집에 들어가는 대로 지워야겠다. 일은 생각처럼 진행되지 않았다. 소정을 데리고 오는 동안 종익의 댓글을 꽤 많은 사람이 봤다. 새로운 댓글 또한 줄줄이 올라와 있었다.

[제 질문엔 왜 대답을 안 해주는 거죠? 무시하는 건가요? 아니면, 대답하기 곤란한 건가?]

종익이 댓글을 달지 않자 포켓몬의 글이 계속해서 올라왔다. 종익은 SNS 계정에서 로그아웃했다.

"댓글을 달든 말든 지가 왜 지랄이야. 곤란? ……얻다 대고!"

미제사건의 범인이 어디서, 어떻게 살고 있는지 아는 사람은 아무도 없었다. 실제 미제사건을 소설로 가져오는 일은 잡히지 않은 범인의 실체를 꾸리는 일이다. 종익의 소설에서 승자는 항상 범인이다. 범죄를 저질렀음에도 처벌은커녕 무탈하다. 잡히지도 처벌받지도 않은 범인의 범죄는 반복된다.

독자의 흥분과 분노는 거기에 있었다. 그럼에도 불구하고 종익의 소설이 인기 일로를 걷는 건 그의 세 번째 소설 《두 여자》 덕분이다. 여자 둘이 사는 고급 빌라에서 벌어진 살인사건을 다룬 소설이다. 친구가 지방 출장을 간 사이 홀로 있던 여자가 낯선 침입자에 의해 성폭행을 당하고 살해당하는 일이 벌어졌다. 외부 침입의 흔적도 없고 여자에게 애인이 따로 있지도 않았다. 출장에서 돌아온 친구가 범인을 쫓지만 오리무중이다. 그도 그럴 것이 범인은 친구다. 원래 남자인 친구는 여장을 하고 여자처럼 살았다. 긴 출장에서 돌아왔을 때는 진짜 여자가 되어 있어서 용의선상에도 오르지 않았다. 끝내 작가인 종익은 여장 남자였다가 성전환수술로 여자가 된 범인의 마지막 충동과 욕망을 과거에 묻어둔 채로 소설을 종결했다.

《두 여자》가 출간된 후 놀라운 일이 벌어졌다. 소설의 이야기가 진짜라는 것도 놀라운데 그때의 범인이 자수를 하겠다고 경찰서에 나타난 것이다. 공소시효가 지나서 죄를 처벌하진 못했지만 범죄소설가의 신작 소설이 미제사건 하나를 해결했다는 후광은 대단했다. 《두 여자》는 불티나게 팔렸다. 일선의 경찰들이 종익의 범죄소설을 탐독하기 시작했다. 《아는 살인자》는 세기말에 일어난 묘리 부부 살인사건을 다룬 소설로 역시 미제로 남은 사건이었다. 소설 속 범인은 사망한 부부의 아들로 수배령이 떨어졌으나 끝내 잡히지 않은 채 공소시효를 넘겼다.

현실 사건을 다룬 만큼 독자는 종익의 소설을 소설로 받아들이지 않았다. 실제 사건이라 믿었다. 처벌받지 않은 범인이 우리 사회 어딘가에 멀쩡한 얼굴로 돌아다니고 있을 것이란 사실에 공분했다. 종익의 소설이 출간될 때마다 독자들은 SNS상에서 댓글로 한바탕의 난투극을 벌였다.

종익의 SNS 계정이 온갖 욕설과 분노의 배설구가 됐다. 판매 지수와 비례하니 유명세라고 보아야 했다.

42 /

종익이 SNS를 들여다보지 않은 며칠이 지난 어느 날이었다. 한번 들어가 보라고 친절하게도 알려준 것은 출판사의 편집자다. 일부러 문자까지 넣어주니 종익은 안 들여다볼 수가 없다.

포켓몬이다. 자정을 넘긴 시간에 매일 댓글이 하나씩 올라와 있었다.

화요일, 0시 44분

[살해당한 남자의 아들이 주인공이군요. 묘리 부부 살인사건의 범인이라고 보는 거죠, 작가님은? 식상했습니다. 부인할 수 없는 의외의 진범을 기대했는데 이번 소설은 솔직히 실망이 큽니다.」

수요일, 0시 14분

[또 다른 용의자를 떠올려보긴 했습니까? 소설을 쓰기 전에……. 진범이 따로 있다면요? 그 아들이 범인이 아니라면요? 작가님은 그 살인범이 된 아들을 살려두는 것으로 할 일을 다 했다고 보는 겁니까?]

목요일, 0시 34분

[내 얘기가 시답잖은가 보죠? 답변을 안 하는 것이……. 설마, 못하는 건 아니시죠?]

금요일, 0시 04분

[작가님 소설이 성에 안 차 《아는 살인자》 아니, 묘리 부부 살인 사건을 다시 꾸려봤는데……, 내가 쓴 소설로 인해 작가님 명성에 흠집이 생기진 않겠죠? 워낙에 유명한 분이시니.]

편집자는 이런 걸 왜 알려왔을까. 종익은 그때까지도 그러려니 넘겼다. 일전의 댓글사건도 있고 해서 반응을 보이지 않는 게 좋다고 여겼다. 그래봐야 작가 지망생이 거나 농담에 죽자고 덤비는 부류일 테니까. 하지만 다음 댓글을 확인한 종익은 머리털이 쭈뼛 서는 걸 느꼈다.

금요일, 2시 2분

[작가님의 소설에선 승자의 범인이지만, 내 현실에서 범인은 처벌을 받게 될 겁니다. 1999년 12월 13일 밤이었죠. 살인마를 만난 게……. 억세게 운 나쁜 날이었어. 씨발!]

한참 고민한 종익은 포켓몬과의 채팅창을 따로 열었다. 범인을 만났다는 그 말이 걸렸다. 종익은 대화를 시도했다.

[제 소설에 관심이 많군요. 좋습니다. 제 소설 속 사건의 진범을 안다는 겁니까? 그게 누군지도 말해 줄 수 있습니까?]

[내가 아는 범인은 '1999년 12월 13일의 술래'란 내 블로그 글에 등장합니다.]

종익의 반응을 기다렸다는 듯이 포켓몬의 답변이 날아들었다. 종익은 멈칫했다. '설정한 범인'이 아니라 '아는 범인'이다. 종익은 범인을 진짜로 봤다는 거냐고 되물었다.

사건 당일. 가면을 쓴 범인의 얼굴을 본 사람은 없었다. 화장실 쓰레기통에 사인본을 버린 이 또한 소설 속 그 성재가 아니다. 그 옛날, 종익이 근무하던 초소 앞에서 매일 시간을 보내던 그 김성재 말이다. 십팔 년 만이다. 성인이

된 성재를 종익은 몰라본다고 해도 성재라면 알아봤을 것
이다. 진짜 김성재라면 종익을 보고 반가워했을 것이다.

[범인을 봤습니다. 내가.]

[그때 왜 신고하지 않은 겁니까? 그랬다면 공소시효도 지난 미
제사건으로 남진 않았을 텐데…….]

[그러게 말입니다. 왜 신고를 안 했을까요?]

[범인이 협박이라도 했습니까? 그래서 못한 겁니까?]

포켓몬은 잠잠했다. 대화창을 나가지도 않았다. 종익은
재차 글을 남겼다.

[당신이 봤다는 진범이 누군지 언제 직접 만나서 들어보고 싶군
요. 그날 술은 제가 사겠습니다.]

시간의 공백을 한참 갖고서야 포켓몬이 답변을 보내왔다.

[진범을 보게 되겠군요. 곧 시간과 장소를 정해 알려드리죠.]

종익은 《아는 살인자》의 주인공 김성재의 흔적을 포켓

몬이 썼다는 글에서 찾아보려 애썼으나 허탕만 쳤다. 묘리 부부 살인사건이 미제로 남은 이유는 김성재의 행방이 묘연했기 때문이다. 그날의 성재는 폭설에 파묻혀 사망했거나 그곳을 무사히 벗어났다고 해도 살아남기는 힘들다. 어린 동생과 함께라면 더욱이.

서점에 나타난 김성재는 누군가의 짓궂은 장난일 뿐이다. 종익의 소설 주인공 김성재를 흉내 낸. 금방 날을 잡을 것처럼 굴던 포켓몬은 열흘이 지나도록 아무런 연락이 없었다.

43 /

소정이 엄마와 함께 자겠다고 안방 침대에서 홀로 잠든 밤. 종익은 서재에 틀어박혀 있었다. 포켓몬이 채팅창에 다시 나타났다.

[링크 주소를 남긴다는 걸 깜빡했습니다. 내가 쓴 소설을 먼저 보는 게 나을 것 같아서 말입니다. 작가님의 《아는 살인자》와 견줄 순 없겠으나 부족한 대로 블로그에 소설을 올려놨습니다. 아,

논픽션이라고 해야겠군요. 어디까지나 사실에 근거한 글이고 가공은 일절 없으니까.]

　가뿐하게 무시할 수 있다면 좋으련만 종익은 그렇지 못했다. 포켓몬이 남겨놓은 링크 주소를 클릭했다. '1999년 12월 13일의 술래!'라는 블로그 대문이 나왔다. 술래? 종익의 심장이 속절없이 요동치기 시작했다. 종익의 소설에는 등장하지 않는 '술래'고, 그 누구도 몰라야 되는 술래다.

　「남자는 모두가 잠든 집에서 군복을 벗었다. 마지막으로 팬티를 벗어 거실 소파에 얌전히 둔 그는 안방으로 향했다. 남자의 분풀이가 더해질수록 부부의 붉은 피가 그의 나체와 벽지로 튀었다. 남자의 광기가 희열로 번져나갔다. 막혔던 변기가 뻥 뚫리듯 그 안에 갇혀 있던 것들이 밖으로 뿜어져 나오는 듯했다.」

　최근에 생성된 블로그라 이웃도 조회도 없었다. 종익이 첫 방문자인 듯했다. 포켓몬의 소설은 휴가를 나온 군인이 부부를 살해하는 광경을 상세하게 서술해 놓았다. 군인은 《아는 살인자》에서 등장하지 않는 인물이었다. 포켓몬은 범행 현장에 있던 범인처럼 세세한 것들을 묘사했다. 포켓몬은 피해자의 아들이 분명 아니다.

종익은 어금니를 악물었다. 블로그에 공개가 되었으니, 어떤 경위로든 재노출이 이뤄질 것이다. 묘리 부부 살인 사건이 종익의 소설이 아닌 블로그의 글이 알려지면 시끄러워질 것이다. 포켓몬을 만나야 한다. 종익은 더 늦기 전에 어떻게든 포켓몬을 찾아야했다.

44 /

무적자로 살아가는 이들의 일상을 접하기는커녕 그들을 만나는 것도 쉽지 않았다. 이미 각오했던 일이다. 자의든 타의든 사회 밖으로 밀려난 이들은 각자의 이유로 방송에 나오는 것을 꺼렸다. 문의 전화를 걸어오는 이들은 그나마 희망을 얻고자 하는 열망에서였다. 정상적이고 평범한 일상으로 돌아가고 싶은 욕망에서. 그럼에도 막상 촬영에 돌입하면 그들은 줄행랑을 놓았다.

일상으로 돌아가고 싶은 욕망과 자신의 비루한 인생이 대중에게 공개된다는 그 간극을 뛰어넘지 못했다. 무적자의 삶을 털어놓기는 해도 촬영을 거부하는 그들의 마음을 수민은 충분히 이해했다. 지독한 외로움에서 잠시나마 벗어나고픈 마음. 이용만 당할 수도 있다는 불안. 괜한 기대가 더 큰 절망을 몰고 올지도 모른다는 두려움. 그들이 촬영에 응할 수 없는 이유는 많았다. 한 사람이라도 양지의 삶으로 인도할 수 있다면, 그들의 인생 재활에 조금이라도 도움이 될 수 있다면 수민은 뭐든 하고 싶었다.

그리고 평생을 무적자로 떠돌이 생활을 해온 사십 중반의 남자가 첫 출연자로 방송을 탔다. 단 하루라도 자신의 신분증을 갖는 게 소원인 출연자였다. 방송 후에도 정상적인 생활을 할 수 있도록 돕겠다는 약속을 듣고서야 「선 피디의 동행」 촬영에 임했다.

신분증을 갖게 된 그날, 남자는 길바닥에 주저앉아 막 태어난 아기처럼 엉엉 울었다. "기택아! 기택아!" 자신의 이름을 부르면서. 무적자의 삶을 다룬 수민의 다큐는 호평을 얻었다. 덕분에 한기택이 사회의 일원으로 자리 잡을 수 있게 돕겠다는 이들도 생겨났다. 이는 시작에 불과하다.

"선수민 피디입니다…… 여보세요?"

대꾸가 없는 상대방. 수민은 방송국 지하 주차장에 있었다. 전화를 끊었나. 수민은 통화 중인 액정을 확인하고 다시 귀로 핸드폰을 가져갔다.

"뭘…… 어떻게 해야 될지 모르겠어요. 저는 이렇게 살아 있는데…… 어디에도 존재하지 않는 사람인 걸요."

"도움이 필요하신가요? 계신 곳을 말씀해 주시면……."

"아뇨. 저는 그냥……, 제 얘기를 누군가 들어줬으면 해서."

"아, 네. 말씀하세요."

"그날은…… 세상이 온통 하얀…… 위험이 도사리는 잔혹 동화였어요. 갓난아기를 바꿔치기하듯…… 그날의 폭설이…… 저를 이렇게 만들었어요. 뭘…… 어떻게 해야 할지…… 모르겠어요. 제 자신이 너무 원망스럽습니다."

남자의 목소리는 어눌했다. 방송을 보고 전화한 것은 아닌 듯했다. 건사군 묘리의 살인사건 현장을 다녀왔던 수민은 남자가 미제사건의 당사자일지도 모른다는 촉이 왔다.

"선생님, 계신 곳이 어딘지 말씀해 주실 수 있어요? 제가 그쪽으로 갈게요. 그날 무슨 일이 있었는지 말씀해 주세요."

남자는 한참 동안 말을 잇지 못했다. 그는 끝내 속울음을 게워내고 말았다. 수민은 자신의 연락처를 어떻게 알았냐고 말을 돌렸다.

"몰라요, 저도…… 제 주머니 안에…… 있었어요. 피디님이라면…… 그냥 제 얘기를 들어줄 수 있지 않을까. 그래서, 그래서……."

수민은 그제야 생각났다. 병원에 가자는 것도 뿌리치고 도망치듯 내달리던 남자를 쫓아가 그의 주머니에 자신의 명함을 넣어줬었다.

"어디 아픈 데는 없으세요? 병원엔 가보셨나요? 아니면 지금이라도."

"나는……, 나는 살인자입니다."

남자는 그 말을 하고는 서둘러 전화를 끊으려 들었다.

"자, 잠깐만요. 당신이 그러지 않았다는 거, 알아요."

"아뇨. 난 이미 죄인입니다. 살인자입니다."

"그곳으로 제가 갈게요. 네? ……여보세요? 여보세요?"

전화는 이미 끊겼다.

45 /

포켓몬의 정체를 파악하지 못한 채, 시간만 보내고 있을 때였다. 출판사 편집자가 미스터리 탐정 방송의 URL 주소를 보내왔다. 현실 사건이나 영화 속에 등장한 미스터리 사건을 재구성하는 유튜브 방송채널이다. 클릭해 보니 '동일 사건에 두 작가가 쓴 서로 다른 범인! 진짜 범인은 누구?'라는 현란한 색상의 자극적인 썸네일이 나타났다. 부제로 달린 그다음 문구가 종익의 비위를 심하게 건드렸다.

범죄소설의 대가 박종익의 《아는 살인자》 VS 포켓몬의 블로그 연재 논픽션 「1999년 12월 13일의 술래!」

불과 일주일만이다. 포켓몬의 블로그가 이토록 빠르게 퍼질 줄은 몰랐다. 종익은 영상을 클릭했다.

"안녕하세요! 현실과 비현실! 그 안의 모든 미스터리를 재구성하는 차 탐정입니다. 오늘은 아주 흥미롭고 특별한 방송이 될 것 같습니다. 이분은 우리가 익히 아는 미해결 사건을 소설의 모티브로 삼는 작가죠. 최근에 신작 추리소설이 발간됐는데, 독자의 기대를 저버리지 않고 이번에도 미제사건을 다뤘습니다. 범죄소설가, 아, 추리소설가 박종익의 《아는 살인자》 그리고 여기에 도전장을 내민 블로거 '포켓몬'의 블로그 연재 논픽션 「1999년 12월 13일의 술래!」에 등장하는 범인을 톺아보는 시간을 가질까 합니다.

두 작품은 동일 사건을 다루고 있는데, 범인은 서로 완전히 다른 사람입니다. 한쪽은 아들로, 다른 한쪽은 휴가 나온 군인으로 범인을 설정했습니다. 작가적 명성이라면 박종익 작가를 따라갈 순 없겠죠? 그러나 포켓몬의 글은 미제사건 논픽션이란 점에서 진범에 대한 또 다른 추리를 해볼 수 있지 않을까 생각합니다. 그동안 용의선상에 군인이 있다는 말은 못 들어본 것 같은데 말이죠. 아무튼 두 작품은 1999년 세기말에 일어난 묘리 부부 살인사건을 다루고 있습니다. 프로와 아마추어의 흥미진진한 대결이 되지 않을까, 싶습니다.

범죄소설가 박종익은 많은 분들이 알고 계시다시피 이 시대 범죄 사건에 관한 최고의 입담꾼이죠. 이야기의 개연성이나 설득력에 있어서 빈틈없는 개연성을 갖고 있습니다. 그의 소설을 보면 부부의 열다섯 살짜리 아들이 아닌 다른 범인을 떠올릴 수가 없습니다. 소년은 살기 위해 계속 새로운 범죄에 연루 되지만 끝까지 살아남습니다. 암흑가의 무법자가 되어서 말이죠.

포켓몬의 「1999년 12월 13일의 술래!」는 《아는 살인자》와는 다른 전개를 보여줍니다. 문장력에 아쉬움이 좀 있기는 하지만 그 덕분에 진실에 더 가깝다고 생각하게 되는 묘한 매력을 지닌 작품입니다. 급기야 작가가 사건 현장에 있었던 것은 아닐까, 착각마저 들게 합니다. 왜?《아는 살인자》에서 박종익이 지목한 살인범 소년보다 더 충격적인 장면들이 나오거든요. 실제 사건 현장에 있던 게 아닌 이상 이렇게 쓰긴 힘들겠다 싶은 겁니다.

묘리 부부는 민간인 통제구역에 살았고, 군인들이 마을 입구에서 출입을 통제했습니다. 여기서 우리가 주목할 것은 살인사건이 있던 전후로 외부인을 봤다는 사람이 하나도 없었다는 사실입니다. 그렇다면 범인은? 네, 맞습니다. 마을 사람이거나 군인이겠죠. 소년은 실종됐고, 살인을 저지른 군인은 부대로 돌아갑니다."

종익은 시청을 중단했다. 더 볼 것도 없었다. 이 따위 삼류 방송을 누가 본다고. 하지만 불과 몇 시간 만에 1만 회 이상의 조회를 기록했다. 종익을 찾는 전화가 빗발쳤다. 무명작가가 대작가인 자신의 유명세에 기대어 관심을 끌어보겠다는 것에 불과한 유치한 술수라고 둘러댔다. 하지만 포켓몬의 논픽션이 알려지면 알려질수록 종익은 초조했다. 또 불안했다.

유치원 버스에 소정을 태우고 잘 부탁한다는 인사를 거듭한 후에도 종익의 불안은 사라지지 않았다. 지금껏 이뤄온 것들이 한순간에 불행의 늪으로 빠져들지 모른다.

종익은 경비원의 부름에도 긴장을 늦추지 못했다.

"이거, 선 피디님 앞으로 온 택배인데……, 어디 편찮으십니까?"

경비원이 건넨 택배 상자를 받아 든 종익은 고맙다는 말도 없이 집으로 향했다. 엘리베이터를 타고 12층에 도착했을 때다. 소정을 배웅해 줄 때는 없던 물건이 현관문 앞에 있었다. 보내는 사람의 이름도 없이 상자엔 아파트의 동, 호수와 종익의 이름만 적혀 있었다. 상자를 뜯고 그 안의 흰 봉투를 꺼냈다. 그 안에서 나온 물건을 확인한 종익은 부리나케 비상구를 확인했다. 낯선 사람은 보이지 않았다.

집에 들어온 후에도 종익은 베란다 창으로 아파트 단지 곳곳을 둘러봤다. 소정의 방으로 가 단지 뒤쪽도 살폈다. 평소와 다를 바 없는 풍경이다. 그 짧은 시간 동안 누가 이런 걸 놓고 갔을까. 종익은 봉투 안의 물건을 다시 확인했다. 탄피 목걸이와 프린트된 편지다. 종익은 접힌 편지를 펼쳤다.

「그날 밤 형이 내게 했던 말, 기억해?

난 지금까지 단 하루도 그 말을 잊은 적이 없는데, 형은 까맣게 잊은 모양이야. 들키면 죽게 될 거라고 했던 그 말, 꽁꽁 숨어 살라고 했던 그 말.

근데 이제 어쩌지? 내가 형을, 박종익을 찾아냈거든. 방송에
나와 사람들 앞에서 행복해 죽겠다는 표정을 짓던 형의 얼굴이
떠오를 때마다 내 입엔 피비린내가 고이는 거지.

선수민 피디라고 했던가? 형수님이라고 불러야겠지. 딸 이름
이 소정이던가? 귀엽더라고. 눈에 넣어도 안 아프겠어. 형 앞에
나타나면 안 된다고 했는데, 형만 술래를 하는 건 재미없잖아. 나
도 술래가 되어보면 어떨까 싶더라고. 내가 형을 찾아낸 거야. 내
게 들켰으니 이제 형이 죽게 되는 건가?

형은 살고 싶겠지? 매력적인 아내와 저토록 귀엽고 사랑스러
운 딸이 있는데, 내가 형이라도 죽는 게 싫을 거야. 하지만 그동
안 나는 미치도록 죽고 싶었어. 형 대신 살인자가 된 그 순간부
터……. 살아도 사는 게 아니었거든…….

그날 나를 죽이지 않은 걸 형은 후회할까? 나는 그날 살아남
은 나 자신을 평생 원망하고 저주했어. 하지만 지금은 다행이라
고 생각해. 그때 죽었다면 지금 이런 짜릿한 기분을 느끼진 못했
을 테니까. 다시 그때로 돌아가 내게 다정했던 형과 놀아볼 생각
이야. 기억해! 내가 형을 찾아냈고, 형이 죽을 차례라는 걸.」

성재가 보낸 편지가 맞았다. 이미 죽었다고 여겼다. 지
금껏 경찰도 성재를 찾아내지 못했다. 사건은 이미 미제

로 남았다.

그날 밤, 종익은 몸에 묻은 피를 물에 씻고 있었다. 다른 가족은 없었다. 누군가 작은방 창문을 통해 침입했다. 옷을 챙겨 입을 여유는 없었다. 종익은 거실에 있던 종이 가면을 주워 쓰고 성재를 마주했다. 그리고 알았다. 자신이 살해한 이들이 성재의 부모라는 것을. 이미 저질러진 살인은 돌이킬 수 없었다. 하지만 가면으로 가린 종익의 얼굴을 성재가 어떻게 알아봤을 것인가. 그날의 성재는 겁에 질려 얼이 나간 상태였는데.

종익이 성재를 처음 만난 것은 보초병으로 자대 배치를 받고 난 직후였다. 중학생이던 성재는 초소 앞 공터에 자주 나와 있었다. 다른 곳으로 가라고, 여긴 애들이 와서 노는 곳이 아니라고 주의를 줬지만 성재는 초소에서 멀리 벗어나지 않았다. 주말엔 아침나절부터 초소 앞에 나타나기도 했다. 그런 일이 잦다보니 종익도 나중엔 무신경해졌다. 오랫동안 성재가 보이지 않으면 또 궁금해하던 지난날들이다.

포켓몬이 채팅창에 다시 나타난 건 밤 열한 시 무렵이다. 수민과 소정이 한 침대에 누워있는 것을 확인한 종익이 서재로 온 참이었다.

[내가 쓴 논픽션은 어땠습니까? 글재주야 작가님 수준에 훨씬 못 미치겠지만 범인만큼은 진짜죠.]

[내게 도전이라도 하고 싶은 건가? 그런 이슈를 만들어서 당신이 얻는 건 뭐지? 유명세? 그런 거라면 충분히 얻은 것 같군.]

[고작 유명세 때문에 내가 이런다고 생각하는 겁니까?]

[아니란 건가?]

[내가 원하는 건, 당신이 교도소에 가는 겁니다. 공소시효 따윈 개나 줘버려. 어떻게 그렇게 멀쩡한 얼굴로 살 수 있지? 이런 엿 같은!]

[누구야, 너? 탄피 목걸이, 네가 한 짓이지?]

[와우! 이제 대화가 좀 통하겠네. 난 형을 만나서 반가운데, 형도 그런가?]

[성재?]

종익은 탄피에 'SJ, Kim!' 이니셜을 새겨 성재에게 줬다. 포켓몬은 성재다. 하지만 종익이 성재의 이름을 부른 순간 그는 채팅창을 나가버렸다. 억누르고 있던 종익의 화가 그대로 분출됐다.

"젠장!"

거실의 전화기에서 벨이 울렸다. 이 밤중에 집으로 전화를 걸어올 사람은 없었다. 종익은 잠든 수민과 소정이 깰까 봐 빠르게 거실의 전화를 받았다.

"언제쯤 나를 알아보나 했는데, 드디어 그날이 왔네. 형, 나 성재야. 하하하. 《아는 살인자》가 아니었다면, 형을 영원히 못 찾았을 거야. 행운의 여신이 아직 내 곁에 있는 것 같아서 다행이지 뭐야."

"증명할 수 있어?"

"뭘? 아, 내 부모를 잔인하게 살해한 살인마가 형이라는 거. 내가 봤잖아."

"아니. 넌 못 봤어. 그날의 범인은 가면을 쓰고 있었거든."

"그랬지. 하지만 난 범인의 얼굴을 똑똑히 봤어. 바로 당신의 얼굴을."

"……너, 누구야?"

그날, 성재가 본 것은 피카츄 가면뿐이다. 종익은 고개를 저었다. 피카츄가 잠시나마 성재라고 오해할 뻔했다.

"난 지금도 궁금해. 형이 왜 내 엄마와 아빠를 그렇게 무참하게 죽여야만 했는지."

"무슨 이유로 성재라고 우기는지 모르겠지만 이쯤에서 끝내는 게 좋을 거야. 그러면 없던 일로 해주지. 날 협박한 거. 다른 사람은 다 속여도 난 못 속여."

십팔 년 전, 그해 겨울. 종익은 첫 휴가를 얻어 부대를 나섰다. 설레던 마음이 종잇장처럼 구겨진 건 한순간이었다. 애인이라 믿어 의심치 않았던 여자와 통화를 하고서다. 여자의 말은 한겨울 추위보다 더 차갑게 살갗을 에는 듯했다. 종익은 초점을 잃은 시선으로 오도카니 서 있었다. 드물게 오는 버스가 눈앞에 있었지만 타지 못했다. 예보에 없던 눈이 내리기 시작했다.

눈발이 날린다는 것을 의식했을 때는 버스도 다니기 힘들 만큼 눈이 쌓인 뒤였다. 현실을 자각하지 못한 채 더 오래 있었어야 했다. 심사가 뒤틀리기 시작하고 알 수 없는 분노가 종익 안에서 들고 일어섰다. 집착이라고! 구질구질해? 종익은 자존심이 상했다. 그녀를 만나야 한다. 그리고 정확히 따져 물어야 한다. 그동안의 모든 것들이 혼자만의 망상이었던 것인지.

하지만 폭설에 교통이 끊긴 마을을 벗어나기가 수월치

않았다. 눈앞의 트럭은 거북이처럼 꾸역꾸역 움직였다. 그래, 저 차를 빌리자. 눈에 파묻히는 일이 있더라도 일단 가자. 그래야만 지금의 이 더러운 기분을 달랠 수 있다.

트럭 운전자는 성깔이 만만치 않았다. 앞길을 막아선 종익을 보자 차창으로 얼굴을 내밀고는 죽고 싶냐고 호통을 쳤다. 트럭을 만나 운이 좋다고 여겼는데…….

종익은 끓어오르는 분기를 애써 참고 말했다.

"차 좀 빌려줘요!"

"미친놈!"

운전자의 막말을 같이 있던 여자가 대신 사과하고 나섰지만 이미 늦었다. 종익은 기분이 상할 대로 상했고 머리꼭지도 돌았다. 곧 사달이 날 것처럼 분위기가 험악해졌다.

"눈이 많이 쌓여서 차도 소용없어요."

여자는 읍내에서 오는 길인데 여기까지 온 게 기적이라고 미소 띤 얼굴로 구구절절 말했다.

"그리고 당신은 그 성질 좀 죽여요. 마누라 손가락을 부러뜨린 지 얼마나 됐다고."

여자는 깁스한 손을 운전자의 얼굴에 바짝 들이댔다.

"잔말이 너무 많네. 내려!"

종익의 멍한 눈동자에 운전자는 액셀러레이터를 밟았

다. 종익은 차 옆으로 밀렸다. 그리고 그날, 자존심에 상처를 입은 종익은 삭이지 못한 화를 품은 채 묘리에 도착했다. 트럭이 주차된 그 집 현관문은 잠겨있지 않았다. 종익은 휴가를 그 집에서 보냈다.

"내가 보낸 물건 받았잖아. 그런데도 믿지 못하는 거야? 형은 그동안 발 뻗고 잤지? 원래는 맞은 놈이 발 뻗고 자는 거라는데……. 난 밤마다 웅크리고 잤어. 잠들었다 싶으면 쫓기는 악몽에 시달렸어. 술래가 된 형이 나를 찾으면 엄마, 아빠처럼 날 죽이겠다고 했지만 아냐. 이제부터는 내가 술래야. 이번엔 형이 숨을 차례라고. 꽁꽁 숨어야 할 거야. 그래야 형이 가진 것들을 지킬 수 있을 테니까. 사회적 지위, 피디 아내, 유치원생 딸."

"어떻게든 날 흔들어볼 심산인가 본데, 네 생각처럼 되진 않을 거야."

종익은 태연을 가장했다.

"그거야 두고 보면 알겠지. 형은 진짜 잃을 게 많네. 내가 가진 건 지옥 같은 과거와 목숨밖에 없는데…… 그날, 날 살려둔 걸 후회하게 만들어줄 거야. 벌써 그러고 있는지도 모르지. 암튼, 내 눈을 피해서 어디 한번 잘 숨어봐."

포켓몬의 전화는 거기서 끊겼다. 종익의 밤은 더욱 깊

어만 갔다. 폭풍전야의 날들이다.

47 /

　수민이 출근하고 소정이 등원하는 아침마다 종익은 찜찜함을 떨치지 못했다. 그들이 집으로 무사히 귀가할 때까지 종익은 마음을 졸여야 했다. 소정과 수민이 집에 있는 밤이 되어서야 종익은 평온한 시간을 맞이했다.

　"우리 해외 나가서 살까? 콘텐츠 마케팅인가? 그거 공부하고 싶어 했잖아. 박사학위 받을 때까지 몇 년 지내다 와도 될 것 같은데, 당신 생각은 어때?"

　종익은 수민의 마음을 떠본다.

　"해야 할 일도 있고, 내가 약속한 것도 있고……, 난 지금 이대로 좋은데, 왜?"

　수민의 시큰둥함에 초조해지는 건 종익이다. 어떻게든 설득해 볼 요량에 집필 핑계를 댔다. 글이 잘 안 나간다. 좀처럼 쌈박한 아이디어가 떠오르질 않는다. 환경을 바꾸면 새로운 글이 나올 것 같다. 괜스레 말이 길어졌다.

　"그럼, 당신 혼자라도 나갔다 와."

"소정인 어쩌고? 나만 찾는데."

"아빠가 일하러 간다는데, 어쩌겠어. 소정이도 이제 그 정도는 다 이해한다고. 당신만큼은 못 하겠지만, 돌봐줄 사람을 구할 순 있을 거야."

종익의 불안과 근심을 수민은 모른다. 꺼내놓을 수도 없는 얘기에 종익은 성질만 부린다.

"당신은 우리 가족이 어떻게 되든 상관없단 거야?"

종익의 느닷없는 격분에 수민은 멀뚱멀뚱한 눈길로 쳐다본다. 요즘 들어 자꾸 예민하게 군다. 글이 잘 안 풀려서 그러려니, 수민은 무심히 넘겼다.

"진짜 무슨 일 있어? 당신 이상해. 나 몰래 사고라도 친 거야? 당신 소설 갖고 누가 뭐래? 우리 가족을 죽이겠다고 누가 협박해?"

수민이 참았던 말을 끝내 했다.

"…어?"

종익은 달리 할 말을 찾지 못했다. 젊은 날의 충동적인 행동이 이제와 나비효과처럼 다가올 줄이야. 그 무엇도 잃고 싶지 않다는 생각만이 종익을 휘감았다. 피로한 기색으로 종익은 침대에 누웠다. 잠은 오지 않고 정신은 말똥말똥했다. 수일째 숙면을 취하지 못했다. 수면제를 먹어야 하나. 그런 생각을 하고 있는데, 침대에 걸터앉아 있던 수민이 한숨을 내쉬고는 중얼거렸다.

"아무리 생각해도 미제사건의 범인 같단 말이야. 중학생 때였으니까, 지금쯤 서른은 넘었을 거고…… 폭설이 범인을 바꿔 치기 했다는 걸 보면…… 여보? 자?"

종익은 대꾸하지 않았다. 포켓몬이 수민에게 접근하고 있다는 생각에 머릿속이 부산했다.

"내가 사람을 죽였다면, 어떡할 거야, 당신은?"

"안 잤어?"

"묻는 말에 대답이나 해."

"상상하는 거야 당신 직업이니 어쩔 수 없지만, 소설을 쓰기 위해 범죄를 저질러봐야겠다, 뭐 그런 거라면 접어 둬요."

"살인범이 우리 소정일 노린다면?"

"당신, 다른 장르 써요, 이제. 범죄소설 말고."

모로 누운 수민이 이내 코를 골며 잤다. 천하태평이다. 종익은 안방을 나와 잠들었을 소정의 방으로 향했다.

테이블엔 빈 술병과 이제 막 뚜껑을 딴 소주병이 놓여 있었다. 술은 입에 대지도 않는 수민이 홀로 술을 마시고 있다는 말에 백돌은 통화를 하다 말고 달려왔다. 수민은 식당 구석에 발그레한 얼굴로 앉아 있었다.

"나 모르게 술 좀 드셨나 봐요? 주량이 하루아침에 늘었을 리는 없고. 언제부터 술이 는 겁니까?"

백돌은 마주 앉아 술잔을 채워주며 말했다.

"술이 들어가면 생각이 좀 날까 싶어서……."

이미 주량을 넘긴 수민이 백돌이 채운 술잔을 단숨에 비운다.

"방송 찍느라 힘들어요? 그래도 선배한테 술은 좀 아닌데, 진짜 힘든가 보네. 하긴 무적자들이 나 여깄소, 하고 나타날 리는 없죠. 만나도 협조는 기대하기 어려울 테고……. 그래서 선배 같은 사람이 이 사회에 필요한 겁니다. 그런 일에 지치지 않을 사람이, 그들을 보듬어줄 수 있는 사람이……. 선배를 내가 왜 좋아했는지 알아요?"

백돌은 수민의 소주잔을 자기 앞으로 옮겼다.

"지금은 아니란 거네. 암튼, 몇 년, 길게는 수십 년을 무적자로 살았다니, 신기하지. 우리 같은 사람은 당장 핸드폰만 없어도 난리가 나고, 카드 없으면 아무것도 못 할 걸? 암튼, 첫 방송 나가고 한기택 씨를 돕겠다는 독지가들이 나타났어. 우리 사회가 아직은 따뜻하고, 희망도 있다는 거지."

혼자 떠들던 수민이 턱을 괴더니 급 조용해졌다. 취해도 벌써 취한 수민이다. 그런 수민을 백돌은 빤히 바라본다.

"집에 데려다줘요?"

"……아니."

"뭐 때문에 그러는지 털어놔 봐요."

"뭐 때문인지 나도 모르겠다."

"네?"

"남편이 자꾸 해외로 나가자고 야단이야. 공부를 더 하고 싶다고 하지 않았냐, 해외에 있으면 다른 장르로 갈아탈 수 있을 것 같다. 이 핑계, 저 핑계를 대면서 날 구슬리더니만 하다하다 이젠 협박이다. 나 때문에 소정이가 위험해질 수 있다나 뭐라나. 전직 파출소장인 나한테. 진짜 모르겠어."

수민은 술로 목을 축였다. 벌겋게 달아오른 얼굴에도 수민의 정신은 또렷했다. 지금껏 갈등 없이, 눈살 한번 찌푸리지 않고 지내왔는데 말이다. 요새는 말을 붙이는 것조차 눈치를 봐야 하는 상황이 되어버렸다.

오늘 아침에만 해도 그랬다. 횡단보도를 건너는 것도 아니고 아파트 단지 앞에서 유치원 버스를 타고 내리는 일쯤은 소정이 혼자서도 할 수 있다고 말했을 뿐이다. 남편의 얼굴이 일그러지는가 싶더니 엄마라면서 딸에 대해 왜 그렇게 무심하냐고 화를 냈다.

"그게 그렇게 화를 낼 일이냐고? 언성 높일 일이라곤 없던 집인데, 요샌 멧돼지 한 마리가 돌아다니는 것 같아. 소정인 우리가 싸우는 줄 알고 제 방에서 나오지도 않아."

"박 작가님이 변하기 시작한 게, 혹시 선배랑 나랑 1박 2일로 묘리에 다녀온 후 아녜요? 우리 사이를 질투해서 그러는 거 아니냐고요?"

"농담할 기분 아니거든. 누가 질투 때문에 이민을 가? 뭔가 있어. 내가 모르는 게 분명히 있는데, 그게 뭔지 모르겠다."

수민은 한숨을 내쉬었다. 수민의 눈동자가 불현듯 초롱초롱 빛을 발한 건 그다음이다. 종익이 삼팔선 아래 건사군 쪽에서 군 생활을 했다는 것이 떠올랐다. 입대하고 자대배치를 받은 그때가 1999년 가을쯤 되려나. 생각이 거기에 미치자 수민은 종익이 묘리 부부 살인사건을 소설로 다룬 것이 우연만은 아니겠다 싶다. 종익은 누구보다 그 사건에 대해 많은 것들을 알고 있다. 그럼에도 수민이 그

사건을 입에 담기라도 하면 종익은 알게 모르게 피했다. 수민은 왜 이제야 그걸 깨달았을까 싶다.

때마침 종익으로부터 전화가 왔다. 발신인을 확인한 수민은 핸드폰을 엎어놓는다.

"안 받아요?"

"그보다 묘리 부부 살인사건, 범인이 송 형사 친구라고 했지?"

"그 친구는 범인이 아니라니까요!"

백돌이 언성을 높였다.

"알았어. 만나서 물어보자고, 범인인지 아닌지."

"성재, 찾았어요?"

"아, 성재. 그 친구 이름이 성재구나."

"어디 있어요, 성재? 지금 가요! 안 일어나요?"

오래전 행방불명된 성재를 찾기 위해 백돌은 십수 년을 동분서주했다. 경찰이 된 다음에도 성재를 찾는 일은 요원했다. 백돌은 마음이 급했다. 수민은 서두르는 백돌을 빤히 보다가 다시 주저앉았다.

"전화를 받았을 뿐이야. 말하는 게 송 형사가 말한 딱 그 친구야. 당장은 아니지만 곧 다시 연락해 올 거야. 억울하고 외로워서라도…… 말할 상대가 절실할 테니까."

수민은 뒤늦게 일어나 술값을 계산하고 나갔다. 성재를

찾을 수 있다! 그 생각만으로도 백돌의 심장이 요동친다. 수민을 택시에 태워 보낸 백돌은 핸드폰을 꺼내 든다. 알릴까 말까. 기훈은 믿지 않을 것이다. 성재는 벌써 죽었다고. 더는 성재를 찾아다니지 말라고. 살아있을지도 모른다는 헛된 기대는 품지 말라고. 정작 미련을 못 버린 쪽은 자신이면서 백돌을 보기만 하면 기훈은 그 말을 잊지 않고 했다.

"아버님, 지금 어디 계세요? 저랑 술 한잔해요. …… 네? 형사가 무슨 술이냐고? 형사는 사람 아닌가요? 저도 가끔은 술 마셔요."

성재에 관해 마음껏 얘기할 수 있는 사람은 역시 동병상련의 기훈뿐이다. 허송세월하지 말라는 충고를 듣게 되겠지만 성재를 만날 수 있다는 희망을 가져도 되지 않을까 싶은 마음에 백돌은 마음이 분주했다.

49 /

기훈은 나한의 사진 한 장을 겨우 손에 넣었다. 그의 아버지가 운영하던 식자재 납품공장 앞마당에서 동료들과 함께 족구를 하는 모습이었다. 그곳에 근무하다 이직한 직원을 통해 어렵게 얻은 것인데, 사진 속 나한은 얼굴 흉터 없이 말끔했다.

아버지와 갈등을 겪었는지는 몰라도 공장 직원들과는 무리 없이 잘 지냈다고 했다. 김나한은 아버지와의 갈등 끝에 공장을 관두고 집을 나왔다. 상경해서는 고시원을 전전하며 살았다. 정 고시원의 직원은 확실치 않다면서도 김나한이 맞는 것 같다고 결국엔 고개를 끄덕여줬다. 금방 도착한다던 백돌은 삼십여 분을 넘기고서야 나타났다.

"나가요. 점심, 아직 안 드셨죠?"

"밥은 됐고, 좀 앉아봐. 전에 고물상에서 시체 두 구가 발견됐잖아."

"그랬죠."

백돌은 의자에 앉아 말했다.

"하나는 고물상 주인 김환진의 것이고, 다른 한 구는 신원 확인이 됐나?"

"아직일 걸요. 워낙 부패도 심했고, 그 무렵에 그 일대에서 실종 신고가 들어온 사람도 없었거든요. 왜요? 뭐라도 알아냈어요?"

"……그게 말이지. 고물상이 있던 곳에서 그리 멀지 않

은 곳에 고시원이 하나 있거든. 거기서 지내던 김나한이
라는 청년이 그 무렵에 홀연히 사라졌다더군. 근데, 월세
를 못 내 야반도주를 하더라도 자기 물건은 챙기는 게 보
통이잖아."

"그렇긴 하죠. 근데 뭐가 이상해요?"

"그대로야. 갖고 간 게 하나도 없어. 그래서 말인데, 그
시체와 유전자 검사를 좀 해봤으면 싶은데…… 이거 고시
원에서 사라진 김나한의 아버지가 사용한 종이컵이거든."

기훈은 비닐봉지에 든 종이컵을 백돌 앞으로 밀었다.

"김나한? 어디서 들어본 이름인데……. 아, 맞다. 인쇄
골목에 버려진 시체를 맨 처음 발견한 사람."

"김나한을 알아? 아니지, 나한이 지금 어디 있는지 알
아?"

오피스텔에서 사라진 김나한을 찾고 있던 기훈이다. 백
돌이 나한의 이름을 입에 올리자 기훈은 마음이 성급하게
도 흘렀다. 자개장 시체 중 하나가 고시원에서 살던 김나
한이라면 인쇄소의 김나한은 가짜다. 기억을 잃은 김나한
은 어쩌다 남의 신분으로 살게 된 걸까. 나한이 살인범이
라면? 기훈은 가슴이 답답해 왔다.

"김나한이라면 인쇄소에 있을 걸요. 아, 고시원에 살던
남자 이름이 김나한이라고 하셨죠? 그 김나한이 사망한

그 김나한?"

백돌이 뜨악한 눈길로 되물었다.

"······아직 확인된 건 아냐."

"아버님은 그렇게 생각하는 거죠? 그 김나한이 그 김나한이라고? 그럼 신분을 도용했다는 건데."

인쇄골목 살인사건의 범인은 아직 잡히지 않았다. 사망자가 을지로의 재개발조합사무소를 들락거렸다는 것까지는 밝혔으나 재개발과는 전혀 상관없는 인물이었다. 그곳에 살지도 않고 부동산이 있는 것도 아니고 무엇보다 주민등록이 말소되어 을지로 골목에서 식당을 돌며 밥을 얻어먹고 다니던 노숙자다. 그런 사람이 무슨 원한을 졌기에 살해를 당했을 것인가.

시체 발견자인 김나한이 신분 도용자라면 백돌의 수사도 진척을 보일 것이다. 백돌은 유전자 검사를 맡기겠다며 기훈이 가져온 종이컵을 챙겨 자리에서 일어섰다.

"부탁해, 그럼."

기훈은 절벽에서 떨어지는 꿈을 자주 꿨다. 청년은 그곳에 있었다. 기훈이 떨어진 그 절벽 위에. "성재야!" 얼굴을 보여주지 않는 청년은 대답도 하지 않는다. 꿈에서 깨고 나면 온몸에 진땀이 흘렀다. 냉기가 돌았다. 성재가 행방불명된 지 벌써 십팔 년이나 되었다. 훨씬 전부터 기훈은 아들을 보지 못했다. 갓난아기였던 성재를 가희가 데려갔다. 자신을 불행하게 만든 기훈이 아들까지 불행하게 만들 것이라면서. 앞으로 잘하겠다는 말은 설득력을 얻지 못했다.

다른 남자의 아내가 된 가희의 죽음을 신문기사로 접했을 때 기훈은 참담했다. 다른 남자랑 어디 한번 잘살아보라고 했던 자신의 악담이 저주가 된 것만 같았다. 이제 겨우 중학생이 되었을 아들 성재가 제 부모를 살해한 범인이라는 기사에는 머리가 띵했다. 거짓말이겠지. 내 아들이 설마. 진짜 살인범이 성재를 유괴했다고 기훈은 마음대로 믿어버렸다. 속죄하듯 유괴된 성재를 찾아 전국을 돌아다녔다. 기훈과 같은 목적으로 무연고 청년의 시체를 찾아온 아들의 친구 백돌을 만나기 전까지……

인쇄소 나한의 유전자 정보를 확인할 수 있는 물건을 하나쯤 확보해 뒀어야 했다. 그랬다면 일이 이토록 꼬이진 않았을 것이다. 괜스레 속만 타는 기훈은 아이스커피에 남은 얼음을 입에 넣고 씹는다. 인쇄소에 가봐야겠다. 쫓겨나지나 않으면 다행일 테지만 나한에 관해 뭐라도 찾고자 한다면 가야 했다. 상황이 기훈의 생각처럼 돌아가지 않은 건 어쩔 수 없었다.

기훈을 본 하윤의 표정이 좋을 리 없었다. 나한이 쓰던 물건이 여태 남아 있겠냐고 받아쳤다. 나한은 하윤이 선물한 핸드폰도 오피스텔에 그대로 두고 나갔다. 그렇게 사라진 후로 나한은 팔 개월이 넘도록 전화 한 통이 없었다.

"배은망덕한 놈!"

하윤은 그날의 모든 책임을 기훈에게 전가했다. 최일면의 의뢰를 받았으면 둘이서 해결하고 끝내야 했다고. 나한의 과거를 찾아주겠다고 나서는 일은 하지 말았어야 했다고. 그랬다면 그날 세 사람, 아니 네 사람이 맞닥뜨리게 되는 일은 없었을 거라고. 기훈은 아무런 소득도 없이 하윤의 하소연과 화풀이만 받아주다 사무실을 나왔다.

50 /

백돌이 자개장에서 나온 젊은 남자의 시체와 종이컵에서 얻은 유전자가 일치한다는 결과를 알려왔다. 기훈은 진짜냐고 몇 번이고 되물었다.

고물상에서 발견된 신원미상의 시체가 고시원에서 사라진 김나한의 것이라면 말이다. 그동안 기훈이 만나온 김나한은 누구란 말인가. 신분을 훔치기 위해서라면 자개장에 시체를 보관하는 일 따위는 할 필요가 없었다. 찾을 수 없는 곳에 매장을 하든가 해야 했다. 범인은 그렇게 하지 않았다.

인쇄소 나한이 진짜 김나한을 살해한 범인이라면 어쩔 것인가. 기훈은 참아왔던 담배를 찾아 또 입에 물었다. 라이터에 불이 제대로 켜지지 않는다. 담배에 불을 붙일 수 없는 기훈은 짜증이 올라왔다. 입에 문 담배를 도로 꺼냈다.

남의 가정을 뒤흔든 불륜남이라고 욕을 해댈 테지만 기훈의 눈에는 세상 물정을 모르는 순진한 청년이었다. 기훈은 인쇄소에서 나한을 처음 본 그때 저도 모르게 성재를 떠올렸다. 어린 나이에 가족을 잃은 것도 모자라 살인이라는 누명을 썼다. 그런 성재가 살아있다면 기적에 가까울 것이다.

기훈은 의뢰인 최일면과의 신뢰를 깨면서까지 나한을 감쌌다. 핏줄은 서로 당긴다. 잠적한 김나한이 자신의 아들일지도 모른다는 생각을 하며 기훈은 실성한 사람처럼 웃어댔다.

51

벌써 삼십 분이 지났다. 종익은 벌겋게 달아오른 얼굴로 소정을 찾아 헤맸다. 하원 담당 선생은 아파트 단지 앞에서 소정이 내렸다고 확인해줬다. 그런데도 소정을 봤다는 사람이 없다.

"소정아! 박소정! 어디 있는 거야?"

종익은 단발머리에 흰색 원피스를 입은 아이를 보지 못했냐고 일일이 묻고 다녔다. 그들은 경찰서에 신고는 했냐고, 안 했으면 신고부터 하라고 조언했다.

"당신, 뭐 하는 사람이야? 아파트 단지 안에서 아이가 사라졌는데!"

종익은 쓰레기를 줍고 있는 경비원에게 다짜고짜 화를 냈다. 경비원이 신고를 하겠다며 핸드폰을 꺼내들었다. 그러자 당신이 뭔데 신고를 하냐며 종익이 또 소리를 질렀다. 이게 다 그 포켓몬, 그놈 때문이다. 간만에 채팅창에 나타난 포켓몬을 상대하느라 시간을 허비했다. 그가 썼다는 글이 온라인상에서 퍼지고 있기는 했지만 그래봐야 가십거리일 뿐이다.

소정을 찾을 수 없는 종익은 핸드폰을 꺼냈다. 신고를 하려는데, 포켓몬의 문자가 도착했다.

[딸을 잃어버린 모양이네. 어떻게 내가 찾아봐 줄까?]

　화들짝 놀란 종익은 쌍심지를 켠 눈으로 아파트 단지를 훑었다. 포켓몬이 어딘가에서 지켜보고 있다. 소정을 유괴한 장본인이 아닐까. 종익은 다급한 마음에 SNS 계정의 통화 버튼을 눌렀다.

　"내 딸, 털끝 하나라도 건드리면 죽여버릴 거야."

　포켓몬이 전화를 받자마자 종익은 살벌한 협박을 했다.

　"나를 살인범으로 만든 것도 모자라서 이젠 유괴범 취급까지 하다니, 유감이군."

　"나와! 숨어서 입만 놀리지 말고!"

　"음. 무섭나 보네. 형이 떠는 걸 보니 이제 좀 위로가 되네. 앞으로 이런 순간들이 점점 더 많아질 거야."

　포켓몬이 이기죽거렸다.

　"잡히기만 하면 가만 안 둬!"

　종익은 소리를 질러댔다. 아파트 주민들에게 둘러싸인 종익은 뭘 쳐다보냐며 쏘아붙였다. 소정이 그곳에 있다는 것을 안 것은 나중이었다. 아이스크림이 소정의 손에 들려있었지만 종익은 드세게 딸의 팔을 잡아끌었다.

　"아파, 아빠. 이거 좀 놔."

　소정은 울상이 된 얼굴로 애원했다. 분개한 종익은 어

떤 말도 듣지 못하는 듯했다.

"죄송해요. 소정 아버님이 정류장에 안 보여서…… 민아랑 소정이랑 같이 요 앞 편의점에…… 걱정 많이 하셨죠?"

민아 엄마가 종익의 앞을 막고 서서 말했다. 종익은 그제야 흥분을 가라앉혔다. 소정은 바닥에 떨어뜨린 아이스크림을 보고 있었다.

"아빠가 다시 사줄게."

종익이 놓친 손을 내밀자 소정은 고개를 절레절레 흔들더니 뒷걸음질을 했다. 눈물을 글썽이는 소정은 종익이 한 발짝 다가서자 도망치듯 뛰어갔다. 모여 있던 주민들도 하나둘씩 흩어졌다.

종익은 이성을 잃은 자신의 모습을 포켓몬이 지켜보고 있었을 것을 생각하니 참을 수가 없었다. 이럴 때일수록 침착하게 행동했어야 했다. 종익은 길바닥에 뭉개진 아이스크림만 멍하니 바라봤다.

52

핸드폰은 회의 중에 걸려 왔다. 수민은 핸드폰을 받으며 회의실을 빠져나왔다. 남자는 이번에도 공중전화로 전화를 걸어왔다.

"혹시, 성재 씨?"

수민은 혹시나 해서 불러봤다. 남자의 탄성과 숨죽인 흐느낌이 전해왔다. 살아온 지난날이 얼마나 황량했으면, 고작 이름 한번 불렀을 뿐인데 이토록 감격할까. 수민은 남자의 속울음이 잦아들 때까지 조용히 기다렸다. 성급하게 굴었던 지난번 자신의 행동을 자책하면서.

"어디서부터…… 어떻게…… 실마리를 풀어가야 할지, 잘…… 모르겠어요. 제 힘으로…… 할 수 있는 게…… 아무것도 없어서…… 이렇게…… 피디님에게 전화를 거는 게…… 옳은 행동인지도 잘…… 모르겠습니다."

남자는 겨우겨우 말을 이었다.

"아픈 덴 없어요?"

"그땐…… 정말이지 죄송했습니다. 도망쳐야 했어요. 근데 지금은…… 지금은 그럴 수도 없어요. 제가…… 제가…… ."

남자는 다음의 말을 찾지 못했다. 수민은 남자의 목소리에 깃든 절망감을 느꼈다. 희망을 가지라는 말도 함부로 할 수 없을 만큼. 남자를 위로할 말이 필요했지만 수민은 그 말을 찾지 못했다. 그럼에도 무슨 말이든 해야 할 것만 같았다.

"당신이 사라진 그날부터 지금까지 당신을 찾아다닌 분이 계세요. 당신이 무죄라고 믿는 분이…….."

"난……, 나는 살인자예요…… 이 손으로…… 사람을…… 죽였어요. 제 자신이…… 용서가 안 돼요. 차라리…… 술래가 나를…… 찾아왔으면…… 그래서 내 목숨을 가져갔으면."

두서없는 말들을 한참 늘어놓던 남자는 대뜸 미안하다며 전화를 끊으려 들었다.

"자, 잠깐만요. 백돌! 당신 친구 송백돌이 십팔 년이 지난 지금까지도 당신을 애타게 찾고 있어요."

수민의 말에 남자는 전화를 끊지 못했다. 아무 말도 없이 조용히 귀를 기울였다.

6장

진실의 시간

53 /

　남자는 정릉천 공원 벤치에 있었다. 여름인데도 겨울 점퍼를 입고 손을 주머니에 넣은 채 수민을 바라봤다. 전에 본 노숙의 옷차림 그대로다.

　"식사 못 하셨죠?"

　수민은 도시락 가게에서 사 온 포장용 불고기덮밥과 국물을 남자 옆에 펼쳐 놓았다. 먹을 생각이 없어서인지 음식을 챙겨온 것에 감격해서인지 알 수 없다. 남자는 고개를 숙인 채 꼼짝하지 않았다. 김성재. 수민은 그가 김성재라는 것을 믿어 의심치 않았다.

　백돌이 그토록 찾아다니던 친구 김성재. 자그마한 체구의 그는 건드리기만 해도 툭, 쓰러질 것처럼 야위어 있었다. 그는 며칠은 굶은 얼굴을 하고도 도시락엔 손도 대지 않았다. 수민이 일회용 숟가락을 손에 쥐어주려 하자, 남자는 움찔했다. 피해자로 살아온 날들의 방어기제다.

수민은 남자 앞에 숟가락을 놓아주었다. 그는 아까부터
촬영 감독의 카메라를 곁눈질할 뿐 입을 열지 않았다. 무
더운 날씨에도 추위를 타는 사람처럼 주머니에 손을 넣고
어깨를 가슴 쪽으로 말았다. 개천만 물끄러미 바라보던
남자가 뒤늦게 말문을 열었다.

"⋯⋯김나한인 줄⋯⋯ 알았어요. 기억엔⋯⋯ 없어
도⋯⋯ 내가 김나한이 아닐 거란 생각은⋯⋯ 해본 적이 없
었어요. 제가 김나한이⋯⋯ 아니라는 걸⋯⋯ 깨달은 그
때⋯⋯ 저는 깜깜한 터널에⋯⋯ 혼자 있는⋯⋯ 기분이었
어요."

최면에도 깨어나길 거부했던 남자의 기억이다. 광장을
메운 촛불들이 엉겨 붙던 그때 지워졌던 과거의 기억이 되
살아났다. 남자는 그리고 깨달았다. 김나한으로도, 김성
재로도 살아갈 수 없다는 걸.

"죽으려고도 해봤어요. 음식을 먹지 않으면⋯⋯ 죽는다
는 걸 아는데⋯⋯, 죽음보다⋯⋯ 더 무서운 게⋯⋯ 배고
픔이었어요. 굶어 죽겠다고 눈을 감았는데⋯⋯ 어느 순
간, 먹을 것을⋯⋯ 달라고 보채는 이⋯⋯ 배 덕분에⋯⋯
먹을 것을 달라고 보채는 이 배가⋯⋯ 날 살렸어요."

남자는 주머니에 둔 손을 자신의 배로 가져갔다. 죽어

도 억울할 것 없는 목숨이다. 남자는 저도 모르게 저질러
온 죄에 부대끼고 있었다. 죽지 못해 괴로워하고 있었다.
자신을 아는 어느 누구도 마주할 자신이 없었다. 송백돌!
그 이름을 듣는 순간 설원의 그날 밤이 떠올랐다. 남자의
그리움은 그때부터였다.

"피디님……, 부탁이…… 하나 있습니다."

"뭔데요?"

남자는 키메라를 들고 있는 촬영 감독에게로 시선을 옮
겼다.

"만나러 가겠다고…… 동생과…… 약속을 했는데……
여태…… 지키지 못했어요. …… 동생만 찾으면…… 자수
할 겁니다. 제가…… 방송에 나가면…… 경찰이…… 알아
서 찾아올 테죠. 동생도…… 그럴까요?"

"동생을 찾고 싶어요?"

"네."

그날 보육원 봉고차에 동생을 태워 보낸 것이 마지막이
었다. 봉고차에 적혀 있던 번호가 떠올라 전화를 걸었다.
그 사이 없는 번호가 됐다. 남자는 맥없이 일어나 걸음을
옮겼다. 따라오지 말라는 손짓과 함께.

"신고해야 하는 거 아닙니까? 묘리 부부 살인사건의 당
사자가 나타났는데……, 살인범이 될지 목격자가 될지 모

르겠지만."

촬영 감독이 난감한 기색으로 말했다.

"어차피 공소시효도 지난 사건인 걸요. 저 남자, 눈빛 봤어요? 사람은커녕 개구리 한 마리도 못 죽이게 생기지 않았어요?"

"사람 죽이는 눈빛이 따로 있습니까. 원래 저런 순진한 얼굴로 사람도 죽이고, 나쁜 짓도 많이 하죠. 살인만 죄인 것도 아니고."

맞는 말이다. 사흘 굶어 도둑질 안 할 놈 없다는 속담이 괜히 있는 게 아니다. 살인범죄의 수배자로 지금껏 숨어 살았다면 착하게만 사는 것도 힘든 일이다.

54 /

백돌은 제보자가 경찰서로 가져온 차량 블랙박스 영상을 확인했다. 인쇄골목 쓰레기 더미에서 발견된 시체와 같은 옷을 입은 남자가 그 안에 있었다. 양복 차림의 남자와 몸싸움을 벌이며 엎치락뒤치락하던 그들은 블랙박스 화면에서 사라졌다가 나타나기를 반복했다. 백돌은 화면에서 잠시 눈을 떼고 마른세수를 했다.

"싸우는 것만으로는 물증이라고 보기 힘들죠."

제지회사 영업사원이라는 제보자는 빙그레 웃음을 머금었다. 좀 더 보라는 듯이. 백돌이 시선을 화면으로 다시 옮겼을 때다. 낯익은 것이 백돌의 시선을 잡아당겼다. 노란색 밴딩 끈! 화면에 비쳤다가 사라진 노란 밴딩 끈이 다시 화면에 나타났을 때는 피해자의 목에 감겨 있었다. 목이 졸린 피해자의 얼굴이 화면에 고스란히 등장했다. 반면에 살인자는 양복 소매를 비친 것이 전부다. 그것만으로도 백돌은 만족했다.

"이런 걸 왜 이제야 가져옵니까?"

백돌은 인쇄골목의 CCTV를 모두 확인했다. 피해자의 사진을 들고 인쇄골목의 식당이란 식당은 다 누볐다. 사망자가 재개발조합사무소를 들락거리던 노숙자라는 것 말고는 딱히 밝혀진 게 없었다. 사망하기 전, 그는 조합사무소에 가끔 들러 믹스 커피와 컵라면을 얻어갔다.

"말했잖아요. 늦게 봤다고. 그날 지업사 사장님과 술 한 잔 했거든요. 한 잔이 두 잔 되고 두 잔이 석 잔 되다 보니 그만 취해서 차를 거기 두고 갔거든요. 차를 세워둔 곳 인근에서 살인사건이 있었다는 건 뒤늦게 알았습니다. 혹시 몰라서 당시 블랙박스 영상이 담긴 칩을 따로 **빼뒀었죠.**"

"그러고는 잊었다?"

"잊었다기보다 중국 출장을 가야 해서 짬이 없었던 거죠. 그 뒤로는 진짜 잊고 있었는데……. 암튼, 오늘 아침에 뉴스를 보는데 그 사건이 뜨더라고요. 살인범이 아직 안 잡혔다고. 별 기대는 안 했는데 거기에 그런 게 찍혔을 줄 어떻게 알았겠어요. 확인하자마자 여기로 달려온 겁니다."

"어쨌든 고맙습니다."

백돌은 제보자를 돌려보내고 블랙박스 영상을 다시 봤다. 작업복 일색인 인쇄골목에 이런 고급 양복을 차려입은 남자가 나타났다면, 그를 본 사람이 있지 않을까. 백돌은 그들이 몸싸움을 벌이던 골목을 찾았다. 늦은 밤이라 식당도 대부분 문을 닫고 인적도 없었을 것이지만 혹시 모를 일이다. 가해자의 옷소매가 나온 장면을 갈무리한 사진을 보여주며 그들의 기억을 상기시켰다.

"글쎄요."

사진을 본 이들은 고개를 갸웃거리거나 손사래를 쳤다. 범인을 잡을 단서가 될 줄 알았는데 아니었다. 백돌은 살인자의 팔만 나온 사진이 못내 아쉬웠다. 목격자를 찾지 못한 채 골목을 돌아 나오는데, 백돌을 알아본 하윤이 말을 걸어왔다.

"어머, 이게 누구야. 송 형사님이 여긴 어쩐 일로?"

"그게……, 좀 알아볼 게 있어서요."

"그 손에 든 건 뭐예요? 저도 좀 봐도 돼요?"

백돌은 그제야 주변을 다시 본다. 하윤의 인쇄소가 바로 앞에 있었다. 보고 싶으면 얼마든지 보라며 사진을 내주는 백돌은 생각난 듯이 묻는다.

"사장님 인쇄소에 김나한이란 직원이 있죠?"

하윤이 사진을 보다 말고 미간을 찌푸렸다.

"그 사람 얘기라면 하고 싶지 않아요. 지금은 관둬서 여기 있지도 않고."

"하나만 더 물어봅시다. 그 친구 가족들, 본 적 있습니까?"

"아뇨. 교통사고 나서 병원에 입원해 있을 때도 가족과 연락은 닿지 않았어요. 핸드폰도 없어서 신분증에 있는 주소로 편지를 보냈는데, 답장도 없었어요. 나중에 제 핸드폰으로 전화가 왔는데, 모른다고 하더라구요. 다른 곳으로 이사를 갔나보다 했어요. 아들한테는 알리지도 않고……. 그 뒤로는 그냥 모른 척했어요, 불쌍해서……. 그러다 뒤통수 제대로 맞았죠."

"시체를 발견한 김나한과 시체가 된 김나한이라……."

백돌은 혼잣말로 나직이 중얼거리고는 하윤이 보고 있

던 사진을 가져왔다.

"잠깐만요. 그 사진, 아직 덜 봤는데……."

하윤은 사진을 다시 받아 들고 유심히 들여다봤다. 눈에 익은 컬러다. 보는 각도에 따라 다른 색이 겹쳐 보이는, 그래서 중후하고 멋스러운. 어디서 봤더라. 생각이 날 듯 말 듯한 하윤의 표정이 금세 환해졌다.

"맞네. 우리 인쇄소에 왔던 손님 하나가 이런 컬러의 양복을 입고 왔었는데. 아무나 소화 못하는 컬러인데 참, 잘 어울린다 싶었어요. 예술가는 역시 다르구나, 그랬죠."

"예술가요?"

"네. 그쪽 사람들이 스타일이나 색상에 좀 많이 까다롭잖아요. 취향도 분명하고!"

"누굽니까?"

백돌은 하윤의 말을 따라잡듯이 물었다.

"실물을 그날 처음 봤는데, 잘 생기기는 했더라구요. 송형사님만큼은 아니지만……."

"그러니까 그게 누구냐고요?"

하윤의 칭찬에 백돌은 너털웃음을 머금은 얼굴로 추궁했다.

"형사님도 알 걸요. 박종익 작가요. 사람들은 그를 범죄소설가라고 부르던데요. 생긴 건 꼭 모던보이던데……."

하윤이 말을 끝내기도 전에 사진을 챙긴 백돌은 고맙다는 말을 남긴 채 서둘러 걸음을 재촉했다. 선수민의 남편 박종익이라면 백돌도 알 만큼 안다. 소설가 박종익과 살해당한 노숙자를 연결시키는 일은 만만치 않았다. 동일 컬러의 기성 양복 또한 널리고 널렸을 것이다.

55 /

집에 들어선 수민은 안방으로 곧장 갔다. 침대에 가방과 핸드폰을 던져두고는 서랍장과 옷장을 두루두루 살핀다. 인기척에 안방으로 건너온 종익이 웬일인가 싶은 눈길로 바라본다.

"내 취재 노트 못 봤어? 방송국에도 없고, 차에도 없고……."

챙긴다고 챙겼는데 없다. 귀신이 곡할 노릇이다. 수민이 난감해하던 그때 핸드폰 알림이 왔다. 백돌이 보낸 동영상 파일이다. 무심결에 들여다 본 종익의 표정이 좋지 않게 변하자 수민이 남의 걸 왜 보냐는 눈초리로 핸드폰을 가져간다.

"아직도 만나? 송백돌 그 자식?"

"작가님, 품위 좀 지킵시다."

수민은 노려보는 종익의 시선을 외면한 채 핸드폰을 확인한다. 인쇄골목 살인사건의 용의자가 찍힌 영상이다. 가만히 보던 수민은 옷장 문을 열었다. 종익의 양복이 걸려있다. 동영상에 찍힌 단추 달린 양복 소매와 동일한 것이다.

"……소정이 올 때 된 것 같은데, 데리러 안 가?"

종익을 내보내기 위해 수민은 소정이 핑계를 댔다. 그 사이 백돌의 문자가 수민의 핸드폰으로 연달아 발송됐다.

종익이 손을 내밀었다. 수민이 핸드폰을 뒤로 감추자 강제로 빼앗아 보는 종익이다.

[같은 양복을 박종익 작가가 입었다던데]

[확인 좀 해줘요, 놀라지는 말고]

백돌의 문자에 종익의 얼굴이 일그러지는 것을 본 수민은 먼저 움직였다. 안방을 나가려 했지만 잡혔다. 나가려는 수민과 붙잡아두려는 종익의 몸싸움이 벌어졌다.

수민은 끝내 손발이 묶인 채 안방에 갇혔다. 종익이 외출을 한 다음이다. 수민은 뒤로 묶인 손으로 화장대 서랍을 열었다. 그 안에서 꺼낸 미용가위를 사용해 봤지만 넥타이로 묶인 매듭을 자르기엔 어림 턱도 없었다.

"제발! 으윽!"

수민의 핸드폰이 거실 소파에서 울어댔다. 백돌일 것이다. 생각다 못한 수민은 입에 문 립스틱으로 안방 베란다 창에 'SOS'라고 썼다. 누군가 보고 경찰에 신고라도 해준다면 고마울 듯했다. 수민이 묶인 끈과 씨름하는 사이 이번엔 초인종이 울렸다. 방문을 머리로 찧으며 도와달라고 외쳤다. 얼마 뒤, 백돌이 안방 문을 열고 나타났다.

"어떻게 된 거예요?"

"그러는 넌?"

"문자에 답도 없고, 방송국에 전화했더니 촬영 감독이 받더라고요. 집에 뭘 가지러 갔다고 하는데 느낌이 영 좋지 않아서 와 봤는데…… 오길 잘했네요."

상황은 생각했던 것보다 더 안 좋았다. 백돌은 서둘러 수민의 포박을 풀었다. 남편이 살인범일지도 모르는 상황에서 수민은 전직 파출소장답게 침착했다. 종익이 거실 소파에 두고 간 자신의 핸드폰을 챙겼다.

"차 가져왔지? 가자."

"어딜요?"

"남편이 소정이 전화 받고 나갔거든. 딸이야 끔찍하게 여기니 별일이야 없겠지만, 암튼 서둘러."

수민이 주차장으로 앞장섰다. 종익이 해외로 나가자고 조르던 때만 해도 글이 잘 안 써지나 보다 했다. 묘리 부부 살인사건에 관한 논픽션이 온라인상에 퍼져서라는 건 나중에 알았다. 만약의 사태에 대비해 수민은 위치 추적기가 달린 강아지 펜던트 목걸이를 딸 소정에게 선물했다. 남편을 쫓는 일에 사용될 줄은 몰랐다.

"좀 더 빨리!"

백돌은 수민의 재촉에 속력을 높인다.

56 /

조명을 밝힌 소극장 무대에 생일 축하 플래카드가 걸려있다. 소정과 피카츄 가면을 쓴 남자가 무대 조명 아래 앉아 풍선을 분다. 소정은 남자의 것처럼 크게 불기 위해 용을 쓴다. 남자의 풍선이 끝내 뻥, 터지고 만다. 놀란 소정이 풍선 불기를 멈추고 벌겋게 달아오른 얼굴로 깔깔 거린다.

"아빠가 데리러 오지 않아서 섭섭했지?"

남자가 묻는다.

"괜찮아요, 이젠. 여기로 아빠가 금방 올 거니까."

다시 풍선을 부는 소정이다.

"생일 파티도 못하고 숨넘어가겠다."

남자는 공기주입기를 이용해 풍선에 바람을 넣는다. 풍
선은 금방 농구공 크기로 부풀었다. 남자가 풍선에 바람
을 넣는 동안 소정은 풍선에 테이프를 붙여 무대를 꾸몄
다. 소정이 양팔을 펴고 무대를 한 바퀴 돌아 남자 앞에
섰다.

"아빠가 무대로 올라오면 그때, 서프라이즈 생일파티가
시작되는 거야."

"아저씨랑 아빠가 연극 배우가 되는 거네?"

"맞아. 아빠의 공연이 끝날 때까지 저 뒤에 있는 의자
에 앉아서 조용히 구경하는 거야. 오늘은 소정이 생일이
니까."

"그럼, 난 언제 무대로 나올 수 있어요?"

"아저씨가 생일 케이크에 불을 붙이면 그때? 공주님처
럼 등장해서 촛불을 끄고 소원을 비는 거야. 어때? 잘할
수 있겠어?"

"네!"

"근데, 우리 소정이 소원이 뭔지 아저씨한테 말해줄 수 있어?"

말해줄 수 없다는 듯 소정이 앙다문 입술을 하고 고개를 가로젓는다. 소정을 찾는 종익의 목소리가 들려오자 남자는 피카츄 가면을 소정에게 씌워주고는 어서 내려가라고 손짓했다. 소정이 신나서 무대를 벗어나 객석을 향해 뛰어간다.

소극장 안으로 들어선 종익은 생일 축하 플래카드에 어리둥절했다. 종익이 무대로 가는 동안, 소정은 객석 맨 뒤에 몸을 숨겼다. 풍선으로 꾸민 무대엔 생일 초가 꽂힌 케이크가 덩그러니 놓여 있었다. 조용한 무대 위에서 핸드폰 벨이 울렸다. 종익은 주인 없는 핸드폰을 받는다. 포켓몬이다. 종익은 어둠이 드리운 객석을 향해 소리쳤다.

"나와! 쥐새끼처럼 숨어있지 말고!"

핸드폰 너머에서 들려와야 할 포켓몬의 목소리가 극장 안에서 울렸다.

"오늘의 주인공이 무대에 등장했으니 공연을 시작해야겠네."

"소정이 어딨어?"

"그날의 나처럼 꽁꽁 숨었겠죠. 형한테 잡히면 죽을 테니까."

"뭐라고? 원하는 게 대체 뭐야?"

"술래인 형이 날 찾는 숨바꼭질 놀이? 내가 힌트를 많이 줬는데, 형이 못 찾으니까. 아니지, 처음부터 찾을 생각 같은 건 안 했나? 나만 꽁꽁 숨은 거지? 형이 날 찾아낼까 봐. 와아, 진짜 억울하네."

"나와서 얘기해!"

핸드폰에 대고 소리를 지른 종익은 눈동자를 좌우로 굴렸다. 포켓몬의 위치를 찾기에 여념이 없는데 갑자기 객석 중앙에서 핸드폰 조명이 켜졌다.

"이런 날이 오기를 내가 얼마나 간절히 기다렸는지 모를 거야. 그날은 오금이 저려 오줌을 지렸는데……. 난 형의 얼굴을 단 하루도 잊은 적이 없어. 잠만 자면 형이 내 꿈에 나왔거든."

"누구야, 너!"

"성재잖아. 나를 몰라보다니 서운한데."

포켓몬은 가면을 쓴 채 종익이 있는 무대를 향해 나아갔다. 그리고 말을 이었다.

"이 가면 생각나? 소정이 생일파티에 딱이잖아. 그날 아빠가 생일파티를 하자면서 많은 걸 준비했는데, 악마 새끼까지 데려왔을 줄은 몰랐지. 왜 그랬어? 우리 엄마 아빠가 당신한테 뭘 그렇게 잘못했는데?"

"내 딸, 어딨어?"

"왜 죽였냐고! 그거부터 말해야지."

"……왜냐고?"

연인이라고 여겼던 여자에게 버림받은 그날이다. 종익은 또 다른 여자에게 버려졌다. 폭설 때문은 아니었다. 엄마는 종익이 집에 오는 걸 반기지 않았다. 친구 없어? 그냥 부대에 있으면 되잖아. 엄마는 미쳤다. 미치지 않고서야 아들의 첫 휴가를 그렇게 말아먹다니. 재혼한 엄마를 이해해 줄 아량은 없었다. 멈출 줄 모르는 눈과 함께 분노도 쌓여갔다. 그때 트럭이 나타났다. 저걸 빌려 타고 가자. 하지만 지지리도 운 없는 날이었다. 성질이 불같은 트럭 운전자라니. 종익은 그때부터 생각이란 걸 하지 않았다. 해가 지도록 마을을 벗어나지 못한 종익은 트럭이 세워져 있는 언덕에 있는 그 집으로 향했다.

"고작, 열다섯 살짜리 애였어. 숨어 살게는 하지 말았어야지. 그랬으면, 내가 김성재가 되진 않았겠지. 내가 누구냐고? 성재 동생 우재."

"뭐어? 동생?"

"놀라는 걸 보니 몰랐나 보네. 하긴, 경찰이 언론엔 숨겼으니까. 그 집에 한 사람이 더 있었다는 걸."

포켓몬 우재는 피카츄 가면을 벗었다. 형 성재의 등에

업혀 집을 나오던 그때에 우재는 악몽을 꿨다고 여겼다. 보육원 차에 숨어든 것 또한 악몽에서 도망치는 것이라고. 엄마도 아빠도 형 성재도 없는 보육원에 도착하고서야 모든 것이 실감 났다. 나이도 이름도 말해선 안 된다는 형과의 약속 때문만은 아니었다. 악몽이 현실이었다는 것을 깨달은 우재는 말을 잃은 아이가 되었다.

그날의 충격은 악몽이 되어 밤마다 우재를 찾아왔다. 아무리 기다려도 형은 찾아오지 않았다. 눈발이라도 날리는 날이면 우재는 방구석에 숨었다. 끔찍한 기억이 뇌를 파먹는 듯했다. 이름은 있어야지. 이제 곧 학교도 가야 하는데……, 뭐가 좋을까? 원장의 혼잣말에 말 못하는 아이가 말했다.

"성재, 김성재."

그날부터 말 못하는 아이는 '김성재'가 되었고 말도 하기 시작했다. 형은 죽었다. 엄마와 아빠처럼……. 그렇다고 여겼다. 그랬는데, 죽었다고 믿었던 형을 촛불 집회가 있던 광화문 광장 일각에서 다시 만나게 될 줄이야. 형은 119 구조 차량에 의해 병원으로 이송되던 와중이었다. 병원에 가야 한다. 하지만 헛소리만 늘어놓는 형은 구조대원이 된 동생 우재를 알아보지 못했다. 그건 우재도 마찬가지였다.

광장에서 정신을 잃은 남자. 우재는 남자가 달아난 이유가 집회 때문이라고 여겼다. 남자가 떨어뜨리고 간 탄피 목걸이엔 'SJ, Kim' 이니셜이 새겨져 있었다. 형의 물건이다. 형이 신기루처럼 나타났다가 사라졌다. 오래된 우재의 기억들이 용암처럼 분출했다. TV에 비친 박종익은 젊은 날의 모습에서 변한 게 없었다.

"형한테 도망치라고, 들키지 말라고 한 건 처음부터 계획된 거였어. 형을 제 부모를 죽인 패륜아로 만들 작정이었던 거지, 당신은. 완전범죄가 될 줄 알았겠지. 다락방에서 내가 전부 보고 있었다는 것도 모르고."

우재는 케이크에 초를 꽂았다. 그러고는 허리춤에 꽂아뒀던 권총을 꺼내 들었다. 종익이 흠칫 놀랐다. 우재는 종익을 향해 총을 겨눴다. 비웃음이 우재의 입가에 걸린 순간이다. 방아쇠가 당겨졌다.

딸깍! 총부리에서 불꽃이 나왔다. 진짜 권총인 줄 알았던 종익이 놀란 가슴을 진정시켰다. 권총 라이터로 초에 불을 붙인 우재가 말했다.

"박소정! 이제 나와서 촛불 꺼야지."

객석의 저 끝에서 피카츄 가면을 쓴 소정이 나타났다.

"뭐 하자는 거야?"

"해피 벌쓰데이 투 박소정! 설마, 딸 생일도 모르는 건 아니지, 형?"

그 사이 소정이 무대로 나왔다. 피카츄 가면을 쓰고 있어서 어떤 표정인지는 확인하기 어려웠다. 종익이 아빠 곁으로 오라고 소정을 불렀다. 하지만 무대에 나온 소정은 얼어붙어 있었다.

"아빠가 그랬어? 아빠가 정말로 아저씨 엄마 아빠를 죽였어? 왜? 사람을 구하는 좋은 일을 하는 119 아저씨잖아."

"아저씨가 서프라이즈한 거야. 우리 소정이 생일 축하해!"

종익은 모든 게 오해라고 소정을 달랬다.

"오우, 퍼펙트! 소정아, 이제 촛불도 끄고 소원도 빌어야지."

우재는 촛불이 타들어가는 케이크를 들고 소정 앞으로 다가갔다. 우재가 촛불을 끄라고 다시 말하자 소정이 입을 모으고 촛불을 후, 불어서 껐다. 서먹한 기류가 무대로 흘러들었다. 소원을 빈 소정은 가면을 벗었다. 소정의 얼굴이 온통 눈물범벅이다.

우재가 소정의 목에 칼을 겨눈 것은 그때였다.

"그 아인 아무 잘못이 없어. 차라리 날 죽여."

종익이 놀라서 말했다.

"무슨 소리야. 고통을 받아야 할 사람이 죽으면 안 되지. 나와 내 형이 겪은 절망을 당신도 느껴봐야지. 안 그래?"

우재는 다가오는 종익을 향해 보란 듯이 칼을 움켜쥐었다. 움직이면 아이의 목에 칼이 꽂힐 수도 있다는 무언의 겁박이었다.

"우리 형이 죽었다고 사람들이 믿게 만들었지. 살인자가 된 형이 세상 밖으로 나올 수 없게 만든 거야, 당신이. 우리 형은 그렇게 사람들 앞에 나서지도 못하고 죽은 듯이 살았는데……. 지금껏 나타나지 않는 성재가 죽었다고 믿었겠지. 그렇지 않고서야 어떻게 그런 소설을 써? 방송에 나와 활개를 치고 다녀?"

"그 입 못 닥쳐!"

종익은 우재의 말을 막아야했다. 그럴수록 우재는 말이 더욱더 거칠어졌다.

"범죄소설가? 살인마에게 아주 잘 어울리는 직업 같네. 양심도 팔고, 자신의 범죄도 팔아먹는 소설가라니. 으흐흐흐. 《아는 살인자》는 정말이지 내가 다 소름이 돋더라고."

"그만하라고."

"살인자라는 누명을 쓰고 엄마 아빠도 없이 살아온 내 형과 딸을 잃은 당신 중에 누구의 고통이 더 클까? 궁금하지 않아? 난 몹시 알고 싶은데."

이때다 싶은 우재는 소정의 목을 겨눴던 칼을 높이 치켜
들었다. 그와 동시에 달려든 종익이 우재의 옆구리에 정
확히 칼을 꽂았다. 그러고는 소정을 자신의 등 뒤로 보냈
다. 칼에 찔린 우재의 옆구리로 붉은 물이 번졌다.

"진짜 찌른 거예요, 아빠?"

소정은 믿기 힘든 눈초리로 종익을 바라봤다. 우재가
떨어뜨린 칼은 소정의 손에 들려있었다. 종익이 저지할
틈도 없이 소정이 칼을 자신의 배에 갖다 댔다.

"안 돼, 소정아. 그러지마."

하지만 소정의 허리가 한순간에 굽었다. 경악한 종익
은 자신의 머리를 감싸쥔 채 무대 위에 그대로 무릎을 꿇
었다.

57 /

백돌은 수민의 뒤를 쫓아 소극장 안으로 들어갔다. 생
일 축하 플래카드가 걸린 무대는 그야말로 난장판이었다.
피를 흘리며 쓰러진 젊은 남자와 무릎을 꿇은 채 얼굴을

무대 바닥에 묻은 종익과 눈물로 범벅이 된 소정이 제각각으로 있었다. 수민은 소정의 등을 다독이며 안았다.

"……아저씨랑…… 나랑…… 서프라이즈……… 생일파티를…… 하려고 한 건데…… 장난감 칼인데…… 찔려도 안 아픈 건데…… 아빠가, 아빠가…… 엄마, 아저씨…… 죽어?"

"아니. 괜찮을 거야. 엄마가 119 불렀어. 낯선 사람을 따라가면 안 된다고 했잖아."

"아닌데. 119 아저씨야. 유치원에 왔었어. 불나면 불도 끄고…… 사람도 구해주는 소방대원 아저씨야. 엄마, 나 때문에 아빠가 또…… 화났어?"

"아냐. 소정이 때문 아니야."

수민이 소정을 달래는 동안 백돌이 요청한 119구급대가 도착했다. 구조대원이 피해자를 이송해 가는 동안에도 종익은 무릎을 꿇은 채로 있었다. 수민의 품에 안겨 공연장을 나가는 딸을 바라보면서.

"박종익 씨? 당신을 이기철 살인혐의 및 살인미수로 체포합니다. 당신은 변호사를 선임할 수 있고, 묵비권을 행사할 수 있습니다."

을지로의 인쇄소에 간 날이었다. 노숙자 하나가 종익을 알아보고 따라왔다. 차려입은 양복을 더럽힐까 걱정인 종익은 걸음을 재촉했다. 뒤따라오던 노숙자의 말이 귀에 박혔다.

"야, 박종익! 나 이기철이야. 니 군대 선임! 내가 입만 뻥긋하면 너 어떻게 되는지 알지?"

종익은 그제야 걸음을 멈췄다. 이기철을 향해 돌아섰다. 기름진 더벅머리에 냄새나는 더러운 옷. 얼마나 노숙하고 다녔는지 알만했다. 부대에 있을 때부터 마음에 들지 않는 상사였다. 휴가를 얻은 종익은 묘리를 벗어나지도 못한 채 다음날 이른 새벽에 조용히 복귀했다. 폭설 때문에 아무 데도 갈 수 없었다고. 그렇게 종익은 첫 휴가도 못 간 측은한 이등병이 되었다.

민간인 통제구역에서 일어난 살인사건으로 부대는 폭풍 전야의 날들을 보냈다. 겨우내 자취를 감춘 부부의 아들은 살인 용의자가 되었다. 종익의 그날 밤을 의심하는 부대원은 아무도 없었다. 사달이 난 건 다시 찾아온 어느 겨울날이었다. 그날도 눈이 내렸다.

이기철이 담배 연기를 뿜으며 종익의 휴가와 살인사건의 연관성을 입에 올렸다. 종익은 무표정으로 일관했다. 그때 반박을 해줬어야 했다. 못한 게 한이다. 그 후로 이기철은 제대하기 전까지 자신만의 가설로 종익을 **모욕했**다. 종익은 조용히 견뎠다. **이기철은 제대를 하면서 종**

익 덕분에 부대 생활이 꽤나 즐거웠다며 비릿한 웃음을
흘렸다.

그렇게 끝난 일이어야 했다. 이기철은 종익을 단박에
알아보고 쫓아왔다. 종익의 양복을 부러운 듯 쳐다보고는
한마디 했다.

"엄청 돈을 잘 버나보네."

끝내는 돈 좀 달라며 손을 펼쳤다. 이기철이 노숙자가
된 사정은 알고 싶지도 않았다.

"꺼져!"

"공소시효 지났다 이건가? 그래도 세상에 알려지면 그
알량한 작가 명예도 추락일 텐데? 그래도 상관없다면 뭐
어. 내일까지 오천, 아니, 일억 가져와. 아니면, 니 인생
도 나처럼 될 거니까. 딴생각은 안 하는 게 좋을 거야."

"내일까지 갈 거 뭐 있어. 이따 밤 아홉 시에 여기서 다
시 보자고."

종익은 돈을 주겠다며 시간 약속을 바투 잡았다. 어두
운 골목에 겁도 없이 나타난 이기철은 희희낙락이었다.
목장갑을 낀 종익은 뻣뻣한 밴딩 끈을 양손으로 쥐었다.
날카로운 것이 베이기 십상이다. 이기철은 종익의 손아귀
에 놓였다.

"협박을 하려면 목숨 정도는 걸어야지."

이기철이 버둥거리는 바람에 힘을 좀 많이 쓰기는 했다. 상황은 금방 끝났다. 주제 파악도 못하고 날뛴 인간의 말로다. 종익은 쓰레기 더미에 이기철의 시체를 대충 던져두고 돌아섰다.

어두운 밤이었다.

58 /

병실엔 두 명의 김성재가 있었다. 나한의 신분을 훔친 성재와 형 성재의 이름으로 산 동생 우재. 수술을 마친 우재는 침상에 누워 백돌이 들려주는 얘기를 듣고 있었다. 성재가 지금 병실 문 앞에 와 있다고.

"성재는 우재 씨를 잊었던 게 아닙니다. 갈 수 있는 상황이 아니었던 것뿐입니다. 우재 씨도 순탄치 않게 살아왔을 테지만 성재는, 내 친구 성재는……."

만신창이가 됐다. 백돌은 차마 그 말을 할 수 없었다. 백돌은 그냥 성재를 병실 안으로 들였다. 성재는 찬찬한 걸음으로 우재가 누워있는 침상에 다가섰다. 그 앞에 무릎 꿇는 성재를 백돌은 차마 보지 못하고 뒤돌아섰다.

"우재야, 형이…… 정말로 미안해."

갑작스럽게 몸을 움직이면 안 됐다. 우재는 화난 듯 상체를 벌떡 일으켜 세워다가 수술 통증에 다시 누웠다.

"형이 왜 미안해? 뭐가 미안해? 사과는……, 우리를 이렇게 만든…… 그 인간이 해야지."

잇따른 고통에 우재는 배로 손을 가져갔다.

"어디 좀 봐. 많이 아파?"

성재가 환자복을 들추려 하자 우재가 그 손을 뿌리쳤다.

"안 아파. 지금 형이 내 걱정할 때야?"

그토록 기다리던 형 성재다. 그랬던 형이 살인 누명을 쓰고 숨어 살고 있을 줄은 몰랐다. 살아도 살았다고 할 수 없는 날들이었을 것이다. 그것을 생각하면 오겠다고 하고 오지 않은 성재를 탓할 수만도 없었다. 과거의 범죄를 또 다른 살인으로 덮으려던 박종익이 체포돼 재판을 받게 될 것이란 소식이 그나마 우재에겐 위로가 되었다.

"우재야, 몸조리 잘하고 있어. 또 올게."

"아니. 형은 이제 아무 데도 못 가. 내 곁에서 꼼짝 마."

"또…… 올게."

"이번엔 진짜 올 거지?"

"응."

성재는 동생 우재 앞에 고개를 들지 못했다. 다 끝났다.

술래와의 숨바꼭질도. 어둠의 터널도. 죗값을 치르는 일만 남았다. 성재는 우재의 병실을 나섰다. 그 어느 때보다 마음은 평온했다.

성재는 형사가 된 친구 백돌 앞에 자신의 손목을 내밀었다. 참, 다행이다. 친구의 손에 체포될 수 있어서.

백돌은 수갑 대신 성재의 어깨에 팔을 둘렀다. 그들은 오래전 그랬던 것처럼 어깨동무를 하고 병실 복도를 걸어 나갔다.

"넌, 어째 키가 하나도 안 큰 것 같다?"

"너도 그때랑 똑같아."

"…성재야!"

"……응."

"미안해. 그날, 널 혼자 보내는 게 아니었는데…….."

성재는 아무 말도 하지 않았다. 묵묵히 백돌의 발걸음을 따라 걸었다. 그날의 하얀 밤처럼. 그들의 숨소리가 살아서 뛰어다니던 그날의 설원에서처럼. 병원 밖으로 나온 백돌은 성재와 어깨동무를 한 채 하늘을 올려다봤다.

"하늘 참 맑다."

백돌은 땅만 쳐다보는 성재를 조수석에 태웠다. 차 안에서도 성재는 시선을 바닥에 두고 있었다. 참, 좋같다.

겨울방학을 앞두고 성재는 학교에 나오지 않았다. 백돌

의 주먹 다툼이 잦아진 것도 그 무렵이었다. 제 부모를 살해한 패륜아 김성재. 교실 친구들의 입에서 아무렇지도 않게 그 말이 나올 때면 백돌은 분해서 참을 수가 없었다. 폭력은 교실에서 빈번히 일어났다. 그때마다 백돌은 담임에게 불려갔다. 상담실에 홀로 남아 반성문을 쓰는 날들이 늘어갔다.

여학생 꽁무니만 따라다니던 백돌이 변했다. 그 모든 것이 살인 용의자가 되어 사라진 성재 때문이었다. 반드시 진짜 범인을 찾아 성재의 무죄를 밝혀주겠다고 다짐했건만 또 다른 사건의 범인이 되어 나타날 줄 누가 알았을까.

"이럴 줄 알았으면 기를 쓰고 형사가 될 게 아니라 변호사나 판사가 됐어야 했는데 말이야. 아, 진짜 억울하다, 억울해!"

백돌의 탄식에 성재가 크큭, 웃음소리를 냈다. 허세 넘치던 친구 백돌, 그대로다. 두려움과 불안과 눈치와 허기로 버텨온 성재와는 확연히 달랐다.

"미안한데, 나 좀 자도 돼?"

성재는 말 하나도 조심스러웠다.

"어, 그래. 도착하면 깨울게."

경찰서로 가는 동안이었다. 고물상 살인사건의 살인범이 된 성재는 형사 백돌이 운전하는 그 옆에서 단잠에 빠졌다. 그 어떤 근심도 걱정도 없이 열다섯 그때로 돌아간 소년이 되어서.

도착하면 깨우겠다고 했지만 백돌은 강변 주차장에 차를 세워두고 있었다. 새근새근 잘도 잔다. 쫓기는 하루하루에 잠 한번 편히 못 잔 사람 같다. 살인범으로 체포되어 왔음에도 옛 친구 곁이라고 곤히 자는 성재다. 백돌은 잠자는 성재의 그 모습이 너무 태평해서 눈물이 났다.

59 /

"인쇄골목 살인사건의 범인 박종익 소설가가 또 한 건의 살인 미수로 현장에서 체포되었다는 빅뉴스와 함께 탐정방송 라이브 시작합니다.

미제사건으로 기록된 1999년 묘리 부부 살인사건의 진범이 박종익 소설가로 밝혀져 큰 충격을 주고 있습니다. 이미 공소시효가 지난 사건이라 그에 따른 법적인 처벌을 받진 않겠지만, 인쇄골목 살인사건과 살인 미수가 더해지면서 가중처벌을 받게 될 것이라는 소식입니다. 와, 세상에나! 박종익이 이런 사람이었다는 걸 이제야 알게 되다니. 그나마 다행이라고 봐야할지 씁쓸합니다.

어쨌든, 얼마 전 블로거 피카츄의 「1999년 12월 13일의 술래!」란 글이 논픽션 장르를 표방해서 도마 위에 오른 아주 뜨거운 감자였죠. 피카츄와 박종익! 그 둘 중 하나는 진범을 확실히 알고 있었다! 바로, 그거 아니겠습니까.

박종익 작가는 자신이 저지른 범죄가 영원한 미제사건으로 남기를 원하지 않았을까. 추측도 가능하겠죠? 자신이 쓴 범죄소설 속 주인공들처럼 성공한 범죄자를 꿈꿨던 것 같습니다. 하지만 세월 앞에 장사 없습니다. 진실은 반드시 드러나기 마련이죠. 죄를 짓고도 처벌받지 않은 범죄자는 같은 범죄를 또 저지르게 돼 있는 거죠. 그 비밀이 과연 언제까지 지켜질 수 있을까요?

세상의 모든 것은 때가 되면 그 실체를 드러내게 돼 있습니다. 선행은 선행대로 악행은 악행대로! 아, 죄를 쌓아두는 건 좋지 않습니다. 그때그때 예수님 전에 가든 부처님 전에 가든 판사 앞에 가서든 털고 가도록 합시다.

암튼, 오늘 뉴스에서 중요한 사실은 박종익 범죄소설가가 자신의 소설《아는 살인자》를 통해 미제사건 하나를 또 해결했다는 겁니다. 으음! 진짜 아이러니합니다.

박종익 작가의 팬들이 받았을 충격도 만만치 않겠지만 이런 결말이야말로 아주 극적이고 영화보다 더 영화 같은

그러면서도 아주 현실적인 반전 아니겠습니까! 탐정 방송
을 시청해주시는 여러분, '구독'과 '좋아요'는 사랑의 실천
입니다. 멤버십 가입은 정의의 구현입니다! 해주실 거죠?
해주셔야 됩니다! 하하하!"

7장

사건번호
2019−0099

탄원인 김우재_ 지방법원 제2형사부 귀중

존경하는 판사님…….

저는 그동안 형 '김성재'를 사칭하며 살아온 동생 우재입니다. 왜 그랬냐구요? 1999년 12월13일 그날 밤은 제 가족과 제게 다시없을 불행이 찾아온 날입니다. 아직도 끝나지 않은 비극이지요.

살인마가 찾아온 그날 밤, 저는 아무것도 몰랐습니다. 부모님이 죽임을 당하는 광경을 목격한 저는 졸도했습니다. 뒤늦게 나타난 형은 저를 등에 업고 집을 나왔습니다. 저를 보육원 봉고차에 운전기사 몰래 태웠습니다.

그것이 형과 저의 마지막이었습니다. 금방 데리러 오겠다던 형은 몇 년이 지나도 오지 않았습니다. 저를 버렸다고 생각했습니다. 하지만 제게 남은 건 형밖에 없었습니다.

원장님이 제게 누구냐고 묻는 그때 김우재가 아닌 김성재라고 한 것은 형이 보고 싶어서였는데……. 그날로 제 이름이 되었습니다. 제 이름을 말하지 않았습니다. 형의 이름이라도 갖고 있어야겠다고 생각했던 것일지도 모릅니다.

제가 성재로 살 수밖에 없었던 지난날들을 돌이키자면 오지 않은 형에 대한 원망과 그날의 살인마에 대한 복수심 뿐이었습니다. 형은 부모님을 살해한 살인마에게 인생의 중요한 날들을 빼앗긴 채 저보다 더한 고난과 공포 속에 살아왔다는 것을 저는 뒤늦게 알았습니다.

십수 년 만에 다시 만난 형이 진짜 살인자가 되어 있을 줄은 정말이지 꿈에도 몰랐습니다. 저를 보육원으로 보내놓고 살인 누명을 쓴 형이 어떻게 살아왔을까를 생각하면 제 심장이 터져 죽지 않는 게 이상할 정도입니다.

그날 밤의 사건이 부모의 보호 없이는 살아갈 수 없는 형과 저를 갈라놓았고, 형은 살인마가 되어 꽁꽁 숨어 살았습니다. 솔직히 지금도 저는 믿을 수 없습니다.

포켓몬 가면을 쓴 살인마가 부모님을 처참하게 살해하는 장면을 제가 봤는데, 어떻게 형이 왜 부모님을 죽였다는 것인지…….

그런 사실도 모른 채 저는 동생인 저를 찾으러 오지 않는 형을 원망만 했습니다. 나중엔 증오했습니다. 형이 어떻게 살고 있는지 저는 까맣게 몰랐으니까요.

수많은 사람들로 광화문 광장이 촛불로 물든 그날, 저는 형도 집회에 나온 그런 사람 중의 한 명이라고 생각했습니다. 차라리 그랬다면, 사람들과 어울리며 잘 살고 있던 형이었다면 얼마나 좋았을까요.

형은……, 형은 자신 하나도 제대로 돌보지 못한 사람이었습니다. 그런 형에 비하면 보육원에서 자란 저는 행운을 얻은 것이었습니다. 그것도 아주 많이……. 지붕 있는 곳에서 잠을 자고, 부모님 대신 저를 자식처럼 돌봐주는 원장님, 동병상련의 형과 누나 그리고 동생들이 제 곁에 늘 있었으니까요.

살인마의 덫에 걸린 형은 저와는 비교할 수도 없는 외로움과 극한의 상황들을 홀로 견디며 살아온 겁니다. 고작 열다섯의 소년에게 돌봐줄 어른 하나 없다는 것은 참혹한 비극입니다. 그런 형에게 부모 다음으로 자신을 돌봐주는 어른이 생겼는데, 저라도 그분이 위험에 처했다면 형과 똑같은 행동을 했을 겁니다.

살인은 어떤 상황에서도 용납될 수 없는 일입니다. 하

지만 부모를 잃은 열다섯 소년이었던 형이, 살인마의 협박에 숨어들어야만 했던 형이, 끝내 살인 용의자가 되고 만 형이 남들처럼 살 수 있었다면 얼마나 좋았을까요. 그렇게 되지는 않은 겁니다.

홀로 외롭게 지옥의 날들을 건너온 지금은 바스러질 것만 같은 형입니다. 저는 형이 잃어버린 이름을 돌려주고 싶습니다. 지나간 날들을 보상받을 순 없을 겁니다. 오랜 시간의 터널을 뚫고 다시 만난 저희 형제는 서로에게 낯선 타인이 된 겁니다. 무슨 말이든 해야만 될 것 같은데 어디서부터 어떻게 풀어가야 할지 저로서도 막막하기만 합니다. 제가 지은 죄의 벌은 달게 받을 겁니다. 제가 감당해야 할 몫인 겁니다.

하지만 존경하는 판사님.

어린 저희 형제에게 들이닥쳤던 그날의 사건을 부디 기억해 주십시오. 그날의 사건이 형과 저를 갈라놓고 불행의 늪에서 살게 했다는 것을요. 형이 지나온 날들을 측은하게 여겨주십시오. 조금이나마 선처를 베풀어주신다면 그 은혜 평생 간직하고 선한 이웃으로 작은 도움이나마 이웃에게 베풀며 살겠습니다.

2019년 10월 31일

성재 동생 우재

61 /

탄원인 한기훈_ 지방법원 제2형사부 귀중

재판장님께 올립니다.

저는 자신이 김나한인 줄 알고 살아온 김성재의 애비 되는 사람입니다. 낳기만 하고 돌보지 않은 책임을 이렇듯 무겁게 받듭니다. 제 아들이 살인자가 된 것은 제 잘못입니다. 제 가족을 제대로 돌보지 못한 저의 잘못입니다.

법정에 서게 된 아들을 위해 유능한 변호사를 사고 싶은 마음 굴뚝같습니다. 어떻게든 도움을 주고 싶은데, 무능한 애비라 지금의 상황이 참으로 개탄스럽습니다. 잃어버린 제 아들에게 그런 일이 일어나지 않았다면 저는 아직도 부모로서 역할을 등한시한 채 살고 있을지 모릅니다.

어릴 적 제 곁을 떠난 아들이 살인 용의자가 되었다는 사실에 저는 하늘이 무너지고 땅이 꺼지는 것을 경험했습니다. 내 아들은 사람을 죽이지 않았다고 믿었고 그렇더라도 행적이 묘연한 아들을 제가 먼저 찾아야 했습니다. 그동안 안 가본 곳이 없습니다. 무연고 시체 공고가 올라오면 한달음에 찾아가 신원부터 확인했습니다.

묘리 부부를 살해한 살인마는 이미 이혼한 제 인생까지

한입에 집어삼켰습니다. 제 아들 친구라는 송백돌을 만나고는 제 아들이 더할 나위 없이 측은했습니다. 아들의 친구는 저렇게 훌륭한 어른이 됐는데 제 아들은…….

사회의 온전한 구성원이 되기는 글러버린 제 아들의 손과 발이 더러워지는 건 시간문제였을 겁니다.

재판장님, 제 아들은 홀로 감당할 수 없는 일을 어린 나이에 겪었고 저도 모르는 사이에 살인 용의자가 되어버렸습니다. 얼마나 무서웠을까요? 어른이 저도 온몸이 떨리는데, 그 생각을 하면 오금이 다 저려오는데……. 누명을 쓴 채 살아가고 있을 제 아들의 척박한 인생에 한 가닥 지푸라기라도 되어줄 수 있다면 제가 무엇을 더 바라겠습니까.

재판장님은 지금의 제 심정을 이해하실까요? 제 아들을 끝내 만난 제 마음을요. 몸만 성인이 된, 여전히 소년인 제 아들을 바라보는 제 심정을요. 살인 누명을 쓴 것도 모자라 또 다른 사건의 살인자가 되다니.

누가 제 아들의 인생을 이렇게 망쳐놓은 걸까요?

피지도 못한 제 아들의 인생을 송두리째 뽑아버린 그 자를 용서할 수 없습니다. 그리고 가족을 제대로 돌보지 않은 제 자신 또한 용서하지 못할 겁니다.

부모의 보호가 절실한 어린 나이에 모든 것을 잃어버린 제 아들 성재를 가엾게 여겨 앞으로의 인생이나마 차단된 사회의 외곽에서 살지 않을 수 있게 도와주십시오. 그 일을 할 수 있는 분은 재판장님뿐인 겁니다.

부족한 애비가 되어 제 아들의 앞날을 재판장님께 맡기게 된 저를 책망하신다면, 제 아들의 죄를 대신 받을 수 있다면 기꺼이 받고 싶은 심정입니다.

재판장님, 빼앗긴 제 아들의 지난날의 상처가 비극이 덧나지 않게 저 어린것에게 부디 아량을 베풀어주시기를 간절히 청합니다.

2019년 10월 31일

죄 많은 애비 한기훈

62 /

탄원인 송백돌_ 지방법원 제2형사부 귀중

재판장님께

사건번호 2019-0099에 관련하여 재판장님께 한 말씀 올리고자 합니다. 저는 살인죄로 재판을 받게 된 김성재의 오랜 친구입니다. 또 그 친구의 손에 수갑을 채운 매정한 친구 송백돌입니다.

실종된 성재의 편에 선 제게 사람들은 끈질기게 물었습니다. 부모를 살해한 범인을 봤으면서 성재는 왜 즉시 신고하지 않은 것이냐고요. 열다섯이면 옳고 그름을, 뭐가 우선인지를 판단할 수 있는 것 아니냐고요.

하지만 재판장님, 그건 성재에 대해 아무것도 모르는 이들이 하는 소리인 겁니다. 저였더라도 부모를 살해한 살인마에게서 도망치는 것 외에 다른 것은 생각하지 못했을 겁니다. 하루아침에 극악무도한 패륜 살인마로 몰린 열다섯짜리 아이가 과연 뭘 할 수 있었을까요? 아무것도, 아무것도요.

그날의 사건만 없었다면, 성재는 남을 해치는 일과는 거리가 먼 선량한 어른이 되어 살고 있었을 겁니다. 종적을 감춘 채로 제 인생에 간여하는 일은 없었을 겁니다. 기어이 저를 형사가 되게 하는 일도 없었을 테죠.

제 친구 성재는요, 소박한 꿈을 꾸는 친구였습니다. 오늘 하루 별 탈 없이, 그렇게 매일을 살고, 해마다 돌아오는 자신의 생일에 친구들을 만나 즐겁게 보내는 것이 꿈인 아이였습니다.

제 친구 성재는요, 돌아온 생일에 한 자루의 초를 더 꽂고 신나는 하루를 보내고픈 그 소박한 꿈을 거세당하고,

살인마의 덫에 걸려 은둔의 날들을 버텨온 1999년의12월, 열다섯의 생일날에서 성장이 멈춘 아이입니다.

깊은 산중에서 홀로 추위와 다투고 굶주림에 허덕였을 것을 생각하면 가슴이 먹먹하고 눈물이 절로 납니다. 그래도 성재가 사람을 죽였다는 사실은 달라지지 않겠죠. 감당하기 힘들었을 겁니다. 오죽하면 차에 뛰어들었을까. 교통사고는 성재의 인생에 불행 중 다행이었습니다. 성재가 지금껏 살아 있는 건 교통사고로 기억을 잃은 덕분일 테니까 말이지요.

제 친구 성재는 말입니다, 재판장님! 제 부모의 시체에 이불을 덮어주었듯 피해 사망자 김환진의 시신뿐 아니라 뜻하지 않게 죽음을 맞이한 청년의 시체도 자개장을 관 삼아 그곳에 옮겨뒀습니다. 거기서 어떤 악의를 찾을 수 있겠습니까?

모델을 꿈꾸던 제가 진로를 틀어 형사가 된 것은 살인 누명을 쓰고 도망친 성재를 구하기 위해서였습니다. 진범을 제 손으로 잡기 위해서였습니다.

인류가 멸망하지 않고 새천년을 맞게 되었다는 것도 성재는 몰랐습니다. 우리나라가 월드컵축구 4강에 올라 온 국민이 열광하던 그때에도 성재는 사회에서 소외된 채였습니다. 그리고 끝내 살인자가 되어 제 앞에 나타난 성재는 변명조차 할 줄 몰랐습니다.

신은 왜 그렇게 성재에게 가혹한 벌을 준 걸까요. 순순히 제 손목을 내어주는 성재를 보며 저는 참담했습니다.

재판장님, 살인자가 된 책임을 성재에게만 물을 수 있을까요? 부모를 잃은 소년이었던 성재에게, 지은 죄도 없이 살인 용의자가 되어 숨어 살아야 했던 그 어린 소년에게 말입니다.

성재는 과거의 사건이 있던 그날에 발목 잡혀 몸도 마음도 자라지 못한 나이만 먹은 소년일 뿐입니다.

재판장님, 저는 이제 그 친구의 생일이 되면 케이크와 와인을 들고 찾아갈 생각입니다. 생크림 케이크에 초를 꽂고 그 초에 불을 붙이고 해피 벌쓰데이를 외칠 겁니다. 즐거운 하루를 보내고 다음 생일에 다시 만나 놀자고 말할 겁니다.

성재는 촛불 앞에서 소원을 빌겠지요. 내년 생일에도 친구들과 보내는 즐거운 날이 되게 해달라고 말이지요.

제 인생을 바꿔놓은 친구 성재가, 인생에 중요한 시기를 암흑에서 보낸 성재가 이제 긴 어둠의 터널을 벗어나 소박한 꿈을 꾸던 그때로 돌아갈 수 있게 재판장님께서 도와주시기를, 그리하여 사회의 온정으로 제 친구가 과거를 딛고 새 삶을 얻을 수 있게 도와주시면 고맙겠습니다. 진정으로 부탁드리는 바입니다.

2019년 10월 31일

성재의 오랜 친구 송백돌

63 /

반성문_ 2019년 10월 31일

반성합니다. 하루에도 수십 번씩 반성하고 또 반성합니다.

김나한도, 김성재도 아닌 지금의 저는 젊은 청년의 목숨을 앗아간 살인자일 뿐입니다. 그때의 살인마는 저를 살려뒀는데……. 죽어가는 할아버지를 보는 순간, 돌아가신 부모님의 모습이 떠올라 견딜 수가 없었습니다.

할아버지는 제게 전부였습니다. 살아 있다는 기쁨을 느끼게 해주었고, 일하는 즐거움을 깨닫게 해주셨습니다. 아무것도 없는 허허벌판에 홀로 버려진 저를 거두어 행운의 길을 열어준 분이었습니다.

남들은 돌아서 다니는 그 고물상이 제게는 천국이었습니다. 비바람을 피할 수 있는 지붕이 있고, 할아버지의 따뜻한 마음이 있는……. 그곳에서 저는 배움을 얻었고 생의 의미를 찾았습니다.

수색자들이 저를 찾아 산에 들어왔을 때 왜 도망쳤을까. 삶에 대한 의지나 욕망도 없었으면서 왜 산중의 은신처를 뒤로 했을까. 돌이키자면 그 모든 일은 할아버지를 만나기 위한 것이었습니다. 저는 그렇다고 믿었습니다. 들키지 말고 살라던 살인마의 협박이 선물처럼 여겨진 것도 사실입니다. 부모님의 처참한 시체가 아직도 제 눈앞에 이토록 생생하기만 한데…….

"옛날 같으면 장가를 가서 애 아빠가 되고도 남았을 나이야."

할아버지는 저를 한 사람의 인격체로 대해주셨습니다. 사랑으로 보살펴 주셨습니다. 할아버지만은 모르길 바랐습니다. 제가 살인 용의자라는 걸. 하지만 세상에 영원한 비밀은 없고, 갈등도 피할 수 없었습니다.

고물상에 숨어든 침입자. 그로 인해 제게 있던 조금의 행운마저 모두 소멸되었다고 여겼습니다. 제게 유일한 가족이나 다름없는 할아버지를 잃었으니 말입니다.

저는 좀비가 됐습니다. 생각도 멈추고 눈이 있어도 보지 못하고 귀가 있어도 듣지 못하는 몸만 살아 움직이는 좀비가…….

그랬던 제게 기적 같은 일이 벌어졌습니다. 병원 침상

에서 눈을 뜬 그때, 저는 갓난아이처럼 새로 태어났습니다. 제 주머니에 있던 신분증이 어떻게 다른 사람의 것일 수 있었겠습니까.

저는 과거의 기억을 잃고 김나한으로 살면서 행복했습니다. 인쇄소 직원들의 눈총을 받고 구박을 받는 일이 잦아도 제 편이 있어서 얼마든지 견딜 수 있었습니다. 남 기장님은 제게 배움의 신세계를 열어주셨고, 사장님은 저를 남자로 만들어주셨습니다.

하지만 진실은 결국 드러나고 마는 것이었습니다. 버거운 제 행복이 시샘을 사게 된 것인지도 모릅니다. 제게 행복을 가져다준 그 사랑이, 타인의 불행을 먹고 자란 불륜이란 것을 나중에야 깨달았습니다.

저는 또다시 죄인이 되었습니다. 저로 인해 벌어진 일들을 생각하면 부끄러울 따름입니다. 고물상을 나오던 그때처럼 저는 또 도망쳤습니다. 기억은 지워진 게 아니라 내 안 어딘가에 봉인된 채였던 겁니다.

기억의 봉인이 풀리고 저는 전부 다 알아버렸습니다. 살인자입니다, 저는……. 이제와 제가 지은 모든 죄를 고백합니다.

제 기억을 찾아달라고 의뢰하지 않았더라면……, 사장님을 좋아하지 않았더라면……, 사장님의 차에 뛰어들지 않았더라면……, 고물상에 침입자가 나타나지 않았더라면……, 산에서 만난 멧돼지에게 받혀 죽었더라면……, 그날의 살인마가 주는 선물을 거절했더라면……, 그 무엇보다 폭설이 내린 그날 밤에 꾸역꾸역 집에 가지 않았더라면 어땠을까.

이제와 그런 가정이 무슨 소용이 있겠습니까. 그 모든 일들이 제 지난날들이고 제 인생인 걸요. 저는 그런 인생을 걸어온 사람인 겁니다. 저는 동생과의 약속을 헌신짝처럼 저버렸습니다. 저는 누군가의 귀한 아들이었을 사람의 목숨을 빼앗았습니다. 저는 다른 사람의 신분증을 훔쳐 그를 사칭하며 살았습니다. 저는 남의 아내를 탐했습니다. 제가 저지른 죄들입니다.

부모를 끔찍하게 잃은 저를 연민하거나 동정하지 말아주십시오. 제가 지은 죄의 벌을 달게 받겠습니다. 저로 인해 불운에 빠진 모든 분들께 진심으로 죄송한 마음을 전합니다.

진심으로 저의 죄를 뉘우치고 또 뉘우칩니다. 제가 기억하지 못하는 또 다른 죄가 있다면 그 죄들까지도……. 저는 김나한도 김성재도 아닌 범죄자일 뿐입니다. 저로 인해 아들을 잃고, 또 저로 인해 마음의 상처를 받았을 모든 분들께 사죄합니다. 진심으로 죄송합니다.

에필로그 /

1_

「교도소 생활이 어떠냐고? 괜찮아. 이제야 말하지만 그날의 두
려움보다 등가죽에 달라붙은 내 허기가 더 무서웠어. 그보다 더 무
서운 건 혼자라는 거였어. 등산객이 내가 있는 곳을 신고해줘서 얼
마나 고마운지 몰라. 송백돌 네가 날 체포해줘서 또 얼마나 다행이
었는지 몰라.

중고등학교 검정고시를 통과한 뒤로 자격증 공부를 새로 시작했
어. 그동안 딴 자격증이 몇 개냐면 한식 조리사 자격증에 일식 조
리사, 미용사, 요양보호사까지……. 요즘엔 사회복지사 공부를 하
고 있어. 뭔가를 배우는 게 이렇게 재밌을 줄이야. 하긴 고물상에
서 살 때도, 인쇄소에서 지낼 때도 새로운 걸 많이 배우긴 했지. 그
동안 내 생일날마다 찾아와줘서 고마워. 하지만 이번 생일엔 오지
않아도 돼. 내가 갈게.」

박종익은 공소시효가 지난 과거의 살인죄까지 더해져
징역 이십 년 형을 선고받았다. 성재는 자신을 위해 탄원
서를 써주고, 감형을 위해 애써준 이들이 있어 징역 오년
형을 받았다. 오 년은 금방 지나갔다. 계획에 없던 인생

이다. 불운 중 다행으로 성재는 고마운 사람들을 그의 생에서 만났다. 그들로 인해 또 살인자가 되고 파렴치한이 되었으나 그 와중에도 감격과 기쁨의 순간을 느끼며 살았다. 수감 중인 성재는 자신이 누렸던 기쁨의 순간들이 다른 누군가에게는 불행이 되었을 것임에 미안하고 또 미안했다.

2_

원래 소심하고 소박한 녀석인 줄은 알았다만, 성재의 옥중 편지를 읽고 있으면 백돌은 코끝이 찡하고 목이 메어 왔다.

이제는 그만 잊어도 될 듯한데, 다 지나간 일들이 될 줄 알았는데 아니었다. 성재는 기억하고 또 기억했다. 하나의 공부가 끝나면 또 다른 공부에 매진했다. 그것만이 자신의 과거를 잊는 방법이었을지도 모를 일이다. 성재의 출소일은 소리 소문 없이 다가와 있었다.

2024년 12월 13일.

백돌은 이른 아침부터 청송교도소 인근에 와 있었다.

출소하는 성재를 멀리서 지켜보고 있었다. 성재는 철문 밖으로 선뜻 나서지 못했다. 눈발이 날리는 철문 앞에 잠시 서 있었다. 침묵하고 있던 교도관이 추위에 몸을 떨더니 어서 나가라는 눈치를 줬다.

철커덩! 성재가 철문을 나서자 교도관은 결계를 치듯 철문을 닫아걸었다. 성재는 닫힌 철문을 보다가 그 너머의 교도소 하늘을 올려다봤다.

함박눈은 그곳에도 내렸다.

"저기로 다시 들어가고 싶다, 뭐 그런 생각하는 건 아니지? 암튼, 운 좋은 놈은 따로 있다니까. 네가 교도소에 있는 동안 전 세계가 코로나 때문에 한바탕 난리도 아니었어. 죽다 겨우 살아났거든. 그다음엔 우리가 뽑지도 않은 권력자 때문에 나라가 또 한참 들썩들썩했지."

성재의 어깨에 팔을 두르며 나타난 백돌이 너스레를 한참 떨었다. 그러고는 교도소 철문을 하염없이 바라보는 성재를 돌려세웠다. 백돌은 검지로 성재의 시선을 인도했다. 그의 손끝이 향한 그곳에 생일 케이크를 든 우재와 한기훈이 있었다.

"하필, 오늘이 네 생일이지 뭐야. 축하해! 김성재! 아니지, 한성재? 암튼 생일 축하한다! 열다섯 번째 생일부터 다 챙겨 먹자! 오늘은 열다섯, 내일은 열여섯, 모레는 열일곱, 글피는 열여덟……, 그동안 못 챙긴 생일 다 챙기려면 한동안 무지 바쁘겠네. 너 다른 일정 잡으면 안 된다."

"……."

성재의 입술이 벌어지려다 말았다.

돌고 돌아 만난 아들 성재다. 한기훈은 조용히 먼 시선으로 성재를 바라만 봤다. 우재는 한기훈에게 케이크를 들게 하고는 거기에 초를 꽂고 불을 붙였다. 촛불이 함박눈을 녹이며 타들어갔다.

"촛불 꺼야지. 가자."

백돌이 등을 떠밀었지만 성재는 다리가 땅에 박힌 것처럼 움직일 줄 몰랐다.

"인류 최후의 날에도 우린 살아남았거든. 내 친구, 성재야. 올해도 내년도 그 후년에도 해피 벌쓰데이? 오케이?"

백돌이 성재의 귀에 대고 속삭였다. 무슨 말이든 해야 했다. 성재의 입술은 달라붙어 있었다. 오래전 같은 교실에 있던 친구 백돌은 어 이상 소년이 아닌 듬직한 형사가 되었는데……. 성재는 그날의 폭설에서 한 발짝도 헤어나오지 못했다.

이제 막 걸음마를 배우는 아이처럼 성재는 백돌의 손에 이끌려 엉거주춤한 발걸음을 겨우겨우 뗀다.

작가의 말 /

소설을 통해 타인의 인생을 산다. 현실에서 이해하지 못했던 사람들의 마음을 훔치듯 들여다본다. 이해하려 노력한다. 그럴 수 있다고 고개를 끄덕여본다.

나와는 다른 그들의 속내에도…….

오래된 질문이 하나 있었다. 내게 이미 주어진 생이 있다면, 그 생이 내 마음에 들지 않는 것이라면 나는 그 생의 한계를 스스로 뛰어넘어 다른 인생의 궤도에 올라설 수 있을까, 하는.

어떤 이들은 분명 자신의 한계를 뛰어넘을 것이다. 그런 사람들의 이야기를 실제로 듣기도 하고 보기도 하니까. 하지만, '인간은 사회적 동물'이라는 명제를 차치하고서라도 누군가의 어깨 하나도 빌릴 수 없는 사람이라면 어떤 인생을 살아가게 될까. 무던히도 궁금했다.

해마다 돌아오는 생일을 가족, 친구들과 보내고 싶다는 소년을 만났다. 그 소박한 꿈조차 욕심이 되어버린 소년의 일상에서 나는 갈 길을 잃었다. 왜 그렇게 도망만 치는 거냐고. 다른 방법은 없는 거냐고. 평범한 소년의 인생에 들이닥친 불행의 끝이 어디인지 가늠하기 어려웠다.

자신의 생일과 만나는 일이 일생의 소원인 소년에게 어떤 위로를 건넬 수 있을까. 도망치는 것 말고 다른 것은 생각할 수도 없던 소년에게 내가 던진 질문들이 어쩌면 잔인할지도 모르겠다는 생각이 들었다.

모든 사람이 다 똑같진 않겠지만 소년은 도망쳤고 숨어들었다. 소년이 할 수 있는 최선이었다고 믿고 싶다. 살겠다는 의지의 발로는 아니다. 생각은 잠들고 몸이 그냥 움직였을 테다. 죽는 건 더 어렵고 고통스러운 일이었을 테니까.

외나무다리를 건너가는 소년을 지켜보는 것 외에 작가인 내가 할 수 있는 것은 없었다. 소년에게 어깨를 내어준 이들이 나타나면 잠시나마 안심이 됐다. 고마웠다. 그것이 훗날, 나의 소년을 또 다른 궁지로 몰아넣는 만남이 되었을지언정.

어느덧 서른 중반이 된 열다섯 소년의 인생에 지지를 보낸다. "해피 벌쓰데이!"

2024년의 겨울이 빨리 지나가길 바라며
양 수 련

해피 벌쓰데이

초판 1쇄 인쇄일 2024년 12월 7일
초판 1쇄 발행일 2024년 12월 13일

지은이 양수련
펴낸이 양옥매
디자인 표지혜 송다희
마케팅 송용호
교   정 홍민지

펴낸곳 도서출판 책과나무
출판등록 제2012-000376
주소 서울특별시 마포구 방울내로 79 이노빌딩 302호
대표전화 02.372.1537 **팩스** 02.372.1538
이메일 booknamu2007@naver.com
홈페이지 www.booknamu.com
ISBN 979-11-6752-542-0 (03800)